일하는
사람의
초상

일하는 사람의 초상

만들다, 잇다, 지키다, 살피다

김의경 서수진
염기원 이서수
이정연 임현석
장강명 정진영
주원규 지 영
최 영 최유안
한은형 황시운

동아시아

지금, 여기를 살아가는 평범한 사람들의 초상

'월급사실주의'는 한국의 소설가 동인이며, 2026년 4월 현재 멤버는 저를 포함해 모두 35명입니다. 2022년에 결성했고, 2023년부터 매년 한 권씩 새로 합류하는 소설가들의 소설집을 내고 있습니다.

저희는 '평범한 사람들이 먹고사는 문제를 사실적으로 그리는 한국 소설이 드물다, 우리 시대 노동 현장을 담은 작품이 더 나와야 한다'는 문제의식을 지니고 있습니다. 월급사실주의라는 이름은 1950~1960년대 영국 소설가와 극작가, 연출자 들이 펼쳤던 사실주의 운동인 '싱크대 사실주의kitchen sink realism'를 참고했습니다. 이들이 만든 연극 중에 중요한 장면이 부엌에서 진행되는 작품이 많아서 저런 이름이 붙었습니다.

2020년대 한국의 월급사실주의 동인은 대표가 없으며, 임원진이나 단체 규정, 세부 이론도 없습니다. 모임을 열지도 않고, 웹사이트도 없으며, 선언이나 결의문을 채택하지

4

도 않습니다. 다만 월급사실주의 소설집에 실을 원고를 쓸 때는 다음과 같은 규칙을 지키기로 했습니다.

① 한국 사회의 '먹고사는 문제'에 대해 문제의식을 갖는다.
   비정규직 근무, 자영업 운영, 플랫폼 노동, 프리랜서 노동은
   물론이고 가사, 구직, 학습도 우리 시대의 노동이다.

② 당대 현장을 다룬다. 수십 년 전이나 먼 미래 이야기가
   아니라 '지금, 여기'를 쓴다. '발표 시점에서 5년 이내
   시간대'를 배경으로 한다.

③ 발품을 팔아 사실적으로 쓴다. 판타지를 쓰지 않는다.

④ 이 동인의 멤버임을 알린다.

월급사실주의 소설가들은 2024년 11월부터 《한겨레》에 '일하는 사람의 초상'이라는 제목으로 월 2~3회 산문을 연재하고 있습니다. 소설가들이 지금 일하는 사람을 인터뷰하고 그들의 이야기를 글로 전하는 시리즈입니다. '지금, 여기를 살아가는 평범한 사람들의 초상을 그리자'는 취지로, 퓰리처상 수상 작가인 스터즈 터클의 작업을 참고해서 기획했습니다.

스터즈 터클은 1960~1970년대 미국의 평범한 사람 133명을 인터뷰해서 그들이 어떤 일을 하는지, 그 일에 대해 어떤 감정을 품고 있는지, 희망과 불만은 무엇인지 들었

습니다. 그렇게 펴낸 인터뷰집 『일』은 그 시대 미국 민중의 모습을 보여주는 구술사 서적이기도 하고, 한 시대에 국한되지 않는 삶의 통찰들을 전하는 땀 냄새 나는 철학서이기도 합니다. 저희도 그런 일을 해보고 싶었습니다. 지금 우리 가까이에서 일하는 사람들의 모습을 전하고 싶었고, 그들과 대화를 나누며 생활의 자세와 우리 사회가 돌아가는 방식에 대한 깨달음을 건져 올리고 싶었습니다.

저희는 '일하는 사람의 초상' 작업을 하며 인터뷰 대상이 꼭 한국인이어야 한다거나, 한국에서 일하는 사람이어야 한다는 제약은 두지 않았습니다. 형식에도 제한을 두지 않았습니다. 일반적인 신문 인터뷰처럼 쓴 작가님도 계시고, 짧은 소설 같은 분위기로 쓴 분도 계시고, 자신이 느낀 바를 강조하며 에세이 같은 글을 보내온 작가님도 계십니다.

일간지에 싣는 글이라는 특성 때문에 '일'의 범위에 대해서는 조금 제한을 뒀습니다. 저는 참여 작가님들께 마약상이나 조직폭력배는 곤란하지만 로비스트, 추심업자, 불법 노점상, 타투이스트 등은 다룰 수 있을 것 같다고 말씀드렸습니다. 논란이 될 만한 직업은 《한겨레》 편집국과 상의하고 게재 여부를 결정했습니다.

그렇게 2026년 4월 현재까지 모두 53편의 글을 실었고, 그중 일부를 추려 단행본으로 묶었습니다. 개인 사정으로 신문 연재에는 참여하지 못했지만 단행본용으로 원고를 따로 쓴 작가님도 계십니다. 저희가 보고 들은 여러 노동을 오시경 편집자님이 만드는 일, 잇는 일, 지키는 일, 살피는 일로 나눠주었어요. 그 네 가지 동사 중 하나를 실행하는 것이 '일'이구나, 세상에 기여한다는 게 그런 뜻이로구나 싶었습니다.

월급사실주의 소설가들은 앞으로도 '지금, 여기'의 먹고사는 문제에 대해 관심을 갖고 발품을 팔아 사실적인 글을 쓰겠습니다. 응원 부탁드립니다. 애정 어린 질책도 좋습니다.

월급사실주의 작가님들, 동아시아 출판사 편집부와 오시경 편집자님, 《한겨레》.txt팀과 양선아 팀장님께 깊이 감사드립니다.

월급사실주의 소설가 장강명

차례

1부 만들다

2부 잇다

3부 지키다

4부 살피다

싱어송라이터

장애인자립생활센터 사무국장

화장품 사업가

촬영감독

치과기공사

중식당 면장

올리브오일 생산·판매자

만들다

"입안 감각은
절대 숫자로 못 읽어요"

치과기공사 ∘ 이태신·이강녕

글 이정연

신치과기공소는 경기도 수원시 장안구에 자리 잡고 있다. 치과기공사 2명과 사무장 1명, 그렇게 세 사람이 함께 운영하는 소박한 공간이다. 사무장은 치과기공물을 배달하고, 보철물의 밑 작업을 담당한다. 치과기공사 두 사람이 부자 사이라는 것을 듣고 간 자리였지만, 얼굴을 마주하니 두 사람의 닮은 외형에 설핏 웃음이 났다.

이태신 씨는 예순 살, 그의 아들인 이강녕 씨는 서른세 살이다. 두 사람과 간단한 인사를 마친 뒤 아버지 이태신 씨와 먼저 이야기를 나눴다. 부자 관계이면서도 엄연히 고용인과 피고용인 관계의 두 사람이다. 같은 자리에서 말을 하기에는 껄끄러운 이야기가 있을 수도 있겠다 생각했다.

인터뷰를 앞두고 이태신 씨는 긴장한 표정을 감추지 못했다. 분위기를 풀기 위해 가벼운 이야기부터 건넸다. 그의 얼굴이 조금씩 부드러워졌다. 그러더니 "글 쓰는 데 보탬이 될 것"이라며 치과기공과 관련한 잡지를 주섬주섬 내게 내보였다. 손때가 묻은 책자 안에는 치아의 모형을 본뜬 보철물들과 기공 관련 기구들의 사진이 담겨 있었다.

요즘 치과기공소의 상황을 묻자, 이태신 씨가 천천히 말을 꺼냈다.

"주 고객은 치과예요. 아주 예전에, 그러니까 20여 년 전에는 직접 개인 고객을 받기도 했죠. 그런데 정부에서 제재하니까 더 이상 그렇게 할 수 없어요. 그 때문에 개인 고객이 아니라 치과를 상대로 영업하고, 일하는 거로 바뀌었죠."

그는 정부에서 제재하는데도 어떤 치과기공소들은 개인 고객들을 무분별하게 늘리고 있는 현실에 대해 짚었다. 그러나 그렇게 치과기공소들에서 개인 고객을 늘리면 당장 수익은 늘어날지 몰라도 장기적으로는 피해를 보는 고객이 생기기 마련이라고 말했다. 수익에만 매달리다 정작 중요한 상품의 질을 놓칠 수 있고, 그로 인해 고객 전체가 피해를 볼 수 있다는 것.

"이쪽 산업을 보호해 주겠다고 정부에서 나선 것인데 생각지 않은 부작용이 나타난 거예요."

또 피해가 발생해도 치과기공소와 직접 거래한 고객은 추적이 어렵다고 덧붙였다. 관계 당국에서 고객 자료를 요구하더라도 그간 개인 고객과 직접 거래한 게 들통날까 봐 치과기공소는 자료 제출을 거부하고, 결국 피해자를 구제하지 못하는 악순환으로 이어질 수 있다는 것. 여하튼 개인과 거래하다 단속에 걸린 치과기공소는 벌금형이나 영업 정지에 처한다고 한다.

기공소에서 주로 사용하는 재료를 묻자, 이태신 씨는 "지르코니아, 골드크라운, 인레이, 포세린 정도가 되겠네요"라고 답했다. 생소한 단어들에 대한 설명을 청하자, 그는 잠시 숨을 고르고 차분히 설명을 덧붙였다.

"인레이는 충치 부위가 넓고 힘이 강한 어금니 부위에 적합한 치료 방법이에요. 충치 부위를 제거한 뒤에 썩은 치아 부위를 본떠 모형을 만들고, 기공소에서 만든 치아를 충치 부위에 붙여 넣죠. 지르코니아와 포세린은 대강 보면 자연 치아처럼 보이죠. 그래서 연예인들도 그렇고, 젊은 사람들한테는 인기가 많아요. 고객의 선호도와 치과 의사가 낸 의견을 바탕으로 치아를 만들 방법을 선택하죠. 한마디로 말해, 돈이 되는 치아가 아니라 고객에게 가장 나은 치아가 무엇인지에 따라 결정하고 있어요."

흔히 금니라고 부르는 골드크라운은 높은 금액과 눈에 띄는 빛깔 때문에 요즘은 인기가 예전만 못하다고 한다.

아들과 같은 곳에서 비슷한 일을 하면 무엇이 좋고 무엇이 불편할까.

"좋기만 한 건 아니에요. 치과기공소 사정이 안 좋을 때는 아들 급여부터 깎아야 하니 마음이 굉장히 불편해요. 물론 다른 사람이 직원이라도 그렇겠지만, 내 자식이면 심정이 더욱 복잡해지죠. 그래도 명색이 사장인데 아무리 아들이어도 직원한테 계속 미안해할 수도 없는 일이고요. 하여튼 아들도 저도 매출이 떨어져서 힘든데, 서로 걱정할까 봐 괜찮은 척하는 게 쉽지는 않아요. 식구라 아마 더욱 복잡한 마음일 거예요."

이태신 씨는 아버지 밑에서 일하는 아들 역시 불편해도 툭 털어놓기 어려울 거라며 말을 이었다.

"요새 치과기공사들은 신기술을 쓰니까 속도나 결과만 보면 일을 잘하지만, 입안 감각은 절대 숫자로 못 읽어요. 저처럼 현장에서 구른 놈이 훨씬 나은 부분이죠. 어쨌거나

치과기공사 이태신 씨가 아들 이강녕 씨의 작업을 지켜보고 있다.

제가 여길 그만두면 아들이 많은 걸 떠맡아야 한다고 생각하니 마음이 짠해요. 저야 곧 은퇴할 사람이니 참고 넘어가지만, 강녕이는 이 바닥에서 어떻게든 버텨야 하잖아요. 요즘 치과기공소가 늘고, 잘 배운 기공사들도 많아서 경쟁이 치열해요. 잘 가르치지 못하고 그간 몰아세우기만 했나 하는 후회도 되고요. 사장이자 아버지인데, 진짜 물려줘야 할 기술을 가르치는 것에 소홀했나 무척 고민이 되죠."

지나온 세월을 생각하며 아버지 이태신 씨의 머릿속에서는 여러 생각이 교차하는 듯 보였다. 이태신 씨와의 인터뷰를 끝낸 뒤 아들 이강녕 씨와 마주 앉았는데, 아버지와 달리 강녕 씨는 긴장하지 않는 모습이었다. 유튜브 세대여서 그런지 휴대폰을 동영상 촬영 모드로 해놓고 그의 앞에 두어도 여유로운 모습이었다.

"아빠와 일하는 것의 장점은 가까이 있다는 거예요. 훌륭한 선생님이 곁에 있으니 어려운 걸 편히 물어볼 수 있거든요. 아빠니까 제가 잘 몰라도 부끄러운 게 덜하니까 마음이 편하죠. 제가 실수해도 아빠는 이해해 주시겠지 하는 기대가 있어요. 저도 모르게 아빠를 든든한 방파제로 생각하고 있나 봐요."

강녕 씨는 아버지와 함께 일하는 것의 장점에 관해 이렇게 말한 뒤 잠시 말을 멈췄다. 앞에 놓인 차를 한 모금 마시더니 조심스럽게 다른 이야기를 꺼냈다. 가까운 사이일수록 오히려 불편한 순간도 생긴다고 했다.

"물론 서운할 때도 있긴 해요. 부자 관계니까 말씀을 편하게 하실 때가 그래요. 둘이 있어도 듣기 좋은 말이 아닌데, 다른 사람이 있을 때 하시면 당황스러워서 제가 할 말을 잃곤 하죠. 저와 아빠는 지켜야 할 선이 있는 관계예요. 사장과 직원의 관계니까요. 그런데 식구라는 이유로 그 선을 무시하실 때가 있긴 해요. 무시라기보다는 어렵지 않게 생각한다고 해야겠네요. 아빠도 그렇고, 저도 마찬가지고요. 그래서 가끔은 사장님인 아빠 앞에서 마음을 추슬러서 일해야 할 때가 생겨요."

아버지 입장에선 '우리 식구끼리'라는 생각이 들어 말하는 것이겠지만, 아들 강녕 씨는 아버지의 어떤 말과 행동에 섭섭함을 느껴도 '식구라서 감정을 표현하기 더 어려운' 순간도 있어 보였다.

강녕 씨는 일이 밀릴 땐 답답함을 느끼기도 한다고 털어놓았다.

"요즘에는 치과기공업에도 캐드, 캠, 3D 프린터 같은 신기술이 필요하거든요. 아빠는 전통적인 방식을 우선하시니 작업 속도가 느리세요. 그게 정석이지만 일이 밀릴 때면 마냥 기다릴 수가 없어요. 제가 보조하고는 있지만 아쉬운 건 어쩔 수 없죠."

그는 이렇게 말하고 나서 괜한 말을 했다며 자책했다. 그러면서 아버지가 어떤 마음일지는 잘 알고 있다고도 했다. 지금의 업계 현실도 냉정하게 판단하고 있다고 덧붙였다.

20

치과기공소 간의 경쟁이 날로 심해지며 매출이 줄고 있는 게 현실이다. 그러니 지출을 최대한 줄여야 하는데, 그 끝에 있는 것이 본인의 월급일 수도 있다.

무거워진 분위기를 환기하고자 이강녕 씨에게 어떤 일을 하는지 자세히 설명해 달라고 요청했다.

"치아 모형을 제작하고, 모형에서 잰 수치를 컴퓨터에 입력해요. 사전 작업이라고 할 수 있죠. 사실 모형을 뜨고 치아를 완성하는 것까지 거의 혼자 할 수 있는데, 아직 완벽하지 않아서 베테랑인 아버지에게 미흡한 부분을 여쭙고 있어요. 제가 한 작업을 확인하고 정교하게 가공하는 일은 아버지가 하고 계시죠. 빨리 독립하고 싶은 욕심이 나지만 건강한 치아는 오복 중 하나일 정도로 중요하잖아요. 느리더라도 최대한 꼼꼼하게, 차근차근 제대로 배우려고 노력해요. 중요한 일인데 열심히 해야죠. 치과기공소에서 앞으로 1~2년 동안 실력을 늘려서 독립하는 것이 꿈이에요."

신치과기공소를 나서며 우리 부모님을 떠올렸다. 두 번도 아니고 서너 번, 가끔은 열댓 번까지, 충고인지 모를 잔소리를 하는 존재다. '차 조심해라, 건강 조심해라, 몸에 안 좋은 것은 되도록 먹으면 안 돼, 요즘 이상한 사람들 만나는 건 아니지?' 부모님에게 반복적으로 들었던 이야기들이다. 날 위한 마음이라는 것을 알지만, 막상 부모님 얼굴을 마주하면 짜증부터 부리곤 한다. 그러면서도 고맙다는 마음은, 어쩐지 말로 꺼내기가 어렵다.

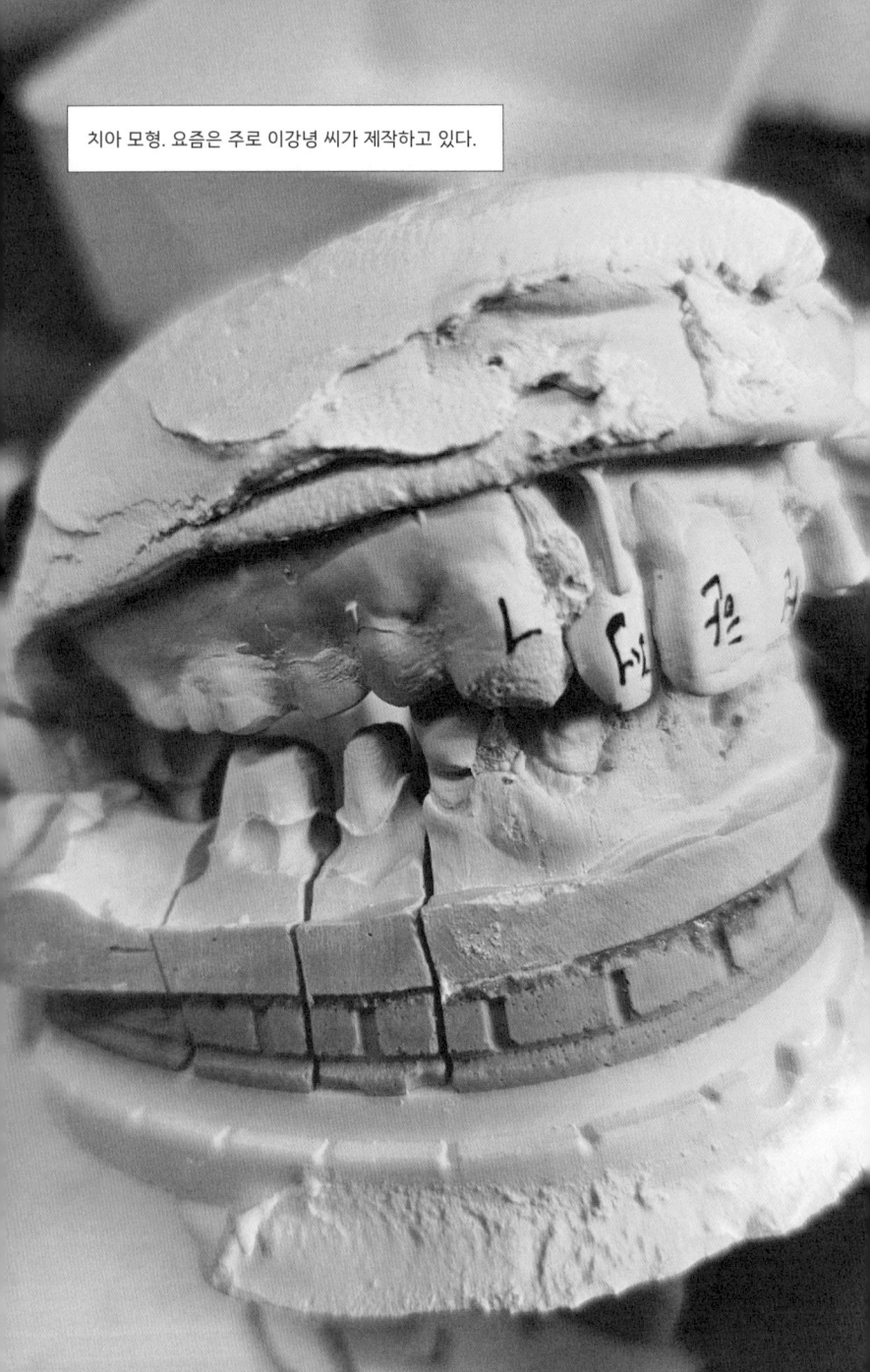

치아 모형. 요즘은 주로 이강녕 씨가 제작하고 있다.

가까워서 좋지만, 가깝다는 이유로 함부로 하는 가족과 친구. 그렇게 소중한 존재인 가까운 사람들에 대한 존중을 잊고 사는지 모르겠다. 그들이 계속 그 모습으로 내 곁에 있을 거라며 믿으면서.

신치과기공소의 간판은 낡았지만, 그 안에는 오래된 손과 젊은 손이 하나로 모여 누군가의 건강한 치아를 만들어내고 있다. 부자는 앞으로도 일과 일상으로 부딪칠 터이지만 같이 보듬으며 함께 나아갈 것이다.

두 사람과의 인터뷰는 일에 관한 이야기이자 다른 세대 간의 대화였고, 사랑하는 가족에 관한 사연을 듣는 시간이었다. 인터뷰를 갈무리하며 문득 고레에다 히로카즈의 영화들이 보고 싶어졌다. 〈어느 가족〉, 〈그렇게 아버지가 된다〉, 〈걸어도 걸어도〉 등 가족에 관한 영화들. 이 영화들은 무심한 듯 각자의 자리에서 서로를 지켜주는 사람들에 관한 내용이기도 하다. 신치과기공소 부자처럼, 이 글을 읽는 독자들도 주변의 가까운 사람을 애정으로 보듬으며 잘 어울려 지내길 바라본다.

"면을 삶고 있으면
마음이 편해지거든요"

중식당 면장 · 유진석

글 **김의경**

짜장면과 짬뽕을 좋아하지 않는 사람은 드물 것이다. 나는 요즘도 중식당에 가면 짬뽕과 짜장면을 놓고 무얼 먹을지 고민하지만 고민 끝에 선택하는 건 항상 짜장면이다. 그러고는 옆 테이블에 앉은 사람이 먹는 짬뽕을 힐끔거리곤 한다. 그래서 유진석(가명) 씨가 일하는 중식당으로 가는 길이 즐거웠다. 우리는 근처 카페에서 저녁에 만나기로 했지만 나는 점심시간에 그가 일하는 중식당으로 찾아갔다. 인터뷰를 핑계로 짜장면을 먹으며 그의 일터를 엿보고 싶었다. 누구나 아는 유명 체인점이라서 찾기가 쉬웠고, 짜장면도 맛있었다. 대중적인 입맛에 맞춘 누구나 좋아할 만한 맛이었다. 홀에 손님이 가득하고 끊임없이 배달 주문 벨이 울려대는 것을 보면 장사도 잘되는 것 같았다.

나는 짜장면을 먹으며 틈틈이 주방을 쳐다봤다. 주방 안에서는 세 사람이 분주히 오가며 일하고 있었다. 유리를 통해서 들여다볼 수 있도록 주방이 공개되어 있었는데 안에서 일하는 사람들의 얼굴은 잘 보이지 않았다.

점심을 먹은 다음 개인적인 업무를 처리하고, 스터디 카페에 들러 책을 보다가, 저녁 9시에 그와 만나기로 한 카페에 들어갔다. 그가 먼저 와서 기다리고 있었다.

"원래는 10시 퇴근인데 오늘은 사장님께 말하고 일찍 나왔어요."

내가 점심으로 그곳에서 짜장면을 먹었다고 하자 그는 반가워했다.

"그래요? 제가 삶은 면으로 만든 짜장면을 드셨네요."

진석 씨는 중식당 주방에서 '면장'으로 일하고 있다. 튀김류 조리 등 가끔 다른 일도 하지만 지금 일하는 곳에서는 2년 내내, 주로 면을 담당하는 면장으로 일했다. 그가 일하는 중식당은 체인점이기 때문에 양념을 비롯한 많은 재료가 본사로부터 제공된다. 그래서 재료 준비가 크게 힘들지는 않고 업무가 엄청 복잡하지도 않지만, 주방은 다치기 쉬운 장소이므로 일하는 내내 긴장을 놓으면 안 된다.

진석 씨는 오전 10시에 출근해서 전날 주문한 식자재를 냉동실, 냉장실의 각각의 위치로 옮긴다. 그날 쓸 밥을 하고 (밥은 떨어질 것 같으면 수시로 짓는다) 15킬로그램 분량의 양파 두 망을 깐다. 그러는 사이 주방장인 실장, 그리고 사장은 화구에서 짜장을 볶은 웍 등 조리 도구들을 설거지하고 그날 사용할 면과 여러 가지 채소를 손질하며 장사 준비를 한다.

11시부터 홀과 배달 주문이 시작되는데 진석 씨는 자신의 주 업무인 면 삶는 일을 한다. 실장이 탕수육, 만두 등의 각종 튀김과 설거지 일을 담당하고 사장이 화구 업무를 담당한다. 대략 11시 반부터 2시까지 점심 주문이 가장 많이 몰린다. 5시 이후 저녁 시간에는 주문 수가 적지만 탕수육 등의 요리류 주문이 늘어 조리는 조금 더 까다롭다. 보통 점심때 100건, 저녁때 60~70건, 나머지 시간에 30~40건 총 200건의 주문을 3명이 처리한다. 200건이면 400~500그릇 정도 나오는데 그중에서 면은 300그릇 정도다.

면은 상태에 따라 조금씩 다르지만 보통 2분 안팎으로 삶는다. 홀에 나가는 면은 물기를 바짝 털어서 나가지만 배달로 나가는 면은 눌어붙지 않도록 물기가 좀 남아 있는 채로 촉촉하게 나간다. 주문이 몰리는 시간대에는 '오더'가 3인분밖에 없다고 해도 미리 10인분을 삶아놓는다. 3인분을 만드는 사이에도 계속 주문이 들어오기 때문이다. 처음에 곧이곧대로 오더만큼만 면을 삶다가 배달 라이더나 홀 손님을 기다리게 하는 일이 반복되다 보니 나름 요령이 생겼다. 특히 배달은 시간을 못 맞추면 라이더가 페널티를 받는 경우도 있으므로 시간이 밀리지 않게끔 무척 신경을 쓴다. 그렇게 9시쯤 마지막 주문을 처리하면 청소를 하고 일과를 마무리한다.

진석 씨는 원래 경기도에 있는 제조 업체에서 생산직으로 근무했다. 그런데 회사가 중국 등지의 저가 공세에 밀려 경쟁력을 잃었고, 경영이 어려워지면서 결국 진석 씨도 직장을 잃고 말았다. 그 후 무엇을 할까 고민하다가 마냥 놀 수는 없어서 배달의민족, 쿠팡이츠 등 배달 플랫폼에서 배달 일을 시작했다. 중식당에 음식을 찾으러 갔는데 주방 직원을 구한다는 구인 광고가 입구에 붙어 있었다. 근무시간이 12시간 정도로 길기는 했지만 휴게시간도 2시간으로 길었다. 마침 집 근처이기도 했다. 출퇴근하면서 길에서 버리는 시간이 없어 괜찮을 것 같았다. 배달 일을 하면서 사장과는 어느 정도 안면을 튼 사이라 진석 씨가 슬쩍 일하고 싶다는 뜻을 내비치자 사장도 같이 일을 한번 해보고 나서 결정하자고 했다. 그렇게 일을 시작한 지 어느덧 2년이 되었다.

　모든 일이 그렇겠지만 업무에 적응하는 것이 생각처럼 쉽지 않았다. 처음에는 주문 오더를 기억하는 것이 힘들었다. '딩동' 하고 주문지가 하나씩 나오면 실장이 "짜장 3개, 면(짬뽕을 줄여서 그냥 면이라고 부른다) 2개" 이런 식으로 주문 내용을 불러주고, 진석 씨는 그에 맞게 양을 조절해서 면을 삶는다. 그런데 주문지가 한 번 나오고 마는 게 아니라 여러 건이 연달아 나오니 그에 맞춰 양을 조절하는 게 너무 어려웠다. 면을 너무 많이 삶았다가 불어서 버린 적도 있었고, 또 적게 삶았다가 배달이 늦어져 라이더가 짜증을 내는 경우도 많았다. 사실 이전에 요식업 쪽 일을 해본 적이 없어서 처음 하는 일이다 보니 쉽게 익숙해지지 않았고, 요령을 깨치는 게 쉽지 않았다. 눈치가 빠른 편도 아니라서 처음에는 적응하는 것이 무척 힘들었다.

　그런 것에 조금 익숙해질 무렵에 튀김이나 설거지 등을 거들어야 했는데, 튀김 등은 만드는 시간이 면을 삶을 때와는 또 달라서 실수가 잦았다. 어느 정도 나이가 있다 보니 사장이나 실장이 대놓고 뭐라고 하지는 않았지만, 자꾸만 실수하는 스스로에 대해 자괴감이 들어 괴로웠다. 지금 생각하면 50대로 접어들어서 그랬나 싶기도 하다. 아무래도 한해 한해 다르다. 업무에 적응하는 속도도 조금씩 느려진다.

　힘든 것이 많겠지만 가장 힘든 건 무엇이냐는 질문에 그는 이렇게 답했다.

"지금 가장 힘든 건 조금씩 고장 나는 신호를 보내는 몸인 것 같아요. 10년 전이라면 쉽게 해냈을 일이 요즘은 쉽지 않거든요. 신체 능력이 따라주지 않아요. 중식당은 아무래도 화구에서 볶고 끓이고 튀기는 일을 많이 하다 보니 주방 공기가 썩 좋지 않아요. 환풍기가 있지만 없는 것보다 나은 정도죠. 좀 자극적인 양념을 볶으면 몇 미터 떨어져 있는 저도 재채기를 하거나 눈물이 핑 돌 정도예요. 그래도 그런 건 마스크를 쓰면 좀 나은데 관절에 느껴지는 통증은 도무지 방법이 없어요. 병원에 갔더니 딱지를 자꾸 건드리는 것처럼 염증이 도지는 것이라서 일을 쉬는 것 외엔 방법이 없다고 하는데, 일을 쉴 수는 없으니 사실 방법이 없죠. 조금씩 나빠지는 게 자꾸만 신경이 쓰여요. 언젠가 이 일도 못 하게 되면 어떻게 안정적인 수입을 얻을 수 있을지 걱정이에요. 하지만 2년이나 버틴 것을 보면 제가 이 일을 싫어하는 것 같진 않아요. 면을 삶고 있으면 마음이 편해지거든요. 그동안 한곳에 정착하지 못하고 떠돌아다녔는데 이제 그만 정착하고 싶다는 생각도 들고요."

서비스직이나 영업직 같은 다른 일을 해보면 어떠냐고 하자 그는 고개를 저었다.

"사람 상대하는 것보다 주방에서 일하는 게 마음이 편해요. 성격이 외향적이었으면 몸을 혹사시키지 않는 일을 구할 수 있을지도 모르는데 타고난 성격은 고치기가 힘드네요."

그러고 보니 그는 말을 할 때 상대의 눈을 보지 않고 자신의 손을 내려다보며 작게 말했다. 인터뷰하는 것도 그로서는 큰 용기를 낸 것인지도 모른다. 그가 팔에 낀 토시를 만지작거리며 말했다.

"그래도 부양해야 할 가족이 없어서 다행이에요. 이야기가 좀 어두워졌죠? 부끄럽네요. 넋두리나 하고." 그가 멋쩍은 듯 머리를 긁적였다.

"아니에요. 이해해요. 솔직히 노동강도가 센 일이죠. 누구나 적응하기 쉽지 않을 거예요. 주방에는 칼도 있고 불도 있잖아요. 일하다가 다친 적은 없나요?" 내가 이렇게 묻자 진석 씨가 손에 난 흉터를 보여주며 말했다.

"초보 때는 채소 손질을 하다가 손을 많이 베였어요. 지금은 요리 예능 프로그램에 나오는 것처럼 중식도로 채소를 빠르게 썰어 낼 수 있어요. 처음에는 칼 잡는 법, 채소를 고정할 때의 손 모양, 썰어 내는 방향 등이 익지 않아서 자잘하게 손을 베였어요. 진짜 위험한 건 어느 정도 익숙해지고 나서예요. 익숙해지면 방심하게 되는데 그러다가 한번 크게 다칠 수도 있어요. 칼질이 과감하고 빨라지거든요. 기름 쪽도 항상 조심해야 하는데 튀김기에는 항상 끓는 기름이 가득 차 있어서 물이 튀지 않게 해야 해요. 우리 가게는 구조상 튀김기 바로 옆에 수도가 있어서 특히 조심해야 하죠. 한번은 수도 호스의 방향이 튀김기를 향한 줄도 모르고 물을 틀었다가 큰일 날 뻔한 적이 있어요. 끓는 기름에 물이 다량으로 들어가서 거의 폭발 수준으로 기름이 튀었어요. 다행히 주변에 사람이 없어서 다친 사람은 없었지만, 주변에 누가 있었으면 큰 사고로 이어질 수도 있었죠."

종일 힘들게 주방에서 일하는 진석 씨는 집에서 쉴 때도 〈흑백요리사〉 같은 요리 예능 프로그램을 즐겨 본다. 그는 요리는 직접 하는 것보다 보는 것이 즐겁다고 말하며 웃었다. 점심시간이 2시간이니 다른 영업장에 비해서 긴 것 같은데 그 시간에는 뭘 하냐고 묻자 이렇게 답했다.

"처음에는 동료와 수다를 떨었는데 쉬는 시간에 안 쉬고 대화를 나누니 더 피곤한 거 같아서 요즘은 넷플릭스를 봅니다. 그런데 지난주에 여동생이 해외에 나가게 되었다고 제게 한 달 동안 개를 맡겼어요. 그래서 식사를 마치고 집에 들러서 1시간 동안 개를 산책시키고 식당으로 돌아와요. 긴 시간 혼자 있으니 얼마나 외롭겠어요. 음식을 취급하는 식당만 아니라면 개와 함께 출근하고 싶네요."

그는 개와 정이 들어서 한 달 뒤에 어떻게 보낼지 걱정이라고 했다. 그가 아쉬운 듯 말했다.

"반려견을 키우고 싶은데 12시간씩 일하니 무리예요."

종일 대용량의 면을 삶는 진석 씨의 모습을 상상해 보았다. 정이 많고 내성적인 그에게 중식당 면장이라는 자리는 제법 어울리는 것 같았다. 직접 가게를 차리면 되지 않겠냐고, 반려견을 식당에 데려가 휴게실에 놓아두고 쉬는 시간에 놀아주면 되지 않겠냐고 하자 그가 웃으며 말했다.

"꿈같은 이야기지만 그런 날이 정말 오면 좋겠네요."

"10월에 짜는 올리브오일이 가장 맛있으니까요"

올리브오일 생산·판매자 ∘ 백수진

글 한은형

서울을 방문한 백수진(가명) 씨에게 자신을 어떻게 소개하 겠느냐고 물었더니 이런 답이 돌아왔다. 사람을 팔다가 이 제는 올리브오일을 파는 사람이라고. 사람을 팔았다고? 좀 자극적으로 말하자면 그렇게 말할 수도 있겠다. 그의 원래 직업은 스포츠 에이전트였으므로. 프로선수들을 '사고파 는' 일을 중개했다. "이 선수 얼마에 팔 수 있어?", "이 선수 얼마에 살 수 있니?" 하는 말이 지긋지긋해졌을 때 사고파 는 대상을 바꾸기로 했다. 스포츠 선수에서 올리브오일로. 사람을 파는 일에서 사람에게 필요한 물건을 파는 일로 직 업을 바꾼 것이다.

"획기적인 변화였네요." 나는 그렇게 말했다. 정말 그렇 지 아니한가? 하루아침에 직업을 바꾼다는 것은 쉽지 않은 일이다. 그것도 외국인 신분으로 살고 있는 다른 나라에서 는 더. 더군다나 스포츠 에이전트의 일이란 그들만의 리그 였다. 스포츠 에이전트가 되기 전까지 운동과는 전혀 관계 없는 삶을 살았던 백수진 씨는, 모든 게 촘촘한 인맥으로 움 직이는 프로 스포츠계에서 '인맥'을 갖기 위해 꽤나 발버둥 을 쳤다. 그런데 어렵게 얻은 인맥을 두고, 완전히 다른 업 종으로 이동한 것이다.

왜 올리브오일이었을까? 마침 그가 사는 곳이 스페인이 었기 때문이다. 스페인은 프랑스만큼이나 삶에서 먹는 즐거 움을 중요하게 여기는 나라. 스페인의 소설가 세르반테스가 쓴 『돈키호테』의 주인공 돈키호테는 수입의 4분의 3을 먹는 것에 지출한다. 돈키호테가 그다지 미식에 관심 있는 인물이 아니라서, 읽으며 의아해했던 기억이 있다. 스페인 사람들이 그중에서도 특히 집착하는 것이 바로 올리브오일이다. 스페인 사람들에게 올리브오일이란 한국인들에게 쌀이나 된장 같은 필수 식재료다. 스페인은 세계에서 올리브오일이 가장 많이 생산되는 나라이기도 하다. 전 세계 올리브오일 생산량의 50퍼센트가량이 스페인에서 생산되고, 이탈리아와 그리스는 각각 10퍼센트 내외를 차지한다고. 백 씨 또한 매일 먹다 보니 올리브오일의 세계에 눈을 떴다.

"스페인에는 왜 가신 거예요?"

백 씨가 스페인에 간 건 지금으로부터 약 20여 년 전. 대학에서 스페인어를 전공한 백 씨는 공부하러 간 스페인에서 인생이 바뀌었다. 책 좋아하고 영화 좋아하고 음악 좋아하는 평범한 인문대 학생 중 하나였다는 그는 스페인에 간 바람에 전혀 예상하지 못한 일을 하게 되었다. 아르바이트로 시작한 스포츠 에이전트 일을 잘한 게 문제였을까? 스페인에서 하고 싶었던 공부는 마치지 못하고, 한동안 스포츠 에이전트로 살았다. 그러다가 지금은 올리브오일을 팔고 있다.

올리브오일을 팔기 시작한 지 벌써 10년이 넘었다. 한국에 있을 때는 올리브오일에 대해 잘 몰랐다. 20년 전만 해도 한국에서는 올리브오일의 종류가 그리 다양하지 않았다. 스페인에는 맛있는 올리브오일이 너무도 많았다. 백 씨는 자신이 관심 분야가 많지는 않지만 좋아하게 되면 집요하게 파는 성격이라고 했다. 그 성격 때문이었을까. 올리브오일을 좋아하다가 올리브오일 학교까지 가게 되었다.

"올리브오일 학교라는 게 뭔가요?"

1년 과정의 올리브오일 테이스터 학교를 백 씨는 그렇게 부른다. 쉽게 이해할 수 있게 일단 그렇게 말하는데, 흥미를 보이는 사람에게는 더 자세히 이야기한다고 한다. 학교의 공식 명칭은 '에스쿠엘라 수페리오르 델 아세이테 데 올리바Escuela superior del aceite de oliva'로, 올리브오일 카타도르 학교라는 뜻이다. 카타도르는 국제올리브오일협회의 공식 테이스터를 뜻한다.

백 씨가 올리브오일을 팔기만 하는 건 아니다. 그는 올리브밭도 갖고 있다. 그러니까, 올리브오일 판매자이자 생산자이기도 하다는 말. 그가 파는 올리브오일은 직접 밭에서 생산한 올리브오일이다.

"어떻게 한국 사람이 스페인에서 올리브밭을 사게 되셨어요?" 나는 그렇게 묻지 않을 수 없었다.

백 씨가 올리브오일 학교에서 만난 토마스 할아버지와의 인연이 크게 작용했다. 건축가로 성공한 토마스 할아버지가 땅을 샀는데, 마침 그 땅이 광활한 올리브밭이었다고 한다. 그렇게 올리브에 관심을 갖게 된 토마스 할아버지는 올리브오일 학교 동급생으로 백 씨를 만났고, 백 씨는 토마스 할아버지로부터 땅 일부를 샀다. 그뿐이 아니다. 두 사람은 올리브 농사에 필요한 여러 시설과 장비를 공유하는 동업자 사이가 되었다. 동업한 지 벌써 5년째지만, 토마스 할아버지에게 동업자로 인정받기까지는 1년이 넘게 걸렸다. 냉철한 사업가인 토마스 할아버지는 백 씨가 자신과 함께 일할 만한 사람인지 지켜보았다고. 그 전에도 여행이나 출장이 있을 때를 제외하고는 늘 토마스 할아버지와 점심을 먹었다. 매주 같은 요일에 함께 점심을 먹었는데, 토마스 할아버지는 식사 자리에서 올리브밭 이야기는 못 하게 했다. 꼬박 1년을.

"아주아주 오랜 시간에 걸친 면접이었던 거네요"라고 내가 말하자, 백 씨는 고개를 끄덕였다.

그렇게 쟁취해 낸 백 씨의 올리브밭은 그가 사는 마드리드 한복판으로부터 차로 1시간 거리에 있다. "대도시인 마드리드에서 1시간 거리에 올리브밭이 있다고요?"라고 물었더니, 직선 거리는 100킬로미터 정도라고 백 씨가 대답했다. 나는 이쯤에서 중요한 질문을 하지 않을 수 없었다.

"이탈리아 올리브오일도 있고, 그리스 올리브오일도 있잖아요. 스페인 올리브오일은 어떻게 다른가요?"라고 물었다. "다 달라요"라는 답이 돌아왔다. 그래서 좀 거칠어도 한 문장이나 단어로 설명해 달라고 했다.

"그리스 올리브오일은 좀 심심해요. 그리고 이탈리아 올리브오일은 복잡한 면이 많아요. 반면 스페인 올리브오일은 직설적이에요. 직관적이라고 할 수도 있을 것 같아요. 스페인 레드와인과 비슷하다고 할까요?"

올리브오일은 정말 여러 가지로 레드와인과 비슷한 면이 있다. 좋은 품질을 얻으려면 기후와 토양과 강수량이 중요하고, 어떤 조건에서 수확한 올리브를 얼마나 실력 있는 사람이 오일로 만드는지가 중요하다. 쉽게 말하면 이런 것이다. 올리브는 생물이기에 좋은 올리브오일을 생산하려면 올리브가 가장 신선할 때 따서, 지체하지 않고 즙으로 만들어야 한다. 생선을 가장 맛있게 먹는 방법과 마찬가지다. 우리는 생선에 대해서는 좀 알지 않나? 생선이 가장 신선할 때, 그 생선에 대해 잘 아는 사람이, 잘 드는 칼로 손질한 생선을 먹는 것. 올리브오일도 그렇다!

그런데 올리브오일 세계에서 흥미로운 점은 이 '신선함'이라는 척도다. 생산자마다 신선함에 대한 관점이 갈린다. 그에 따라 올리브를 따는 시기도 갈린다. 백수진 씨는 '추수'라고 표현했다. 백 씨와 토마스 할아버지가 동업 중인 알 알마Al Alma 농장에서는 10월 중순부터 추수가 시작된다. 참고로 '알마'는 영혼이라는 뜻. 농장 이름을 '영혼'이라고 짓는 것도 역시 스페인 스타일이라는 생각이 들었다. 과하고도 직설적이다!

"왜 10월인가요?" 하고 내가 묻자, 뼈대만 있는 답이 돌아왔다.

"10월에 짜는 올리브오일이 가장 맛있으니까요."

이어지는 이야기는 이러하였다. 10월에 올리브를 짜면 과육의 10퍼센트 정도만을 오일로 얻을 수 있다. 11월에 짜면 올리브가 더 익어서 더 많은 오일을 얻을 수 있지만, 맛은 떨어진다고. 백 씨와 토마스 할아버지의 '영혼 농장'은 양보다 맛을 택한 것이다. 알 알마 농장에서 생산하는 다른 품종보다 오히블랑카(스페인의 대표적인 올리브 품종)가 비싼 이유도 채즙률에 있었다. 오히블랑카는 과육의 8퍼센트 이하만 오일로 생산할 수 있다.

"그런데 스페인 올리브오일 하면 남부를 알아주지 않나요?" 알 알마 농장은 스페인 중부에 있어서 나는 그렇게 질문했다.

백 씨는 일단 고개를 끄덕였다. 그가 올리브오일 생산자가 되고 나서 가장 많이 받는 질문이라고 했다. "올리브오일은 남부 아니야?" 하고 스페인 올리브오일처럼 직설적으로 말이다. 나 또한 스페인 올리브오일의 최고봉은 남부인 안달루시아산이라고 들었다. 스페인 남부의 태양이 정말 뜨겁기 때문이라고.

"그런데 저희 올리브밭이 어디에 있는지 아세요? 라만차예요. 돈키호테에 나오는 그 라만차요."

"라만차라고요?"

『돈키호테』를 좋아하는 나는 작품의 도입부를 특히 좋아한다. 라만차의 어느 마을에서 일어난 이야기라는, 하지만 동네 이름은 밝힐 수 없다는 그 신비로운 서두를. 백 씨는 세르반테스와 달리, 알 알마 농장이 어디에 있는지 알려주었다. 카스티야라만차주 톨레도에 위치한 라과르디아산에 있다고. 백 씨는 자신의 올리브오일을 어떻게 소개할지 고심하다 『돈키호테』이야기를 가져왔다고 한다. 온라인 판매 페이지는 제품 설명은 이렇게 시작한다. "세르반테스는 『돈키호테』에서 카스티야라만차를 일컬어 겨울에는 얼음처럼 차가운 바람을, 여름에는 타오르는 태양을 겪는 곳이라고 했습니다."

"차가운 바람과 타오르는 태양이 올리브오일과 관계가 있나요?"

백 씨는 "당연히 있죠"라며 극심한 기온 변화가 품질 좋은 올리브 열매를 열리게 한다고 했다. 스페인 중부 지역은 추위와 더위가 모두 악명 높은 지역이라고도.

사람이 먹을 수 있는 올리브 품종은 300종가량으로 포도만큼이나 다양하고, 품종마다 재배에 적합한 기후가 다르다. 알 알마 농장에서 백 씨가 생산하는 오일은 중부 지방의 기후에 어울리는 올리브나무에서 얻은 것이다. 이를테면 코르니카브라는 중부의 토착 품종. 또 피쿠알과 오히블랑카 품종도 재배하고 있다. 피쿠알과 오히블랑카는 원래 주로 남부에서 자라는 올리브나무인데, 기후 변화로 인해 생산지가 북상하고 있다고 했다.

"한국의 사과 같은 거군요!" 백 씨의 설명을 듣고 나는 그렇게 말했다.

지난 몇 년 사이, 맛있는 사과를 만나기가 얼마나 힘들어졌는지 다들 체감할 것이다. 나도 일부러 고랭지인 강원도

라과르디아산에 있는 알 알마 농장.

양구에서 생산한 사과를 사서 먹고 있기에, 기후 변화에 따라 올리브오일 생산지가 달라지고 있다는 설명을 잘 이해할 수 있었다.

알 알마 농장에서 재배하는 피쿠알 품종은 지난해에 생산량의 3분의 1이 급감했다. 한국부터 스페인까지는 비행기로 15시간 넘는 거리지만, 두 나라 모두 기후 변화라는 재앙 앞에서는 같은 처지였다. 앞으로 점점 더 먹지 못하게 될 수 있다. 당연히 먹었던 것들을 말이다. 사과도, 올리브오일도 더 이상 먹게 되지 못할 수 있다! 그렇게 생각하면 아찔해진다. 30년 후에 우리는 무엇을 먹으며 살고 있을까?

백수진 씨를 인터뷰한 2025년 12월 겨울, 그의 올리브밭은 아직 잠들어 있었다. 하지만 잠든 것처럼 보일 뿐 무언가를 도모하고 있었을 것이다. 사람의 눈으로는 볼 수 없는 땅속에서. 그리고 백 씨의 일은 그 속에서 일어나는 변화를 이해하는 것이다.

"그 마음이 팬들에게도 통하지 않았나 싶어요"

싱어송라이터 · 백아

글 정진영

인디는 '독립적인'이라는 뜻의 영어 단어 '인디펜던트inde-pendent'를 줄인 말로, 자본과 거대한 통제 체계의 영향에서 벗어난 창작자와 창작물을 가리키는 표현으로 쓰인다. 영화, 음악, 출판물, 게임 중에 인디를 표방하는 많은 창작물이 있는데, 그중 인디 음악이 대중에게 익숙한 편이다. 크라잉넛, 델리스파이스, 언니네 이발관, 장기하와 얼굴들, 검정치마, 국카스텐, 브로콜리 너마저, 십센치 등 여러 뮤지션이 큰 인기를 끌었기 때문이다.

언젠가부터 인디 음악과 메이저 음악 사이의 경계가 점점 모호해졌고, 대형 기획사와 교류하며 영향력을 확장하는 인디 레이블도 생겼다. 자본으로부터의 독립을 가리키는 표현이었던 인디는 이제 메이저와 구분되는 음악적 태도를 가리키는 개념으로 쓰이고 있다. 이런 분위기 속에서도 음악적 태도는 물론 제작 방식까지 본래 인디의 의미에 가까운 활동을 하는 뮤지션이 여전히 존재한다. 싱어송라이터 백아도 그런 뮤지션 중 하나다.

2025년 9월 오후, 서울 마포구 서교동의 한 합주실에서 백아를 만났다. 밴드 멤버들과 '경희대학교 경영대·정경대 연합축제' 공연 연습을 하고 있던 그는 밝은 표정으로 공연에 기대감을 드러냈다.

"대학 축제 무대는 제가 정말 좋아하는 무대 중 하나예요. 일단 많은 관객이 모이잖아요. 그들이 현장에 모여 뿜어내는 건강한 기운이 제게도 큰 힘을 줘요. 앞으로도 더 많은 대학 축제 무대에 서고 싶어요."

부드럽고 고운 결의 멜로디를 들려주는 포크 음악에 서정시를 방불케 하는 섬세한 가사, 그리고 기교를 부리지 않는 담백한 목소리. 백아는 짧고 자극적인 숏폼 콘텐츠가 대세인 요즘 세상에서 대세를 거스르는 음악을 선보이며 천천히 이름을 알려온 싱어송라이터다. 특히 2018년에 발표한 데뷔곡 〈테두리〉가 채널A 연애 예능 프로그램 〈하트시그널 시즌 2〉의 배경음악으로 사용되고, 엔믹스NMIXX의 해원, 아이브IVE의 리즈, 케플러Kep1er의 서영은 등 여러 아이돌 그룹 멤버가 그의 노래 〈첫사랑〉을 커버한 영상을 선보이며 주목을 받았다. 그는 많은 사람이 자기 노래에 귀 기울인 이유로 진심을 꼽았다.

"제 노래는 다른 장르의 노래보다 듣는 사람을 설득하는데 긴 시간이 필요한 편이라고 생각해요. 그래도 진심으로 노래를 만들면 통한다고 믿으며 저부터 설득할 수 있는 노래를 만들려고 노력했어요. 그런 노래라면 다른 사람도 설득할 수 있다는 믿음과 함께. 과거에 발표한 노래가 시차를 두고 새로운 반응을 불러일으키고 새로운 기회를 물고 올 때마다 놀라워요. 매일 발표되는 수많은 노래 중에서 제 노래를 발견해 주신 분들께 감사해요."

진심은 내게도 시차를 두고 통했다. 2021년 가을, 속초에서 새 장편소설 초고를 쓰며 음원 사이트에서 습관처럼 새로 나온 앨범들을 듣다가 백아의 첫 정규 앨범 《우주선》

합주실에서 백아가 건반을 연주하며 노래하고 있다. 지원영(데이문) 제공.

을 만났다. 훌륭한 가사에 감탄했고 노래를 들으면 착해지는 기분이 들어서 놀랐다. 그때부터 나는 그가 내놓았던 앨범을 역순으로 하나하나 찾아 들었다. 그가 2020년에 싱글로 발표한 〈시간을 되돌리면〉은 내가 2022년에 발표한 동명의 단편소설을 쓰는 결정적인 계기가 되기도 했다. 누군가의 마음을 움직이는 노래를 만드는 영감은 어디에서 나오는지 궁금했다. 먼저 그가 어떻게 음악을 시작했는지 알고 싶었다. 그의 시선은 어린 시절로 향했다.

"일곱 살 때의 일이에요. 부모님께서 제게 배우고 싶은 게 있으면 학원에 보내줄 테니 말해보라고 하셨어요. 그때 마침 제가 네 손가락 피아니스트로 유명한 이희아 님의 연주를 TV로 보고 빠져들었거든요. 피아노가 뭔지 몰라도 꼭 배워보고 싶더라고요. 피아노 학원에서 제가 가장 어린 수강생이었는데, 그게 기특했는지 선생님께선 저를 애지중지하며 키우듯이 다루셨죠. 덕분에 기초부터 탄탄하게 피아노를 배울 수 있었어요."

백아는 중학교와 고등학교에 진학한 뒤에도 꾸준히 학원에서 피아노를 배우고 클래식을 연주했다. 그랬던 그가 대중음악을 해야겠다며 진로를 바꾼 것은 온전한 자기만의 음악을 만들고 싶다는 열망 때문이었다.

"언젠가부터 클래식 연주가 더는 즐겁지 않았어요. 제가 아무리 훌륭한 클래식을 연주해도 결국 남이 만든 곡을 연주하는 거잖아요. 제가 만든 곡을 담은 악보를 갖고 싶다는 욕

심이 생겼어요. 그때 제가 즐겨 듣던 그룹 비원에이포B1A4의
노래를 선생님께 들려드리면서 물었죠. 이런 노래를 만들려
면 뭘 배워야 하느냐고 말이죠. 얼마 후에 오랫동안 다닌 피
아노 학원을 그만두고 실용음악 학원에 등록했어요."

　백아는 실용음악 전공으로 대학에 진학했지만, 그곳에
서도 방향을 잡기가 쉽지 않았다고 고백했다. 막연히 좋아
하는 음악을 길게 하고 싶은 마음에 실용음악 전공을 선택
했는데, 대학에 가서 보니 자기가 하고 싶은 음악이 주류와
는 거리가 멀다는 것을 깨달았기 때문이다.

　"당황스러웠죠. 음악이 아닌 다른 일은 생각조차 안 해
봤거든요. 고민 끝에 일단 내가 들려주고 싶은 노래를 누가
들어도 부끄럽지 않게 만들어 보겠다고 결심했어요. 그런
각오를 다질 가장 좋은 방법은 제가 만든 노래를 세상에 발
표하는 것이었어요. 노래는 한번 세상에 내놓으면 되돌릴
수 없으니까요. 그렇게 만든 노래가 〈테두리〉였어요. 하지
만 음원을 공개하던 날엔 실감이 안 나더라고요. 그날에도
저는 아이들에게 피아노를 가르치려고 학원에 출근하던 중
이었거든요."

　시작은 미약했지만, 이후에 벌어진 일은 미약하지 않았
다. 사랑하는 사람을 빛으로 표현하고, 자신은 그 빛을 반사
하는 존재로 주위를 맴돌며 곁에 머물겠다는 마음. 그런 마
음조차 아껴서 표현하는 가사가 애틋한 〈테두리〉는 천천히
스며들듯 입소문을 탔다. 이후 발표한 여러 싱글과 EP 앨범

들도 시차를 두고 조금씩 역주행해 입소문을 더했다. 입소문은 느리지만 확실했다. 몇 명만 들어와도 꽉 차는 작은 북카페에서 시작했던 공연장 규모는 이제 수백 석 공간을 마련해야 할 정도로 불어났다. 공연할 때마다 순식간에 티켓이 매진돼 예매하려면 '광클'이 필수가 됐다.

"청춘에게 가장 소중한 감정은 사랑이기에 그만큼 이별을 이겨내는 법을 배우는 것도 중요하다고 생각해요. 좋은 인연이 모두 사랑으로 이뤄지진 않아요. 정말 좋은 사람을 보면 욕심내기보다 지켜주고 싶은 마음이 들 때도 있고요. 세상에는 다양한 유형의 사랑이 있어요. 제가 어렸을 때 들었던 노래에선 그런 감정을 조심스럽게 다루고 배려하는 마음이 느껴져서 좋았어요. 제 노래에도 그런 마음을 담으려고 하는데, 그 마음이 팬들에게도 통하지 않았나 싶어요."

소속사가 없는 백아에게는 음악 창작은 물론이고 음반 제작, 공연장 섭외, 홍보, 수익 정산, 세금 계산 등 가욋일도 모두 본인의 몫이다. 힘에 부치지만, 이 또한 그에겐 자기가 하고 싶은 음악을 오래 하기 위한 선택이었다.

"사실 많이 힘들죠. 잠시 소속사에 적을 뒀던 시절이 있었는데, 음악 외 업무엔 신경을 쓰지 않아도 되어서 편했어요. 여럿이 머리를 맞대니 좋은 아이디어도 많이 나왔고요. 한 사람이 여러 사람의 머리를 이길 순 없더라고요. 하지만 소속사가 투자 비용을 회수하고 수익을 내려면 제가 얼마나 많은 행사를 뛰어야 하는지 짐작이 되니까 잠을 편하게 못

잤어요. 몸이 고되어도 제가 모든 걸 투자하고 제가 모든 책임을 지는 게 마음이 편하더라고요."

백아는 오랫동안 음악을 하기 위해 꼭 필요한 습관으로 규칙적인 생활을 꼽았다. 그는 작업실을 집에 마련해 뒀는데, 아무리 같은 집 안이어도 늘 출근한다는 자세로 작업실로 향한다고 말했다. 아침 일찍 일어나 몸을 씻고 복장을 갖춰 입은 뒤 출근하는 직장인처럼, 절대 엉망인 모습으로 작업실에 들어가지 않는다고.

"새벽 4시쯤 잠들어서 아침 8시에 일어나요. 늦은 시간까지 작업하는 편인데, 그렇다고 늦게 일어나진 않아요. 저도 음악이라는 일을 하는 사람이에요. 제가 일로 만나는 사람 중엔 직장인이 많아서, 저도 그들과 같은 시간에 소통할 수 있는 사람이 돼야 한다고 생각해요. 공공기관을 이용할 수 있는 시간대에 맞춰 함께 움직여야 한다는 게 제가 배운 사회의 규칙이에요."

백아는 자기가 만든 창작물에 대한 권리를 철저하게 지키려는 노력 또한 음악을 오래 하는 데 필요하다고 강조했다. 나는 그의 말에 진심으로 공감했다. 자기 이름으로 책을 출간하는 데에만 급급해 계약서를 제대로 살피지 않았다가 나중에 난처한 상황에 놓여 창작에 환멸을 느끼던 신인 작가를 여럿 봤기 때문이다. 마찬가지로 신인 뮤지션, 특히 홀로 활동하는 인디 뮤지션이라면 기회로 보이는 제안 앞에서 자기 목소리를 내기가 더 쉽지 않을 테다. 그는 창작자의 권리를 보호하는 것은 자기뿐만 아니라 동료 뮤지션 모두를 위해 중요하다고 강조했다.

"제 가치를 평가절하하며 이득을 취하려는 기획사들이 있었어요. 제 앨범에 자기네 기획사 이름이 들어간다는 사실 자체만으로도 홍보이고 영광이라고. 제가 어려서 이 바닥을 잘 모른다며 가르치려 들고. 그럴 때마다 기분이 복잡해졌어요. 제게 그런 제안을 한다는 건 비슷한 제안을 받아들이는 동료 뮤지션이 많았다는 의미니까요. 저는 제 노래를 진심으로 사랑해요. 그래서 함부로 누군가에게 넘길 수 없어요. 그게 좋은 기회로 보일지라도 말이죠."

내가 지금까지 만난 여러 예술인에게서 느낀 공통의 정서는 자유로움과 불안이었다. '나인 투 식스'라는 보통 사람의 삶에서 벗어나 있지만, 자신의 창작물이 존중받지 못하고 사회가 말하는 성공에 이르지 못할지도 모른다는 고민에서는 벗어나지 못하기 때문일 테다. 반면 백아에게는 단단하고 안정된 정서가 느껴져 신선했다. 앞으로 이루고 싶은 꿈이 무엇이냐는 질문에 돌아온 대답은 더 신선했다.

"학창 시절에 너는 꿈이 무엇이냐는 질문을 많이 받잖아요. 그 질문에 제 친구가 했던 대답이 지금도 기억에 생생해요. 나중에 뭘 하게 될지 모르지만, 그때 성적에 발목 잡혀 후회하는 일이 없도록 최선을 다해 성적을 관리하고 있다더라고요. 저는 건강하게 오래 음악을 하고 싶은 게 꿈인데, 그게 먼 훗날에도 가능할지 잘 모르겠어요. 그래서 일상을 반듯하고 알차게 보내려고 해요. 자유와 방종을 착각하지 않으려고 늘 조심스럽게 마음을 다잡고 있어요. 허투루 보낸 일상에 발목을 잡히지 않게."

"누구나 가지고 있는
욕망을 파는 일이죠"

화장품 사업가 ◦ 김화장

글 **최영**

대한민국은 화장품 강국이다. 이 말이 소위 '국뽕'이 아님을 주식시장이 말해준다. 그런데 대한민국만이 화장품 강국인 것은 아니다. 조선도, 고려도, 고구려·백제·신라도 모두 화장품 강국이었다. 1712년경 편찬된 일본의 옛 백과사전 『화한삼재도회』에는 백제가 일본에 화장 기술을 전수했다는 기록이 남아 있고, 1123년 북송의 사신으로 고려에 왔던 서긍이 지은 견문록 『고려도경』에는 고려 여인의 화장 스타일에 관한 언급이 있다고 하니, 예나 지금이나 한반도에는 유행을 선도하는 소위 트렌드세터의 모습이 여실하다.

더 주목할 것은 신라의 화랑들뿐 아니라 고려 및 조선의 선비들도 백분과 미묵으로 얼굴 꾸미기에 신경 썼고, 향낭을 애용했다는 사실이다. 한마디로 선비는 예뻤다. 오늘날의 방탄소년단BTS과 세븐틴SEVENTEEN, 스트레이 키즈Stray Kids의 모습에서 아름다운 선비의 얼굴을 엿볼 수 있는 까닭이 여기에 있다.

이번에 그릴 '일하는 사람의 초상'은 이 아름다움의 세계에서 일하는 사람이다. 세무와 관련한 공신력 있는 표현으로 '화장품 제조 및 도소매 사업자'인 김화장(가명, 정사년생) 대표를 만나보았다.

김 대표가 경기도 동탄에 사무실을 둔 것에는 특별한 이유가 없다. 그러나 몇 가지 소소한 이점이 그곳에 자리 잡을 이유를 만들었다. 먼저 수원에 있는 집과 가깝다는 사실이다. 일하는 사람이면 안다. 업무는 어째 출근길부터 시작되는 것 같다. 그리고 퇴근길이 끝날 때까지 일이 이어지는 느낌. 출퇴근이 편해야 한다는 건 예전 직장 생활을 할 때부터 김 대표가 터득한 진리였다. 그는 오전 9시에서 10시 사이 사무실에 도착한다. 일주일에 한두 번은 관련 업체나 바이어와의 미팅 때문에 서울로 바로 출근할 때도 있다.

"출퇴근 문제 외에도 임대료가 비교적 싸고, 또 수도권 과밀억제권역 밖이라 법인세 감면 혜택도 있거든요. 예전에는 서울 강서구 화곡동 쪽에 화장품 도소매 업체가 모여 있었다고 들었는데, 요즘 같은 정보화 시대에는 같은 업종끼리 모여 있을 이유가 적어졌죠. 대신 교통이 살짝 불편하니까, 직원 구하는 데 어려움이 있기는 합니다. 어쩌면 이런 사정도 저렴한 임대료에 반영되었는지 모르겠네요. 저희도 돈 많이 벌면 강남에 사옥도 짓고 해야죠."

화장품 사업을 시작한 지는 아직 10년이 채 되지 않았다고 한다. 이전에는 어떤 일을 했고, 또 어떤 계기로 업계에 뛰어들었는지 궁금해졌다.

"친구 따라 강남 간 케이스라고 해야 할까요? 제가 사회에 첫발을 디딘 곳은 모 대기업의 해외영업팀이었습니다. 전공이 중국어여서 중국, 대만을 포함한 아시아 쪽 영업을 담당했었고요. 그러다 돈을 좀 빨리, 그리고 많이 벌어보고 싶다는 생각이 들었습니다. 그래서 보험 영업으로 전직했고, 그때 만난 동료가 먼저 화장품 사업을 시작했어요. 그 친구가 수출과 해외 관련 일을 도와주면 안 되겠냐고 해서

54

저도 화장품 업계로 들어온 것이죠. 일하다 보니까 제 사업을 하고 싶다는 생각이 들어서 창업했습니다. 화장품 사업은 젊고 아름답고 건강해 보이고픈 욕망을 파는 것이죠. 이 욕망은 누구나 가지고 있고 시간이 지나도 변함없을 테니, 계속 성장할 수 있는 영역이라고 판단했고요."

사업 이야기를 조금 더 구체적으로 들려달라고 요청하자, 무슨 우여곡절이 있었는지 김 대표는 잠시 천장을 멍하니 보더니 말을 이었다.

"처음에는 정말 잘 풀렸어요. 그때가 1차 K-뷰티 붐이라고도 말할 수 있거든요. 그 덕분에 OEM(주문자 상표 부착 생산Original Equipment Manufacturing)이긴 했지만 베트남으로 수출도 했고, 이후에 독일 비건 화장품의 국내 총판을 맡았죠. 그런데 1차 오더분이 통관을 끝내자마자 기가 막히게 코로나19 사태가 터져버리더라고요. 정말 청천벽력이었죠."

그때의 충격이 떠올랐는지 그는 테이블에 놓인 아이스 아메리카노를 벌컥 들이켰다. 사업이란 게 그렇다. 변덕스러운 날씨를 헤치고 나아가야 하는 뱃사람의 운명과도 비슷하다. 농사도 기상이 중요하지만, 뱃일에 비할 바는 아니다. 직장 생활도 부침이 있지만, 사업에 비할 바는 아니다.

원래는 피부관리실 위주로 유통할 계획이었다. 하지만 코로나19 유행이 심각해졌고, 계획은 다 무산되었다. 어쩔 수 없이 시작한 것이 온라인 판매였다. 처음에는 네이버에서 판매를 시작했다. 키워드 광고도 했다. 그 효과인지는 모르겠으나 판매가 늘어났다. 그다음에는 쿠팡에 입점했다. 지금은 쿠팡 측 제안으로 '로켓배송' 입점까지 했다. 팬데믹이 끝난 후, 피부관리실 영업망이 있는 회사와 국내 총판 계약을 맺었다. 현재 유통은 그쪽의 도움을 받고 있고, 김 대표는 새로 만든 브랜드에 집중하고 있다.

화장품이 호황이라는 이야기는 많이 들었지만, 아까 말한 '1차 붐'의 의미가 무엇인지 물었다.

"1차 K-뷰티 붐은 중국이나 동남아를 중심으로 대기업이 주도해서 형성되었다고 보고 있어요. 고풍스럽고 화려한 용기에 든 화장품을 떠올려 보시면 될 거예요. 판매도 중국의 '따이공'과 면세점 고객을 통해 이뤄지는 게 대세였죠. 2차 붐은 현재 진행 중이고, 북미나 유럽 시장 등이 핵심이에요. 인디 브랜드가 주도하고 있고, 인플루언서 마케팅이 중요해졌고요."

귀동냥으로 들은풍월이 있어서, 대한민국은 OEM과 ODM(제조자 개발 생산Original Design Manufacturing) 강국이니까 사실상 난해한 일은 제조 업체에 맡기고, 김 대표는 유통과 판매에 집중하면 되는 것 아니냐고 물었다. 그러자 말 속에 든 뼈를 김 대표가 골라냈다.

"우리나라 화장품이 전 세계적으로 강세를 보이는 것이 한국콜마, 코스맥스 등 뛰어난 기술력의 제조사가 많아졌기 때문임은 부인할 수 없는 사실이에요. 그런데 이를 역으로 말하면, 화장품 시장의 진입장벽이 낮아지고 있다는 의미거든요. 시장은 커지고 있지만, 경쟁이 격화되는 것이죠. 화장품 시장은 정말 레드오션입니다."

누구나 할 수 있다고 아무나 할 수 있는 것은 아니라는 말이었다. 그냥 하는 것과 남들보다 표시가 날 정도로 잘하는 것은 천지차이다. 기술 장벽이 있는 제조는 전문 업체에 맡기면 되니 오히려 유통, 판매와 같은 요소가 화장품 시장에서 가장 경쟁이 치열하고 난해한 일이 되고 말았다.

화장품 시장은 넓다. 분류 방법도 여러 가지다. 일반 화장품과 따로 허가를 받아야 하는 기능성 화장품으로 나눌 수도 있고, 화장 순서에 따라 기초 화장품과 색조 화장품으로도 나눌 수 있다. 사용 부위에 따라 헤어, 페이스, 보디로 나누기도 하고, 사용자에 따라 유아용, 성인용 등으로 구분하기도 한다.

꽉 찬 듯 보이는 시장이지만, 화장품 시장에도 틈이 있다. 틈새에서 업계의 강자가 될 씨앗이 싹튼다. 김 대표는 독일 화장품 회사의 국내 총판이 되면서 남아프리카공화국에 있는 연구소에까지 가서 교육을 받았는데, 그 과정에서 화장품의 기본은 결국 보습, 세정, 자외선 차단이라는 사실을 알게 되었다. 그의 회사에서 이번에 새로 출시한 제품은 '퍼퓸드 보디 크림'으로 보습 제품이다. 여러 기업이 보디 크림 시장에 진입했지만, 다행히 아직은 절대 강자가 보이지 않는다.

의도하고 만든 제품은 아니다. 원래는 다른 제품에 사용할 용도로 향료를 개발했는데, 제조 업체 쪽에서 개발한 향이 너무 아깝다고 해서 함께 고민하다 보디 크림으로 만들었다. 복잡하고 섬세한 향은 미학적이다. 하지만 그 섬세함이 딜레마이기도 하다. 소비자의 마음은 도무지 종잡을 수 없기 때문이다. 그래서 요즘에는 그 마음을 알려고 너무 머리를 싸매지 않기로 했다. '차라리 진심 어린 시도를 작게 많이 해보자!'라는 것이 현재 김 대표의 생각이다.

화장품 사업을 영위하면서 힘든 일은 무엇이 있을까? 대부분의 사업가가 이야기하는 것처럼 결국 '돈과 사람'이 제일 힘든 것일까? 역시 그랬다.

"자금과 인간관계죠."

자금이라는 것은 매출을 의미하는 것인지 묻자, 그가 끄덕이는 듯싶더니 고개를 갸웃했다.

"매출도 당연히 신경이 쓰이죠. 하지만 자금 조달이 가장 큰 스트레스예요. 자금 조달 문제는 잘되면 잘되는 대로, 안되면 안되는 대로 괴로움을 안겨줍니다. 신제품을 개발하고 출시하는 것도 돈이고, 사업을 확장하는 것도 돈이고, 패키지 디자인을 바꾸는 것도 돈이고, 아무튼 다 돈이니까요."

자금 조달이 스트레스라는 사실은 금방 이해할 수 있었다. 그런데 인간관계가 스트레스라는 것은 의외였다.

"화장품 업체라고 해서 인간관계가 더 힘든 것은 아니고요. 화장품 업체도 거래처가 여러 곳이고, 유통 과정에서 생기는 불만이 있으면 그것도 처리해야 하고, 우리 직원들과 생각이 어긋날 때도 있죠."

돈과 사람이라는 스트레스 항원은 다른 곳으로 옮겨 가지 않을 것 같고, 그렇다면 항원에 반응하는 방식을 조절해야 할 터. 김 대표는 업황이 정말 안 좋았던 코로나19 시절에는 주로 집에서 반주로 스트레스를 풀었다. 그런데 그 술이 또 스트레스로 작용했다. 과음한 다음 날에는 일이 손에 제대로 잡히지 않았고, 건강도 나빠져서 고생했다. 지금은 건전한 방식을 택하고 있다. 운동, 독서, 영화 감상 같은 것들 말이다. 3년 전부터 새벽 수영도 시작했다. 온·오프라인 독서 모임에도 참가한다. 독서 모임은 다양한 관점에서 오는 통찰력을 얻을 수 있어 만족스럽다.

다행인 건 가족이 늘 응원해 준다는 점이다. 사업이 어려움을 겪을 당시에 만약 배우자와 자녀가 다른 일, 혹은 예전의 안정감 있던 일을 권했다면 크게 흔들렸을 것 같다. 일에 바쁘다 보니, 고마운 가족과 함께하는 시간이 부족해 늘 미안한 마음이다.

인터뷰 당일 김 대표는 점심과 오후에 약속이 있어 서울에 가야 했다. 점심은 왕십리에서 거래처 사람과 먹고, 선릉으로 이동해 바이어 미팅을 하고, 저녁에는 독서 모임에 참석할 예정이라고. 오후 미팅 후 어중간하게 시간이 비는데, 그 빈틈에 그는 올리브영이나 백화점 화장품 코너에 들러 작금의 트렌드를, '젊고 아름답고 건강해 보이고픈 욕망'을 직접 느껴볼 것이라고 했다.

"배우와 제일 가까이 있는
사람이에요"

촬영감독 · 이석준

글 이서수

영화나 드라마를 볼 때면 보통은 배우의 연기와 줄거리의 개연성, 맛깔스러운 대사에 주목하는 경우가 많다. 때로는 누가 극본을 썼고, 어떤 감독이 연출했는지 검색해 보기도 한다. 하지만 촬영감독을 궁금해하는 경우는 드문데, 아마도 촬영감독이 대중 앞에 모습을 드러내는 일이 지극히 드물기 때문일 것이다. 프레임 안에 배우와 공간을 담고 나아가 작품의 색과 결을 만드는 사람. 인터뷰 당시 장편 데뷔 10년 차였던 촬영감독 이석준 씨를 만나 그의 직업 세계에 대해 들어보았다.

"감독이 '레디 액션'을 외치면 배우를 찍는 사람이 촬영감독입니다. 저는 2015년 영화 〈성실한 나라의 앨리스〉로 장편 데뷔했고, 주로 극영화를 촬영했습니다. OTT 시리즈 제작이 크게 늘면서 드라마 시리즈도 촬영하고 있고요."

마침 인터뷰를 진행한 날은 그가 촬영지 사전 답사를 위해 독일 프랑크푸르트에 다녀온 이튿날이었다. 드라마의 평균적인 촬영 기간이 얼마나 되는지부터 물었다.

"16부작 기준으로 반년 정도 촬영하죠. 여러 작품에 참여하면서 방송국 편성 드라마보다는 OTT 시리즈 촬영을 더 잘할 수 있다는 생각을 갖게 됐어요. 저는 영화 촬영을 더 좋아하는데, OTT 시리즈가 영화와 더 비슷하거든요."

영화와 드라마 촬영 작업의 차이점에 대해 좀 더 자세히 물었다.

"영화는 큰 스크린에 상영되니까 모든 장면을 디테일하

이석준 씨가 촬영 세팅 중인 모습.
세팅을 돕는 팀원도 보인다.

고 리얼하게 표현하려는 경향이 있어요. 아무래도 촬영 분량도 적고요. 상대적으로 드라마는 주어진 시간에 비해 촬영할 분량이 많다 보니 효율을 중시할 수밖에 없고, 그 과정에서 제 업무를 존중받지 못한다는 느낌을 받은 적이 있어요. 그래서인지 시간이 갈수록 자연스레 영화를 하던 사람들과 주로 작품을 하고 있어요."

작업이 어떤 방식으로 진행되는지 궁금했다.

"작품을 계약하기로 하면 우선 동료들을 모집합니다. 가장 먼저 하는 일은 조명감독과 그립실장, 촬영팀장을 정하는 거예요. 그립실장은 카메라의 무빙을 위해 장비를 설치하고 오퍼레이팅을 해주는 사람이고, 촬영팀장은 카메라와 렌즈 등 장비 관리, 촬영팀의 인사 관리, 연출이나 조명 등 협력하는 팀들과의 소통을 책임집니다. 보통은 카메라 한 대에 4~5명의 팀원이 필요한데, 요즘은 A캠과 B캠 두 대의 카메라로 촬영할 때가 많아요. 그러면 B팀의 촬영감독도 구해야 하죠. 빛을 만들고 조절하는 조명감독과 조명팀까지 저와 한 팀처럼 움직여요. 조명팀이 많게는 8~10명, 그립팀은 4~5명 정도로 구성되고요."

촬영감독이 인사도 담당하는 줄은 몰랐다고 말하자, 중요한 일 중 하나라는 대답이 돌아왔다. 하긴 손발이 잘 맞는 팀을 꾸려야 현장 분위기가 좋아지고 작품도 잘 나올 것이다. 다수가 모여 협업하는 일이기에 그에 관한 고충이 많을 것 같았다.

"저는 공동 작업을 좋아하는 편이라서 고충보다는 즐거움을 더 많이 느껴요. 힘과 지혜를 모아 문제를 해결하는 과정이 즐겁더라고요. 혼자서만 정답을 알고 있는 것처럼 고압적인 태도로 일하는 사람을 싫어해요. 제가 촬영할 때 가장 중요하게 생각하는 게 연기거든요. 배우가 최상의 연기를 할 수 있도록 만들어 줘야죠. 감독이나 스태프도 각자의 재능을 마음껏 펼칠 수 있게 현장 분위기를 편안하게 만드는 일이 가장 중요하다고 생각해요."

현장에서 촬영감독의 역할이 꽤 광범위함을 짐작할 수 있는 말이었다.

"촬영감독이라고 저를 소개하면 사람들이 늘 하는 말이 있어요. '카메라가 무거워서 힘드시겠어요.' 그런데 사실 카메라를 항상 촬영감독이 직접 들고 찍는 건 아니거든요. 근력이 약해도 장비를 무리 없이 다룰 수 있게끔 현장 시스템이 잘 마련되어 있어요."

나 역시 전혀 몰랐던 점이었다.

"전공자로서 처음 공부할 때, 뷰파인더에 들어오는 모든 장면에 책임을 져야 한다고 배웠어요. 영화는 감독의 예술이라고 하는 말엔 동의해요. 전체 호흡과 장면의 결과를 책임지는 감독이 중요한 것은 맞지만, 훌륭하고 현명한 감독일수록 동료들의 능력을 끌어내기 위해 노력하고, 결정을 내릴 때 조언을 얻으려고 해요. 당장 배우부터 감독이 원하는 대로만 움직이지 않거든요. 훌륭한 배우일수록 더더욱 그래요. 배우가 감독의 요청대로만 움직여야 한다면 그건 인형극에 가깝죠."

배우의 자유로운 연기를 옹호하는 그의 말에서 배우에 대한 깊은 신뢰가 느껴졌다.

"촬영하는 동안엔 촬영감독이 배우와 제일 가까이 있는 사람이에요. 뷰파인더로 보는 동안 같이 호흡하는 느낌이 들면 무척 즐겁죠. 아무래도 배우와 신뢰가 생기면 제 요청에 우호적으로 응해줄 때가 많아요. 촬영 회차가 쌓이면서 차츰 서로에 대한 신뢰가 생기거든요. 얼마 전엔 젊은 배우들과 함께 일했는데, 나중엔 저한테 엄마라고 하더라고요. 감독님한테는 아빠라고 하고."

혹시 기억에 남는 일화가 있는지를 묻자, 그는 미소를 지으며 곧바로 답했다.

"어느 배우님이 손 편지를 써주신 적이 있어요. 사실 배우가 정말 힘든 직업이거든요. 배우에게 감독은 감정 표현과 대사 전달, 촬영감독은 정확한 위치와 시선 처리를 요청해요. 연출, 조명, 녹음 등 다른 팀들의 요청도 있고요. 많은 사람이 요청한 사항을 동시에 처리하면서 편집을 위해 앞뒤의 연결도 맞춰야 해요. 그래서 배우는 고되고 외로울 수밖에 없는데, 그런 순간에 제가 힘이 되어줘서 고마웠다고 편지에 썼더라고요. 기뻤어요. 연기하기 좋은 여건을 만들려고 노력했던 게 전해진 거 같아서요."

구체적으로 어떤 노력을 했는지 궁금했다.

"제가 할 수 있는 한에서는 배우를 통제하지 않으려 해요. 제가 저희 팀 동료들에게 하는 말이 있어요. '대선배 배우에게도 요청할 수 있는 것이라면 해라. 신인이거나 후배 배우라서 편하게 말하는 거면 다시 생각해 보고.' 요청이 많으면 배우에게는 어쩔 수 없이 제약이 생기는 거니까요. 저는 가능한 한 아침마다 배우에게 먼저 다가가서 컨디션이 어떤지 묻고 살피려고 노력해요. 그것도 제 일의 일부거든요. 카메라와 제 주변을 편안하게 느껴야 좋은 연기가 나온다고 믿습니다."

그 말은 '좋은 연기'는 그저 배우만의 역량이 아니라는 생각이 들게 했다. 사실 우리가 일하면서 맡는 역할과 책임 중 일부는 반드시 동료들과 나누어 갖는 건지도 모른다. 그러므로 촬영감독도 현장에서 동료들과 형성하는 관계가 무척 중요할 것이다.

"감독에겐 결정권이 있어요. 어떤 걸 할지, 안 할지 결정할 수 있는 큰 권한이 있죠. 하지만 사안에 따라서 제가 제안을 하기도 합니다. 특히 장소를 정하는 로케이션 헌팅 때나 스토리보드 작업을 할 때도 카메라가 인물을 어떻게 잡을지를 같이 의논해요. 감독이 혼자서 그 모든 걸 다 하지는 못해요. 감독이 동료들에게 믿고 맡긴다는 자세를 보여주면 그때부터 일이 즐겁고 재밌죠. 인물을 어떤 렌즈로 잡을 것인가에 대한 판단은 우선 촬영감독이 해요. 광각·망원·표준 렌즈가 있는데, 어떻게 보느냐에 따라 인물과의 거리감이 달라지고, 렌즈의 왜곡을 통해 여러 표현을 할 수 있습니다. 사람 혹은 사물을 표현하는 것은 온전히 저의 영역이자 책임이라 생각하고, 최대한 존중받으려고 노력해요."

좋은 작품의 밑바탕엔 '동료애'와 '존중'이 있음을 짐작하게 하는 말이었다. 서로를 착취하지 않는 태도는 기본일 것이다.

"근무시간이 정해져 있어요. 주당 52시간을 반드시 지켜야 해요. 하루에 14시간 정도 일한다고 보시면 돼요. 주말과 평일의 구분은 없지만요. 영화는 대본이 다 완성되어 있는 반면에 드라마 시리즈는 대본이 끝까지 나오지 않았을 때부터 촬영을 시작하는 경우가 많아요. 그 경우엔 끝을 알 수 없는 상태에서 찍는 거죠. 후반부 대본이 늦게 나올 수도 있는데, 그러다 보니 문제가 생길 때도 있어요. 정해진 근무시간을 조금 넘겨서 촬영해야 할 때도 스태프들은 대체로 작품이 잘 완성되길 바라며 촬영에 임하는 편이에요. 사실 그런 경우가 꽤 많아요. 그래도 지금은 주당 52시간 근무가 현장에 제대로 정착한 편이에요. 표준근로시간이 정착되기 이전에는 근무 여건이 많이 열악했어요. 저도 전해 들은 이야기인데, 2010년쯤만 하더라도 드라마의 경우에는 촬영팀이 단체로 사우나에 들어가서 몇 시간 쉬었다가 다시 나와서 촬영하곤 했대요. 영화는 드라마보다 주당 52시간 적용이 더 빨랐어요."

자연스레 노동조합에 관한 이야기가 이어졌다.

"CGK라는 촬영감독조합이 2013년에 생겼어요. 선배 촬영감독이 과로로 쓰러져서 수술까지 받았는데 산재 처리를 못 받은 일이 있었고, 이를 계기로 동료들이 권익을 지키고자 조합을 만든 거예요. 그 외에도 영화노조와 감독조합이 있고, 부당한 행위를 당하면 신고할 수 있는 영화인 신문고도 있어요. 다방면에서 여러 사람의 노력으로 차츰 근무 여건에 대한 인식이 바뀌었죠. 성평등을 위해 촬영 전에 전 스태프들이 성교육도 받는 등 긍정적인 변화가 많이 있었고요. 얼마 안 가서 방송 쪽도 비슷한 단체들이 생긴 것으로 알고 있어요."

과거의 촬영 현장에서 겪었던 부당한 일들은 연대와 인식 변화로 사라지는 추세 같았다. 물론 해결되어야 할 과제도 여전히 남아 있을 것이다.

개인적으로 힘든 점은 없는지를 물었다.

"앞날을 예측할 수 없다는 점이 가장 힘들죠. 작품을 언제 다시 하게 될지를 계약하기 전까지는 모르니까요. 프리랜서로서 언제 일을 시작할지 알 수 없는 불안한 상태를 견뎌야 해요."

불안을 견뎌야 하는 직업이더라도 그는 현장으로 돌아가면 그걸 잊을 만큼의 즐거움을 느끼는 듯했다.

끝으로 촬영감독에게 가장 중요한 능력을 물었다.

"앵글 잡고 색을 정하고 이런 것도 중요하긴 하지만, 결국은 커뮤니케이션이 가장 중요해요. 동료들과 협업해야 하

기에 서로 묻고 결정하는 일이 대부분이라서, 생각을 언어
화해 상대에게 효과적으로 의견을 전달할 수 있는 능력이
있어야 하죠. 그리고 오직 자기 생각만이 정답이라는 태도
는 작품에 안 좋은 영향을 미친다고 생각해요."

그 말은 결국 사람이 일의 중심에 있다는 의미 같았다.
사실 인터뷰가 진행되는 내내 그는 동료들에 관한 이야기를
가장 많이 꺼냈다. 서로의 능력을 믿고 존중해 주는 일의 중
요성도 자주 언급했다. 인터뷰를 마치며 그 점을 언급하자,
이런 말이 돌아왔다.

"사람이 하는 일이라면 당연히 그래야 하지 않을까요?"

"전쟁터에 나가는
기분이었어요"

장애인자립생활센터 사무국장 · 이은주

글 김의경

이은주(가명) 씨와 만나기 전에 카카오톡으로 대화를 나누었다. 은주 씨는 자신의 말을 알아듣기 힘들 수 있다면서 내게 서면으로 인터뷰 내용을 먼저 보내달라고 했다. 양재역에서 만나기로 하고 역 근처 식당을 검색하다가 돈가스와 쌀국수 중에 어느 것이 좋은지 묻자, 그는 쌀국수보다는 돈가스가 먹기 편한 음식이라고 했다.

3일 뒤 약속 장소에 도착했는데 은주 씨가 보이지 않았다. 전화를 걸자 그는 근처에 있다면서 조금만 기다리라고 했다. 금세 그가 내게로 다가와 인사하며 말했다.

"장콜(장애인콜택시) 타고 왔는데 일찍 도착해서 근처에서 기다리고 있었어요."

지하철을 타고 오는 동안 은주 씨가 이메일로 보낸 서면 인터뷰 답변을 읽었다. 은주 씨는 뇌병변장애가 있는 42세 여성이다. 혼자서 걸을 수 있고 거의 모든 일상생활을 할 수 있지만 동작이 더디고 말하는 것이 불편하다. 그래서 활동지원사의 지원을 받으며 일상을 살아가고 있다. 그는 2025년 8월, 6년 동안 다니던 기관에서 퇴사하고 잠시 쉬고 있었다. 대학을 졸업한 이후로 계속 일해온 그에게 잠시 여유로운 시간이 주어진 셈이었다.

주문한 돈가스가 나오자 은주 씨는 식당 직원에게 가위를 가져다 달라고 요청했다. 그는 기도가 좁아서 큰 것을 삼키기 힘들다면서 내게 돈가스를 잘게 잘라달라고 부탁했다. 먹기 좋은 크기로 여러 개로 잘려 나온 돈가스를 나는 하나

하나 네 조각으로 또 잘랐다. 그래도 그는 먹는 것을 힘들어했다. 오래도록 씹어서 넘겨야 하므로 식사 속도가 느릴 수밖에 없었다. 내가 밥을 다 먹었을 때 은주 씨는 반도 먹지 못했다. 천천히 먹으라고 하자 그는 배가 불러서 더 이상 먹지 못하겠다고 했다. 조금밖에 못 먹었는데 배가 부르냐고 묻자 잘게 자르면 양이 더 많아져서 배가 부르다면서 웃었다. 우리는 카페에 가서 본격적인 이야기를 나누기로 하고 짐을 챙겨 나왔다.

카페 문을 열고 들어가자, 한쪽에 서 있는 키오스크가 보였다. 은주 씨가 자신은 언어장애가 있어서 키오스크로 주문하는 것이 더 편하다고 했다. 키오스크로 음료를 두 잔 주문해 마주 앉자 한결 대화하는 게 편했다. 너무 적게 먹은 것 같은데 괜찮겠냐고 묻자 그는 웃으며 답했다.

"장애 특성상 밖에서는 많이 먹지 못해요. 먹는 속도가 너무 느려서 제대로 먹으려면 2시간은 필요하거든요. 저만 식사 시간을 2시간 달라고 할 수도 없고요. 그래서 집에 가면 못 먹은 만큼 먹어요. 집에서는 입에 간식을 달고 살아요."

우리는 창가에 자리를 잡고 2시간 동안 이야기를 나누었다. 사회복지학을 전공한 그는 졸업 후 이력서를 100번 이상 냈다. 이력서를 50번 내면 한 곳에서 면접 보라는 연락을 했을 정도로 취업이 어려웠다. 이력서를 넣고 또 넣는 험난한 과정을 거쳐 장애인 인권 활동을 하는 단체에서 일할 수 있게 되었고, 이 일을 한 지도 어느덧 15년이 되었다. 그는 첫 취업 이후 서너 번 이직했고, 2025년 8월까지 근무했던 장애인자립생활센터에서는 6년간 사무국장으로 근무했다. 한국 사회가 장애인에 대한 편견을 허물 수 있도록 다양한 방법으로 교육하고, 장애인들이 지역사회에서 동등한 구성원으로서 살아갈 수 있도록 장애인 복지 관련 정책 입안과 법률 개정을 지원하는 일을 해왔다. 현재는 그 경험을 살려 자신이 직접 장애인복지기관인 자립생활센터를 설립하고자 준비하고 있다.

장애인이자 여성으로서 많은 차별에 직면했을 텐데 힘들지 않았냐고 묻자 그는 웃으며 답했다.

"차별에 대해 이야기하자면 또 만나야 해요. 밤을 새워도 모자라거든요. 지금은 이렇게 웃으며 말하지만 저는 제가 이렇게 오랫동안 일할 줄 몰랐어요. 10년 전만 해도 지하철을 타고 출퇴근하고 외근을 나갔거든요. 전쟁터에 나가는 기분이었어요. 장애인콜택시가 도입된 이후로는 이동하는 것이 수월해져서 한결 편해요."

출퇴근은 힘들었지만 보람을 느낀 적이 많았다. 주로 자신이 맡아서 진행했던 일에 직접적인 성과나 변화가 나타날 때였다. 예를 들면 장애인 차별을 소재로 만든 만화책이 다른 기관이나 공공기관에 진열된 것을 발견했을 때, 휠체어를 이용하는 장애인들은 들어가기 힘들었던 음식점이나 매장 입구에 자신의 제안으로 경사로가 설치되었을 때, 지원을 담당하거나 연구 보조로 참여했던 연구 결과가 실제로 정책에 반영되어 새로운 정책과 제도가 만들어졌을 때, 오랫동안 집에만 있었거나 시설에서 지냈던 장애인들이 자신이 지원하는 다양한 프로그램에 참여하며 사회성을 높이고 지역사회에서 자립하여 즐겁게 살아가는 모습을 볼 때 아주 큰 보람을 느꼈다.

절망감이 들 때는 낯선 사람에게 전화해야 할 때였다. 낯선 누군가에게 전화해서 센터가 하는 활동의 취지와 의미를 설명하고 함께해 줄 것을 제안하며 일을 시작하는데, 언어장애 때문에 전화 통화가 어려우니 업무 속도가 느려져 답답함을 느꼈다. 그래도 예전에는 PC로만 메일과 메신저를 사용해 일하느라 정말 힘들었는데, 이제는 휴대폰으로 카카오톡을 보낼 수도 있어 업무 속도가 훨씬 빨라졌다.

업무적으로 힘든 것은 활동의 의미를 알리고 변화를 설득하는 과정이었다. 예를 들어 입구에 높은 턱이 있어서 휠체어가 들어갈 수 없는 음식점이 있으면 사장에게 경사로 설치를 제안하는데 설치 시간이 소요된다거나, 비장애인 손님들이 불편해할 수 있다거나, 장애인 손님이 얼마나 되겠냐는 등의 이유로 거절당하는 경우가 대부분이었다. 설치 비용을 센터에서 부담한다고 해도 거절하는 말을 들으면 놀라기에 앞서 화가 났다. 여전히 많은 사람이 장애는 자신과 상관없는 일이라고 확신하는 것 같았다.

장애인자립생활센터 사무국장으로 일하면서 특별히 기억에 남는 일은 없었을까.

자립생활센터는 지자체의 지원을 받아야 공식적인 기관으로 인정받고, 본격적으로 활동할 수 있는 기반이 마련된다. 그런데 지원사업에 선정되는 과정에서 경쟁이 아주 치열하다. 은주 씨가 입사했을 당시, 설립된 지 6년 정도 되었던 센터가 그때까지 서울시의 지원을 받지 못하고 있었던 것도 그 때문이다. 은주 씨는 자신이 직접 사업계획서를 써서 서울시의 자립생활센터 지원사업에 선정되었을 때 큰 기쁨을 느끼고 자신감도 얻었다고 했다.

인터뷰하는 동안 은주 씨의 침착한 태도에서도 자신감이 느껴졌다. 대학을 갓 졸업하고 취업 시장에서 수도 없이 거절당하던 학생이 어느덧 중년의 중간 관리자가 된 것이다. 그런데 그는 왜 다니던 센터를 그만두고 혼자 자립생활센터를 차릴 계획을 세우게 된 걸까. 또 비용은 어떻게 마련하는지 궁금했다.

"처음 장애인 복지 현장에서 활동하면서 막연히 '언젠가는 내가 직접 운영하는 센터를 설립해야겠다'는 생각이 있었는데 사무국장으로 일하면서 그 이유가 더 선명해진 것 같아요. 내가 꿈꾸는 장애인 복지와 조직의 방향이 자연스럽게 정해지고 그것을 실현해 보고 싶은 마음이 커지더라고요. 초기 설립 자본은 개인이 부담해야 하지만, 기관이 일정 요건을 갖추면 자치구로부터 기본적인 지원을 받을 수 있어요. 서울시 등 지자체나 사회복지공동모금회, 장애인재단 등 관련 기관에서 진행하는 지원사업들이 많아서 열심히 도전하면서 점차 예산을 만들어 가야 할 것 같아요."

　인터뷰 질문지에 적힌 마지막 질문에 답한 은주 씨는 미리 불러야 한다면서 휴대폰을 꺼내 장애인콜택시를 불렀다. 우리는 콜택시가 올 때까지 대화를 마저 나누기로 했다. 나는 즉석에서 가벼운 질문을 던졌다.

　"새로운 센터를 만들기 위해 준비하고 있는 요즘, 은주 씨의 하루는 어떤가요?"

　은주 씨는 오전 8시쯤 남편이 출근하고 나면 용돈 벌이를 위해 오전 10시부터 오후 1시까지 재택근무로 신문 스크랩을 한다고 했다. 일을 하고 있으면 활동지원사가 집으로 와서 집안일도 도와주고 함께 점심도 먹는다. 그리고 오후에는 함께 센터 설립을 준비하는 사람들과 만나 회의하거나 세무서, 관할 구청 등을 방문해 행정절차를 진행한다. 사무실도 보러 다니고 행정사 등 전문가를 만나 상담도 받는다. 일이 없을 때는 활동지원사와 공원 산책도 하고 친구들을 만나기도 한다. 귀가하면 유튜브를 통해 대표로서 알아야 할 인사·노무 관련 내용을 공부한다. 실무에서 오랫동안 문서 작업을 해온 덕분에 한글 프로세서와 파워포인트는 잘 다루지만, 엑셀과 미리캔버스는 익숙한 작업만 반복하다 보니 활용 능력이 부족한 것 같아서 공부하고 있다.

　"너무 일 이야기만 한 것 같은데요, 일 외에 관심 있는 건 없어요?"

　은주 씨가 손뼉을 치며 답했다.

"아 참, 요즘 작사를 배우고 있어요. 세상에 이렇게 재밌는 일이 다 있구나 싶어요. 이제야 안 것이 억울할 정도로 너무 재밌어요."

좀 더 대화를 나누고 싶었지만 장애인콜택시가 생각보다 일찍 도착해서 아쉬움을 뒤로하고 헤어질 수밖에 없었다. '장콜'에 올라탄 은주 씨를 배웅한 뒤 지하철역을 향해 홀로 걸었다. 언젠가는 밤을 새워도 끝나지 않을 그의 이야기를 듣고 싶었다. 장애인 차별과 여성 차별의 역사에 대한 이야기를. 언젠가는 노랫말이 될지도 모르는.

국평원 독학학위제 담당자

일러스트레이터·책방지기

라디오 PD

공인중개사

만물트럭 주인

리서치 조사원

지역수협 조합원 지원 담당자

국립현대미술관 영상관 학예원

2부

잇다

"모든 사람이 같은 기분을
나누게 되는 순간"

라디오 PD ◦ 박수정

글 장강명

"밤에 누워서 이어폰을 귀에 꽂으면 멋진 언니 오빠가 좋은 것들을 알려줬어요. 그런 인생 선배들이 가득한 곳이었어요. 예전의 라디오는 그랬어요. 라디오에서 소개받은 음반을 사고, 진행자들이 말한 영화를 찾아보면서, 라디오 방송국에서 일하면 재밌겠다고 생각했죠."

어린 시절 하고 싶다고 꿈꿨던 일을 하게 되면 어떤 느낌이 들까? 내가 직접 아는 인물 중에 그런 사람이 딱 1명 있다. KBS에서 일하는 박수정 라디오 PD다.

"초등학생 때 선물 받은 워크맨으로 '라디오 키드'가 됐죠. 중학생 때는 라디오 공개 방송에 갔어요. 고등학생 때는 방송반에서 너무 재밌게 일했고요. 대학 졸업하고 바로 라디오 PD가 된 건 아니에요. 방송국 공채에 여러 번 떨어졌거든요. 대학원도 가고, 출판사에서 잠시 일하기도 하고, 그러다 KBS에 최종 합격했어요."

1978년생 여성인 그가 2007년에 신입 라디오 PD가 되자 동기들은 "군대 갔다 왔어요?" 하고 놀렸다. 이후로 그는 18년 동안 라디오 PD로만 일했다. 방송국 입사를 준비할 때도 TV PD나 기자 직군에는 원서를 내지 않았다. "TV PD는 내향인인 제가 할 수 있을 거 같지가 않았어요"라고 한다. 라디오 PD는 내향인, 음악 애호가, 애서가가 많단다. 그는 그 세 가지에 다 해당한다.

"일과요? 출근하면 방송 원고 확인하면서 큐시트 쓰고, 생방송 진행하거나 녹음하고, 편집하고, 방송이 잘 넘어갔

박수정 PD가 서울 여의도 KBS 본관
라디오 스튜디오에서 일하는 모습.

는지 확인하고, 다음 시간에 모실 초대 손님을 섭외하고, 다음 방송 구성하고… 그런 식인데 사실 그렇게 루틴대로 흘러가지는 않아요."

라디오 PD의 하루가 루틴대로 흐르지 않는 이유는… 열역학 제2법칙 때문이랄까? 예상치 못한 사고가 끊임없이 발생하는데, 좋은 방향으로 일어나는 사건은 극히 드물다. 나는 박 PD가 연출하는 KBS 제1라디오의 독서 프로그램 〈작은 서점〉에서 목요일, 금요일 진행을 맡고 있다. 진행을 맡은 지 고작 석 달 만에 이런 사고들을 목격했다. 진행자가 녹음일을 착각한다(내 이야기), 진행자가 초대 손님과 너무 길게 이야기한다(이것도 내 이야기), 고정 패널이 지각한다, 출연자 세 사람의 일정을 어떻게 해도 맞출 수가 없다, 청취자 게시판에 이상한 댓글이 달린다…. 그러거나 말거나 〈작은 서점〉은 월요일부터 금요일까지 매일 밤 11시부터 52분간 방송돼야 하고, 박 PD가 그걸 되게 한다.

뭔가 사고가 발생하면 나는 박 PD를 쳐다보는데 그러면 그는 "잠깐만요, 제가 전화 좀 해볼게요"라고 말한다. 혹은 "제가 잠깐 갔다 올게요"라며 스튜디오 밖으로 나간다. 별로 기합이 담긴 목소리는 아닌데 1~2시간 뒤면 해결이 돼 있다. 초대 손님이 출연 이틀 전에 못 나오겠다고 통보하는 대형 사고에서부터 스튜디오에 커피가 떨어진 상황까지 박 PD가 한결같은(약간 지친) 얼굴로 해결한다.

어린 시절의 꿈을 이루면 얼마나 꿈같은 기분이냐고? 얄

굳게도 박수정 어린이가 침대에 누워 이어폰을 귀에 꽂고 멋진 언니 오빠의 이야기를 듣던 1980년대의 라디오와 지금의 라디오는 얼마간 다른 매체다. 방송국 위치도, 전파를 보내는 방법도 그대로인데 라디오를 둘러싼 환경이 변했다. 박수정 어린이가 흠뻑 빠져들었던 어떤 분위기를 강조하려면, 이 글 맨 앞에서처럼 '예전의 라디오'라는 표현을 굳이 써야 한다. 지금의 라디오가 그 느낌을 잃었다는 말은 아니지만….

"라디오에는 일종의 멤버십 클럽 같은 분위기가 있어요. 진행자와 청취자가 서로 소통하는 느낌이죠. 청취자 사연도 읽어주고, 선물도 보내주고요. 그래서 진행자와 청취자가 서로를 애칭으로 불러요. 〈황정민의 뮤직쇼〉에서 청취자의 애칭은 황족, 진행자인 황정민 아나운서의 애칭은 족장이었죠. 그런 분위기를 만드는 게 라디오 PD의 일인 것 같아요. 아무리 마음 붙일 모임을 찾는다 해도 내향적인 사람이 오프라인 멤버십 클럽에 선뜻 나가기는 부담스럽잖아요. 그런 사람도 마음껏 참여할 수 있는 시간과 공간을 만든다는 게 보람 있어요."

TV는 라디오만큼 도란도란하지는 않다. 특히 '예전의 TV'는 더 그랬다. 똑같이 좋은 정보를 전해줘도 라디오에서는 언니 오빠가 오순도순 대화하며 전해줬는데, TV에서는 차려입은 박사님이 강연을 했다.

"예전에는, TV에서는 거창한 이야기만 해야 할 것 같았어요. 반면 라디오는 거창한 주제 없이도 그냥 '이 노래 한번 들어봐, 이 책 한번 읽어봐' 하는 느낌이었죠. 그런데 거기에도 진심이 담기고 공감을 할 수 있거든요. 저는 그게 재밌었고, 거기서 살아갈 힘도 얻었어요."

하지만 그 도란도란, 오순도순이 이제 라디오만의 전유물은 아니다.

"종편이 나오면서 라디오의 분위기가 TV로 많이 넘어갔어요. 〈마녀사냥〉이나 〈썰전〉이 라디오 포맷으로 만든 TV 프로그램이에요. 고정 패널 여러 명이 어떤 사안에 대해서 비교적 격의 없이 대화를 나누는 형식이잖아요. TV는 라디오보다 예산도 인력도 더 많고 출연료도 더 주죠. 라디오는 TV 프로그램에 출연하는 패널은 모셔 오기 어렵게 됐죠."

그리고 유튜브 시대가 왔다. 유튜브에서 멋진 인생 선배들인지는 모르겠지만 아무튼 구독자와 소통을 중시하는 고정 패널들이, 격의 없다 못해 막 나가는 이야기들까지 나눈다. 그들은 별명을 짓는 걸 넘어 아예 '부캐'로 활동하고, 구독자 애칭을 댓글로 공모한다. 반대편에서는 라디오 종사자들이 TV와 유튜브의 영역으로 치고 들어가라는 주문을 받았다. 라디오 스튜디오에 동영상 카메라가 들어왔고, '보이는 라디오'가 나왔고, 이제는 라디오 PD가 유튜브에 영상도 올린다. 같은 초대 손님이 나온 다른 유튜브 채널과 조회수도 비교한다. 비교된다.

"힘들죠. 그래도 안 할 수는 없거든요. 유튜브건 인스타그램이건. 미디어 종사자가 어떤 특정 매체에서만 일하는 시대가 아닌 거 같아요. 그냥 콘텐츠 기획·제작자가 있는 거죠. 젊은 PD들도 여러 매체를 보면서 만들고 싶은 콘텐츠를 제작할 수 있는 기회를 살피는 게 좋지 않을까 생각해요."

유튜브의 직격탄을 맞은 지상파 방송국들은 인력과 예산을 줄이는 중이다. 그나마 라디오에서 지원을 받는 곳은 출퇴근 시간대 시사 프로그램들이다. 나는 한국 사회에 좋은 공동체 담론이 절실하다고 믿는 사람인데, 국회의원들과 정치평론가(상당수는 국회의원 지망생)들이 전날 있었던 일을 놓고 라디오에서 이러쿵저러쿵 말하는 게 그 담론은 아닌 것 같다. 어쨌든 그런 프로그램들은 잘된다. 유튜브 세상에서도 인기가 높고 영향력도 크다.

라디오 책 프로그램은 '선택과 집중' 전략의 혜택을 받지 못했다. 책 프로그램 초대 손님의 발언이 여러 언론에 대서특필되는 경우는 없다. 유튜브 댓글창도 조용하다. 그런 주제에 책 프로그램은 준비하려면 품이 많이 든다. 제작진이 중노동 수준으로 책을 읽어야 하니까. 그런데 〈작은 서점〉은 KBS에서 새 라디오 프로그램을 사내 공모할 때 박 PD가 제안서를 내서 시작한 프로그램이다.

"18년간 많은 일을 겪었고, 회사가 흔들리는 모습도 보면서 수신료의 가치를 실현하는 게 진짜 중요하다는 생각이 점점 굳어졌어요. 저는 뮤지션들이 자기 애청곡을 소개하는 코너를 좋아했어요. 그러면 몰랐던 노래도 친근하게 다가왔죠. 책으로도 같은 일을 해보고 싶었어요. 초대 손님이 자기 신작을 홍보하는 일반적인 형식을 피해 책 동네 사람들이 '이 책 진짜 재밌어, 한번 읽어봐' 하는 편안한 분위기를 만들어 보고 싶었어요."

유튜브 시대에도 라디오에는 라디오만 가진 힘이 있다고 그는 말했다. 아무것도 아닌 사연 한 줄에 진행자도 울고 PD도 울고 구성작가도 울고 청취자들도 먹먹해지는 시간이 있다고 했다. "이상하게 방송 중에 만들어지는 공기가 있더라고요" 하고 그는 말했다. "모든 사람이 같은 기분을 나누게 되는 순간…이요."

"〈작은 서점〉 녹음할 때도 그런 울컥하는 순간이 있었나요?" 하고 내가 묻자 그는 몇 번 있었다고, 하지만 내가 진행하는 시간에는 없었다고 대답했다. 여러 출판사 편집자들이 출연해서 책을 추천하는 '편집자의 방' 코너를 녹음하다 운 적이 여러 번 있고, 장류진 작가가 좋아하는 책을 낭독하는 '장류진의 책갈피' 시간에 울컥한 적도 꽤 있다고. 그런데 '장강명의 인생책' 시간에 그런 적은 없다고.

그런 문답을 하고 사흘 뒤 나는 '장강명의 인생책'을 녹음하다 울었다. 시각장애인 소설가이자 에세이스트인 조승리 작가를 초대 손님으로 모셔 위화의 장편소설 『인생』을 이야기하던 중이었다. 『인생』은 조 작가의 '인생책'이었다. 나는 『인생』에서 가장 기억에 남는 캐릭터가 누구냐고 조 작가에게 물었다. 조 작가는 주인공 푸구이의 사위인 얼시 박수정 PD가 다루는 오디오 믹서와 편집기.
〈작은 서점〉 '장강명의 인생책'을 녹음 중이다.

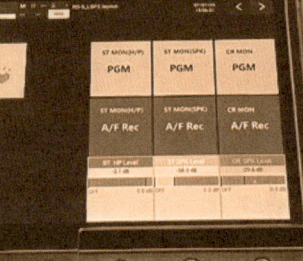

라고 대답했다. 자신과 같은 장애인이라 더 마음이 간다며.

"아, 얼시! 얼시 진짜 멋있죠. 아내랑 아이 지키려고 온 갖 노력을 다 하고… 정말 상남자예요, 상남… 자…."

전맹인 조 작가는 내 목소리가 왜 갑자기 갈라졌는지 의아해했을 것 같다. 진행자가 눈물을 흘릴 타이밍은 아니었다. 나는 "와, 눈물이 다 나네요" 하고 너스레를 떨고는 방송을 이어갔다. 나는 암 투병 중인 아내가 생각나서 울었다. 나도 얼시처럼 멋있는 남자가 돼야 한다고 다짐하며 울었다. 그런데 마이크 앞에서 그런 이유를 설명하고 싶지는 않았다.

"죄송해요, 맥락 없이 울어서." 쉬는 시간에 박 PD에게 사과했다. "괜찮아요, 저도 울었어요." 그가 대답했다. 내 목소리가 갈라졌던 대목을 그가 편집할지 남길지는 이 글을 쓰는 지금도 모른다. 나는 그날 밤 집으로 돌아오는 지하철에서 『인생』을 휴대폰에 저장한 전자책으로 다시 읽으며 울었다. 얼시가 나오는 부분만 찾아 읽었다. 흘끔흘끔 나를 보는 다른 승객들의 시선이 느껴졌다. 지하철에서 휴대폰 화면 보면서 우는 아저씨는 좀 무서웠을 거다. 내 기분이 궁금한 사람이 있었을까.

서로 모르는 많은 사람이 같은 기분을 나누는 공기를 만드는 것은 얼마나 멋진 일인가. 얼마나 마법 같은 일인가. 정신을 차린 지금은 그렇게 생각한다. 라디오 PD라는 직업에 대해 그 정도는 말할 수 있을 것 같다.

"오래 일할수록
고스란히 경력과 경험으로"

공인중개사 · 박인숙

글 정진영

의식주衣食住. 셋은 인간이 생존하는 데 필수요소로 꼽히지만, 경제적 비중을 살펴보면 '주'가 나머지를 압도한다. 아르바이트만으로도 그럭저럭 해결이 가능한 '의'나 '식'과 달리, 안정된 직장에 다니며 월급을 한 푼도 쓰지 않고 몇 달동안 고스란히 모아도 전세금은커녕 월세 보증금조차 모으기 어려운 게 현실이다. 아무리 작은 부동산이라도 매수 결정은 살면서 가장 큰돈을 쓰는 일이다. 거래하는 과정도 편의점에서 물건을 사는 일과 비교할 수 없을 만큼 복잡하고 번거롭다. 대부분의 거래가 부동산을 전문으로 다루는 공인중개사를 끼고 이뤄지는 이유다. 공인중개사는 우리의 삶에서 벌어지는 가장 중요하고 부담스러운 일 중 하나를 함께하는 직업이다.

경기도 김포시 양촌읍에서 공인중개사로 일하는 박인숙 씨는 2018년 여름에 나와 처음 만났다. 당시 나는 직장과 가까운 서울시 용산구 후암동 소재의 작은 빌라에 월세로 신혼집을 차리고 살다가 이사할 집을 알아보고 있었다. 매달 월세와 관리비를 합쳐 100만 원 넘게 통장에서 꼬박꼬박 빠져나가니 저축이 어려웠고 살림살이도 나아지지 않았다. 이렇게 살다가는 평생 월세 인생에서 벗어나지 못하겠다는 두려움이 들었다. 고민 끝에 '직주근접'을 포기하고 서울 바깥으로 눈을 돌렸다. '영끌'로 매매해도 매달 갚아야 하는 주택담보대출 원리금이 서울에서 치러야 하는 월세보다 적었기 때문이다. 형편에 맞는 집을 알아보던 나는 김포 양촌의 한 아파트 단지까지 닿았다. 박 씨는 내 생애 첫 집의 등기를 칠 때 그 과정을 함께했던 공인중개사였다.

내 기억 속 박 씨는 야무지게 일하는 중개사였다. 말이 행동보다 앞서지 않았고, 일 처리가 꼼꼼했다. 그 기억이 두 번째 집을 살 때 박 씨를 다시 찾게 했다. 2024년 여름, 거실에서 스프링클러 배관이 갑자기 터지는 바람에 살던 집이 큰 수해를 입었다. 집을 수리하느라 팔자에도 없는 수재민이 돼 여기저기 떠돌게 된 아내와 나는 이참에 이사하기로 마음먹고 집을 알아봤다. 공교롭게도 같은 아파트 단지에 마음이 드는 집이 있었다. 박 씨는 6년 만에 다시 찾아온 나를 정확하게 기억했다. 내가 계약했던 집의 위치는 물론이고 당시의 내 직업까지. 첫 번째 집의 매수와 매도에 이어, 두 번째 집 매수 과정도 함께했다면 보통 인연이 아니란 생각이 들었다. 돌이켜 보면 나는 지금까지 살아오면서 여러 집을 전전했고 그 과정에서 여러 공인중개사를 만났는데, 그들의 일상에 대해 아는 게 없었다. 문득 인생의 중대사를 두 차례나 함께한 박 씨의 일상이 궁금해졌다.

이삿짐 정리를 마치고 며칠이 흐른 뒤, 나는 박 씨에게 인터뷰를 요청했다. 계약 과정 내내 침착하면서도 밝은 모습만 보여줬던 그는 쑥스럽다는 표정을 지어 보이다가 못 이긴 척 고개를 끄덕이며 요청에 응했다. 2024년 12월 어느 오후, 박 씨는 어색한 미소로 사무실에서 나를 맞았다. 찾아오는 손님이 없어도 박 씨의 전화에선 수시로 벨이 울렸다.

그때마다 박 씨는 내게 미안해하며 전화를 받았다.

"어휴! 휴가는 무슨요. 화장실에 잠시 다녀오는 3분도 불안하다니까요. 그 사이에 손님이 찾아오실까 봐요. 매일 오전 9시에 사무실로 출근해서 30분 동안 청소하고 주변을 정리해요. 포털사이트에 올린 매물 정보를 확인하는 등 이런저런 일이 끝나면 오전 11시쯤 돼요. 그때부터 여기저기 전화를 돌려요. 손님은 주로 오후에 많이 찾아오세요. 특히 토요일과 일요일에 직접 찾아오는 손님이 많아요."

박 씨는 공인중개사로 일한 지 20년이 넘었다. 30대 중반까지 직장에서 일했던 그가 공인중개사에 관심을 가지게 된 건 부동산 중개사무소에서 일하는 언니 때문이었다. 언니가 일하는 모습을 지켜보니 건강만 허락하면 정년 없이 오래 일할 수 있는 직업이 공인중개사 같았다. 2005년 제15회 공인중개사 시험에 응시해 합격한 뒤 경기도 화성, 인천 부평 등지에서 부동산 중개사무소에서 실장으로 일하며 중개 보조업무를 맡았다. 그 시절에 박 씨를 눈여겨본 손님이 지금의 남편을 소개해 줘 가정을 꾸리기도 했다.

"공인중개사 자격이 '국민자격증' 소리를 들을 만큼 흔하지만, 반대로 생각하면 본인 역량에 따라 언제 시작하든 평생 일하며 수입을 유지할 수 있다는 의미이기도 하잖아요. 공인중개사 시험 합격자가 개업하려면 사전실무교육을 받아야 하는데, 그때 함께 교육받은 분을 보면 70대뿐만 아니라 80대 노인도 계시더라고요. 오래 일할수록 고스란히

경력과 경험으로 쌓이고, 다른 자영업처럼 재고가 쌓일 일
이 없다는 점이 매력으로 느껴졌어요."

박 씨가 아무런 연고도 없는 김포에 자리 잡게 된 계기
는 남편의 직장 이전 때문이었다. 남편의 직장이 들어선 양
촌산업단지를 살피던 박 씨의 눈에 마침 새로 지어지던 아
파트 단지가 들어왔다. 당시 단지 주변은 공장 외엔 아무것
도 없는 허허벌판이었지만, 박 씨는 그 풍경이 고향 시골 같
아 마음에 들어 분양 신청을 했다. 내가 사는 아파트 단지에
대해 시시콜콜한 부분까지 자세히 알고 있었던 이유는 그가
2010년 분양 당시 첫 입주민이기 때문이었다. 인터뷰 덕분
에 박 씨가 한동네 주민이라는 사실을 알게 돼 더 반가웠다.
박 씨가 풀어놓은 이야기 속 사무실 풍경은 중개사무소라기
보다는 동네 사랑방을 닮아 있었다.

"이 아파트 단지를 저보다 많이 아는 분은 아마도 없을
걸요? 관리실 직원도 모르는 부분을 제가 알고 있을 때가 많
으니까. 수없이 많은 돌발상황을 경험해 본 터라, 어지간
한 문제는 제가 직접 해결할 수 있어요. 문제가 생겼을 때 어
디에 연락해 무엇을 어떻게 해야 해결되는지 대부분 파악하
고 있고요. 팩스를 보낼 일이 있거나 주민등록등본을 떼려
고 이곳에 들르는 분도 많아요. 택배를 맡기고 가는 분도 있
고, 학원에 가는 아이들이 여기서 대기하고 있다가 차를 타
기도 해요. 깜빡하고 가스 밸브를 잠그지 않고 외출했다며
대신 잠가달라는 분도 있어요."

동네 사랑방이라고 해서 일이 마냥 화기애애한 분위기로 흘러가진 않는다. 큰돈이 오가다 보니 매도인과 매수인 모두 자신에게 손해인 듯한 일에 몹시 민감하다. 계약금 지급부터 잔금 지급까지 아무런 갈등 없이 깔끔하게 이뤄지는 거래는 드물다. 매수인은 물건에 하자가 있다고 항의하고, 매도인은 하자가 아니라고 맞서는 과정에서 감정싸움이 벌어지기 일쑤다. 중개사는 양쪽 말에 모두 귀를 기울이며 거래가 원만하게 이뤄지도록 조율해야 하는데 쉽지 않다. 법정중개수수료를 깎아달라고 우기는 손님도 있고, 수수료 지급을 미루고 피하며 적반하장으로 큰소리를 치는 손님도 있다.

"집을 이미 팔았는데도 매수인이 집을 고치지 못하게 하는 매도인도 있었고, 집에 고장 난 데가 있어도 세입자가 고치지 못하게 막는 임대인도 있었어요. 세입자가 잔금을 치르기도 전에 임대인 몰래 집에 이것저것 들여놓았다가 난리 난 적도 있었죠. 그런 일이 벌어지면 중간에서 제가 온갖 욕을 다 먹어요. 얼굴이 하얘지고 정신이 멍해질 정도로 심한 욕을 듣기도 해요. 남편이 제 전화로 들리는 손님의 욕을 들은 적도 있는데, 그땐 남편이 도저히 안 되겠다며 제게 일을 그만두는 걸 권유하더라고요. 저를 밀어서 넘어뜨렸던 손님도 기억나네요. 최근에는 불황이 심해져서 사무실 임대료를 감당하기 어려운 상황에 몰리기도 했어요. 그때마다 남편과 가족이 든든한 버팀목이 돼줬어요. 감사한 일이죠."

박 씨는 부동산 거래에서 돌발상황은 피할 수 없는 문제라며, 중개사가 거래 당사자들 사이에서 적극적으로 나서면 어떻게든 문제가 해결된다고 강조했다. 나는 이사한 집의 가스레인지 점화장치가 작동하지 않는다고 연락했을 때 바로 주방용 가스라이터를 사 들고 집으로 찾아왔던 박 씨의 모습을 떠올렸다. 중개사가 나 몰라라 하며 갈등을 회피하면 더 큰 싸움으로 번져 거래 당사자 양쪽의 반감을 사고, 결국 본인에게도 독이 된다는 게 그의 생각이었다.

"몇만 원, 몇천 원을 두고 집요하게 따지는 손님도 있는데 그럴 때는 양쪽이 서로 얼굴을 붉히지 않게 그냥 제 선에서 해결하는 경우가 많아요. 제가 조금 손해를 봐도 어떻게든 계약을 잘 성사시키는 게 저뿐만 아니라 모두에게 이익이에요. 낮이든 밤이든 제가 맡은 계약과 관련해 벌어지는 갈등은 가능한 한 빠르게 적극적으로 해결하려고 노력해요. 갈등 대부분이 서로 조금씩만 양보하면 해결되는 일이에요. 세상 사람 모두를 다 제 편으로 만들진 못해도 최소한 누구와도 척을 지진 않으려고 노력해요."

나는 임장을 다닐 때 문을 닫아둔 채 전화로만 영업하는 부동산 중개사무소를 많이 봤다. 짧게는 5분, 길게는 30분가량 사무소 앞에서 중개사를 기다리는 불편한 경험을 여러 차례 했다. 박 씨는 손님이 찾든 찾지 않든 사무실을 지키려는 편이라고 말했다. 손님이 없다고 자꾸 바깥을 돌면, 마음도 밖으로 돌며 해이해진다는 게 이유였다.

"손님이 온종일 찾아오지 않는 날도 있어요. 그럴 때는 사무실 컴퓨터로 웹소설을 읽거나 웹툰을 봐요. 어렸을 때부터 독서를 좋아해서 지금도 책을 많이 사서 읽어요. 덕분에 혼자서 손님을 기다리는 시간이 그리 지루하지 않아요. 자리를 지키고 있어야 찾아오는 손님을 바로 응대할 수 있잖아요. 사무실에 앉아 언제 찾아올지 모를 손님을 기다리다 보면 주위가 고요해지면서 마음이 편안해지더라고요."

공인중개사라는 직업의 미래를 물었을 때, 박 씨는 적어도 사라지는 일은 없으리라고 자신했다. 나는 박 씨의 말에 동의했다. 부동산은 가상화폐와 달리 실체를 가진 공간이자 자산이다. 내가 직접 들러 눈으로 확인했던 어떤 집도 사진이나 VR 영상과 똑같지 않았다. 누수나 가까운 도로에서 자동차가 지나갈 때 창틀이 떨리는 현상까지 담아내는 사진이나 VR 영상은 없으니 말이다.

"좋은 집을 소개해 줘서 고맙다는 말을 들을 때마다 이 일을 하기 잘했다는 보람이 들어요. 지나가다가 고맙다고 오이나 호박을 가져다주시는 분도 있고, 김장했다고 한 포기 주시는 분도 있어요. 그게 다 사람 사는 정이죠. 그 맛에 오랫동안 이 일을 하고 있고요. 앞으로도 여길 벗어나서 일하진 못할 것 같아요. 다른 지역을 이곳만큼 잘 파악할 자신도 없고요. 저를 통해 거래하는 모든 분이 잔금을 치를 때 웃을 수 있었으면 좋겠어요. 수많은 중개사무소가 있는데 저를 찾아오는 모든 손님께 진심으로 감사하다는 말을 전하고 싶어요."

"결국 책을 좋아하는 사람들이 오더라고요"

일러스트레이터·책방지기 ∘ 박정은

글 이서수

내가 사는 동네엔 작은 책방이 많다. 온라인 구매의 편리함을 마다하고 책을 사러 오는 손님들과 그곳을 묵묵히 지키는 책방지기들을 볼 때면 늘 반가운 마음이 든다. 독서 인구가 크게 줄어들었지만, 동네 책방은 여전히 책을 좋아하는 사람들이 있다는 걸 실감하는 장소다. 책 표지를 골똘히 들여다보는 옆얼굴과 낱장을 넘기는 신중한 손동작을 볼 때마다 세상에서 가장 평화로운 순간을 마주한 기분이 든다. 책의 표지 그림을 그리고, 작은 책방을 운영하는 박정은 씨를 만나 책과 결부된 노동을 택한 삶에 관해 들어보았다.

"어릴 때부터 책과 그림을 좋아했어요. 대학에선 애니메이션을 전공했는데, 졸업할 때 진로를 고민하다가 여러 장의 그림으로 영상을 만드는 것보단 한 장의 그림에 다 담는 작업이 저에게 더 맞는 것 같다는 생각이 들었어요. 그래서 일러스트레이션을 해보자고 결심했죠. 특히 책 표지 작업을 해보고 싶었어요."

회사에서 경력을 쌓지 않고 곧바로 프리랜서로 일을 시작하는 건 현실적으로 어렵다. 박정은 씨는 어떻게 첫 작업을 맡게 되었을까.

"2009년에 홍대의 작은 카페에서 제 그림을 전시한 적이 있었어요. 그때 문학과지성사 디자인팀이 오셔서 제 그림을 조경란 작가님의 소설집『풍선을 샀어』표지로 사용하고 싶다고 제안해 주셨죠. 그 뒤로 단행본 표지와 내지 삽화 중심으로 작업을 했어요. 일을 처음 시작했을 때부터 지금까지 오로지 색연필만으로 그림을 그려요. 완성된 걸 스캔해서 후반 작업만 컴퓨터로 하고 있어요."

그가 다양한 그림 도구 중 색연필을 택한 특별한 이유가 있을까.

"색연필은 건식 재료잖아요. 종이에 그림을 그렸을 때 질감이 그대로 느껴지는데, 포슬포슬하고 따뜻한 그 느낌이 좋고, 제 그림과 잘 어울린다고 생각해요. 수작업이다 보니까 아무래도 색감 같은 게 그대로 인쇄되지 않는 경우가 많아서 후반 작업은 컴퓨터로 하지만요. 디자인했을 때 좀 더 예쁘게 나올 수 있도록 여백을 늘려준다거나 색감과 위치를 바꿔야 할 때도 있고요. 잡티는 옛날엔 다 지웠지만, 지금은 거의 손을 안 대요."

일부러 잡티를 없애지 않는 이유를 묻자, 이런 대답이 돌아왔다.

"수작업을 하는 작가들은 인간이 그린 선이라는 걸 남겨놓기 위해 비뚤어진 상태로 두기도 하거든요. 비뚤어져도 일부러 수정하지 않는 거죠. 비껴가고 비뚤어지고 이런 부분에서 창작자의 개성과 매력이 나온다고 생각해요. AI로 만든 그림은 그런 게 없고 완벽하잖아요."

우리는 사람들의 SNS 프로필이 지브리 스타일의 그림으로 도배가 됐던 시기에 관해 이야기를 나누었다. 그때 문득 무섭다는 생각이 들었다는 그에게 AI가 직업에 미친 영향을 묻지 않을 수 없었다.

"AI로 인해 그림 작가들이 일자리를 잃고 더 이상 그림을 그리지 못하게 됐을 때, 우리가 더 많은 걸 잃어버리는 게 아닐까 생각해요. 어떤 사람이 만들어 놓은 세계가 사라지는 거잖아요. AI가 학습할 원천조차 다 사라지는 거죠. 그렇게 하면 안 된다는 분위기가 생겼으면 좋겠어요. 예전에 어느 출판사에서 AI로 책 표지를 만든 적이 있어요. 유명한 작가의 그림을 AI에 학습시킨 다음 표지를 뽑았다가, 그걸 알아챈 작가들이 항의해서 그만두었다고 알고 있어요. 사람들이 AI로 그려진 그림에 감탄하고 그걸 이용하는 상황이 저는 좀 불안하고, '이게 맞을까' 하는 의문이 들어요. 실제로 그림 작가들은 영향을 크게 받고 있거든요. 사람이 그린 그림이 들어가던 자리에 AI로 만든 그림을 사용하는 상황이니까. 일도 많이 줄어든 걸 체감해요. 삽화도 AI로 만들어서 내는 책들이 있더라고요. AI에 학습을 시킬 때 그림 작가들에게 저작권료 개념의 뭔가를 주는 게 필요하지 않을까요? 법으로 그런 걸 만들어 줬으면 좋겠어요. 지금은 무단으로 사용하고 있으니까요."

책의 표지는 사실 독자가 어떤 책에 끌리는 큰 요인 중 하나이기도 하다. 책 표지 작업을 할 때 그가 가장 중요하게 생각하는 것은 무엇일까.

"책의 전반적인 정서를 전달하는 거요. 그러려면 우선 책을 깊게 읽어야 해요. 그다음이 제 개성을 담아 그림을 그리는 거고요. 표지 작업은 책에 대한 또 하나의 해석이라고 생각해요."

이야기는 자연스럽게 그의 작업 방식으로 넘어갔다.

"2009년부터 공동 작업실에서 일하고 있어요. 오전 9시에 작업실로 출근해서 아기 낳기 전에는 오후 6시까지 일했어요. 마감이 있으니까 귀가해서도 일을 다 못 끝내면 밤늦게까지나 주말에도 작업을 계속했고요. 늘 일을 최우선으로 생각했죠. 프리랜서니까 일이 들어오면 일단 다 받았는데, 결국 몸이 좀 상하게 되더라고요. 그리고 제가 생각하는 방향성도 있지만 클라이언트가 원하는 것도 있으니까 그걸 맞춰가는 게 힘들었어요. 제가 원하는 걸 내려놓고 상대한테 맞추다 보면 저를 갉아먹는 느낌이 들었죠."

슬럼프에 빠졌을 때 돌파구가 있었을까.

"사실 돌파구도 작업이었어요. 일로 들어오는 그림만 그리니까 개인 작업을 할 수 있는 시간이 없었는데, 일을 좀 줄이고 하루에 한 장씩이라도 그리고 싶은 걸 그렸더니 스트레스가 많이 해소되더라고요. 제안을 받고 제 그림과 글을 모아 책을 냈던 것도 도움이 많이 됐고요."

그에게 가장 기억에 남는 작업은 무엇일까.

"『햇빛 마중』이라는 소설집의 표지 작업이 기억에 남아요. 이 책은 처음부터 문진영 소설가와 함께 기획했고, 주체적으로 작업을 시작한 케이스였어요. 우리끼리 플랫폼에 연재한 후에 소설과 그림을 출판사에 투고했거든요. 작업 과정이 자유로웠고, 하고 싶은 것들이 지켜지는 작업이었죠."

프리랜서의 수입은 들쑥날쑥하기 마련인데 그에 대한 고충이 있을 것 같았다.

"회사 다니는 친구들의 수입과 비교하면 만족할 수 없는 수준이긴 해요. 그래서 소비를 줄였어요. 사실 초반에는 매절 계약이 많았어요. 출판사에서 그림 몇 장의 외주를 주면서, 저작권까지 가져갔죠. 그런 계약임에도 작업료가 낮게 책정되는 경우가 많았고요. 그걸 인세 계약으로 바꾸려고 출판사와 많이 싸우기도 했어요. 글 작가와 그림 작가의 인세도 차이가 있어요. 글 작가가 7퍼센트면, 그림 작가는 3퍼센트 정도. 그래도 이젠 저작권에 대해선 인정해 주는 분위기가 생긴 것 같아요. 저작권은 작가가 갖고 출판사에는 출판 사용권만 주는 것으로 바뀌었거든요. 그런데 작업료가 처음 일을 시작했을 때와 비교해 봐도 너무 안 올랐어요."

그는 그림 작업을 할 때 "보는 사람의 마음에 위로가 되는 그림"을 그리고 싶다며 이렇게 말했다. "저는 잘 그린 그림, 못 그린 그림이 없다고 생각해요. 기술적으로 얼마나 아름답고 얼마나 잘 그렸는지보다는 무엇을 담으려고 하는지가 중요한 것 같아요. 그러려면 자기가 하고 싶은 작업이 뭔지 계속 생각하고 있어야죠. 일이 있든 없든."

박정은 씨는 그림을 그리면서 '계절책방 낮과밤'을 운영하고 있다. 어떻게 책방을 시작하게 되었을까.

"오래전부터 책방을 하고 싶다는 소망이 있었는데, 15년 지기 친구인 문진영 소설가가 저한테 동업을 제안했어요. 책이 있는 공간을 좋아한다는 게 우리의 공통점이었거든요."

실제로 책방을 운영하며 그 일이 예상과 얼마나 다른지 알게 되었다. 책방을 운영하며 여유롭게 그림 작업을 할 수 있을 줄 알았는데 아니었다. 계절책방이라는 콘셉트라, 계절마다 주제를 정해 그림 전시와 주제 책, 제철 책을 바꾸는 일부터 좋은 신간이 나오면 살펴보고 입고한 책에 대한 추천 글을 쓰는 작업까지 할 일이 산더미였다. 협업 관련 메일을 확인하고 결정하기, 입고할 책과 재고 등을 엑셀 표로 정리하기, SNS 게시물 올리기, 행사 포스터 만들기, 장비 대여, 소식지 발간 등 그의 입에서 수많은 일 목록이 쏟아졌다. 그래도 책방을 운영하면서 좋은 점도 있지 않을까.

"독자들을 많이 만날 수 있는 게 가장 좋죠. 결국 책을 좋아하는 사람들이 오더라고요. 그런 분들을 보면서 희망을 얻어요. 인터넷으로 쉽게 살 수 있는데 책방에 와서 10권씩 사 가시는 분도 있거든요. 책과 책방을 좋아하는 사람들을 만날 수 있는 게 가장 좋은 점 같아요."

그림 작업만 하다가 책방지기를 겸하면서 생긴 가장 큰 변화가 무엇인지 궁금했다.

"책방을 열면서 제 인생에서 처음으로 출퇴근이 생겼어요. 프리랜서로 살았으니까 생활에 루틴은 있었지만 어느 정도 일정을 조절할 수가 있었는데, 지금은 시간이 딱 정해져 있는 생활을 하고 있잖아요. 그리고 일과 육아가 분리되는 게 좋더라고요. 예전엔 아이 하원을 거의 제가 도맡았다면 지금

104

박정은 씨가 책방에서
책을 정리하고 있는 모습.

은 남편이랑 반반씩하고 있거든요. 자영업자의 삶을 이해할 수 있게 된 것도 달라진 점이죠."

매일 책방에서 독자들을 만나는 그에게 기억에 남는 사람은 어떤 사람일까.

"계절마다 큐레이션이 어떻게 바뀌는지 궁금해서 왔다고 하셨던 분이 기억에 남아요. 책 선정에 품을 많이 들이니까 그런 걸 살펴주시면 보람이 크죠. 가끔 책 표지만 찍고 그냥 가시는 손님도 있긴 해요. 안 알려진 책을 소개하는 일도 사실 노동인데, 보이지 않는 것의 가치를 인정해 주지 않는 사람들도 있는 것 같아요."

끝으로 작은 책방이 존재해야 하는 이유에 대해 물었다.

"좋은 책인데 주목받지 못할 때가 있잖아요. 그런 책들에 기회를 마련해 주는 곳이 작은 책방인 것 같아요. 대형 서점은 잘 팔릴 만한 책을 더 밀어주는 경향이 있고 광고비를 내는 책에 매대를 주는데 저희는 그런 게 없잖아요. 이 책을 많이 판다고 해서 우리한테 돌아오는 게 없기 때문에 진짜 좋아하는 책을 독자분들께 소개해 드리고, 좋다고 이야기할 수 있는 자유로움이 있는 곳이죠. 손님들이 못 보던 책이 많다고 말해주실 때 보람을 많이 느껴요."

책이 왜 좋은지 묻자, 그의 눈빛이 일순간 진지해졌다.

"저는 가치관이나 삶의 방향을 책에서 많이 배우거든요. 공감되는 문장을 읽었을 때 작가와 통하는 기분도 좋고요."

책방을 떠나기 전에 책을 한 권 추천해 달라고 요청했다.

그는 환경 책에 큰 관심을 갖고 있다며 내게 『향모를 땋으며』를 소개해 주었다. 처음 본 책이었다. 설명을 부탁하자 그의 목소리와 표정에 전에 없던 생기와 반짝임이 감돌았다. 책에 대한 사랑으로 직업을 택한 사람의 얼굴에서 발산된 빛은 한 권의 좋은 책만큼이나 아름다웠다.

"다음 단계로 가는
징검다리 같다고 할까요"

국평원 독학학위제 담당자 • 김지원

글 지영

얼마간 사라질 때가 있다. 보안이 필요한 일이라 바깥과 단절된 채 합숙하며 지내기 때문이다. 무슨 일이기에 그렇게까지 하느냐는 질문을 받으면, 지극히 합법적인 일이라고 답하는데 호기심과 의심이 뒤섞인 얼굴로 더 자세한 설명을 원하는 이들도 있다. 세상에서 자신을 잠시 숨기고 하는 일은 '독학학위취득시험' 출제와 관련 있다. 여기까지 설명하면 이런 대화가 오가곤 한다.

"독학…? 그게 뭔데요?"

"아, 대학교 검정고시라고 생각하면 돼요."

국가평생교육진흥원(이하 국평원) 독학학위제 웹사이트에 기재된 내용에 따르면 독학학위제는 "대학교를 다니지 않아도 스스로 공부하여 학위를 취득할 수 있"고 "일과 학습의 병행이 가능하여 시간과 비용을 최소화할 수 있"으며 "언제나, 어디서나 학습이 가능한 평생학습시대의 자아실현을 위한 제도"다. 2026년 기준 총 11개 전공이 개설되어 있고, 1년에 4회 시험(1과정: 교양과정 인정시험, 2과정: 전공기초과정 인정시험, 3과정: 전공심화과정 인정시험, 4과정: 학위취득 종합시험)을 실시한다.

4과정의 '성적 이의 신청' 기간이던 2024년 12월 중순, 국평원 독학학위검정실에서 '출제관리 및 선제 업무'와 보안 합숙으로 진행되는 '편집본부 운영' 등을 담당하고 있는 김지원(가명) 씨를 만나기로 했다. 오래전 언젠가 합숙을 마치며 보름 가까이 못 본 아이들(당시 초등학생, 유치원생)에게 줄 케이크를 사서 집으로 돌아갔다던 그의 말을 떠올리며 나는 인터뷰 장소인 광화문으로 향했다.

교육학과 91학번이었던 지원 씨는 졸업 즈음 IMF 시대를 맞았다. "취업이 쉽지 않기도 했고, 무엇보다 교생실습을 하면서 아이들, 청소년들을 더 알고 싶다는 마음이 들었어요. 공부를 더 해야겠다는 생각에 대학원에 들어가서 '청소년지도학'을 전공했어요. 석사를 마치고는 취직할 생각이었는데 아내가 공부한 게 아깝지 않냐고 묻더라고요." 아내의 응원은 그를 유학길로 이끌었다. "청소년을 이해하려면 부모를 이해해야 하기에 관심이 성인교육과 평생교육으로 이어지더라고요. 그렇게 미국에서 시민의식, 시민운동, 시민교육에 바탕을 둔 평생교육을 연구하게 되었어요. 시민을 대상으로 어떻게 교육 방향을 잡을 것인가를 고민하는 시간이었습니다."

유학을 마치고 귀국한 그는 한국교육개발원의 평생교육센터와 학점은행센터, 한국방송통신대학교의 독학학위검정센터가 통합하며 설립된 평생교육진흥원, 현재의 국평원에 입사했다.

"국평원이 2008년 3월에 개원했고 제가 9월에 입사했으니까, 개원 초기부터 일한 거죠. 평생교육센터에서 근무하다가 다음 해에 독학학위제 담당 부서로 발령받았는데 그곳에서 좋은 실장님을 만났어요. 제게 긍정적인 영향을 끼친 분이셨어요. 그 후로 여러 부서에서 일했는데, 회귀본능이랄까요, 독학학위제로 돌아가게 되더라고요."

독학학위제를 향한 지원 씨의 애정은 어디에서 기인하는지 궁금했다.

"그 실장님의 영향도 있고, 무엇보다 함께 일하는 사람들 덕분이지 않을까 싶어요. 양질의 시험 문항을 만들고자 출제에 참여한 교수님들과 편집위원들, 그리고 좋은 실장과 실원들까지요. 그분들과 함께 일하는 게 즐겁거든요."

독학학위취득시험에 응시하는 수험자의 목표가 학위 취득에 있다면, 그 과정에서 행정적인 서비스를 제공하는 것이 자신의 일이라고 지원 씨는 설명한다. 각 시험은 출제, 선제, 편집, 인쇄, 배포, 회수, 채점, 성적 확정의 과정을 거치는데, 모든 단계에 그의 시간이 머문다. 특히 '편집'부터 '인쇄'는 외부와의 접촉이 통제된 공간에서 합숙하며 진행한다. 전문보안 업체의 보안 검색을 받고 전자기기와 서적 등을 제출해야 하며, 긴급 상황을 제외하면 외부와의 연락이 제한된다. 긴급하게 전화를 하거나 메일을 확인할 때도 반드시 보안 담당자가 입회해야 한다.

격리 절차를 마치면 체제에 맞게 시험지를 만드는 일, 즉 편집 업무가 본격적으로 시작된다. 편집 단계에서는 2배수로 출제된 문항 중 절반을 선별하고 검토·수정하는 과정, 즉 선제를 거친 문항을 다시 검토하고 국문 교열 등의 여러 단계를 거쳐 시험지를 만든다. 그렇게 완성된 시험지를 인쇄소에 넘기고, 필요에 따라 확대 시험지나 점자 시험지를 제작하기도 한다. 일련의 과정이 매끄럽게 진행되도록 관리하는 것도 지원 씨가 합숙 기간에 하는 일이다.

"시험지를 만드는 과정에서 큰 흐름을 잡고 일이 효율적으로 진행되도록 하는 게 제 역할이죠. 시스템이 잘 작동하는지 확인하고 오류가 발견되면 즉시 해결하고요. 이견이 있을 때는 조율하고 균형을 잡아야 합니다. 합숙 기간에 가장 핵심적인 업무는 시험지를 만드는 편집 과정이에요. 그걸 담당하는 편집위원의 건강 상태를 세세히 살피는 것도 저희 일이죠."

합숙 중에 독감에 걸리는 등 아픈 사람들이 나오곤 하는데 그럴 때도 일을 멈출 수는 없다. 일정은 정해져 있고 무슨 일이 있어도 시험지는 나와야 하기 때문이다. 예기치 못한 상황이 벌어지면 합숙에 참여한 이들은 아픈 이의 몫까지 일하기도 하고, 때에 따라 '이중의 격리'로 편집을 진행하기도 한다. 격리 공간에서 한 번 더 격리하는 것이다. 그 노력이 모여 2020년 코로나19의 확산으로 인해 한 차례 시험이 연기되었던 때를 제외하고, 현재까지 모든 시험이 일정대로 실시되었다.

시험 문항의 출제와 선제는 주로 대학에 적을 둔 교수가 맡고, 편집에 참여하는 인력은 대학원 석·박사 과정생이나 수료생, 대학 강사 등으로 구성된다. 전공과 가치관, 성격이 다양한 사람들을 이끌고 일하는 동안 지원 씨는 특히 합숙에 처음 참여하거나, 혼자서 조용히 지내는 이들을 챙기려 노력한다. 생활하며 힘든 점은 없는지 먼저 묻고, 편집 업무에 사용하는 시스템을 익히는 데 어려움이 없게 한다. 눈앞에 닥친 마감으로 인한 스트레스에 시달리는 편집위원을 격려하는 것도 빼놓을 수 없다.

인력과 일정이 충분하지는 않기에 고강도의 노동이 이어지지만, 편집위원들은 자기 몫의 시험지뿐 아니라 다른 편집위원들이 맡은 시험지도 함께 들여다본다. 연관이 있는 전공끼리 의견을 나누고, 극과 극의 전공이지만 새로운 시각에서 문항을 살펴보며 혹시나 있을 오류를 찾아낸다. 예컨대, 행정학 전공자와 법학 전공자가 함께 행정법 문항을 살펴보고, 컴퓨터공학 전공자가 새로운 시각에서 19세기 영미소설 시험지를 살펴보며 문항과 답안 사이의 관계를 논리적으로 따져보기도 한다.

"합숙 첫날 저녁이 되면 편집위원들이 '나 왜 또 들어왔지?' 하세요. 첫날부터 해야 할 일에 대한 부담이 느껴지니까요. 그럼에도 자기 일을 끝낸 뒤에도 남아서 다른 전공 시험지까지 살펴보는 건 함께 일하는 이들을 향한 이타적인 마음이 있어서겠죠. 길지 않은 시간이지만, 동지애 같은 게 쌓이기도 하고요. 모두가 함께 다듬은 문항들이라 그런지 인쇄소에서 막 나온 시험지를 받으면 더 뿌듯해요. 마지막에는 다들 하나의 프로젝트를 같이 해냈다는 성취감도 느끼시더라고요."

최종 시험지 원안을 인쇄소로 보낸다고 합숙이 끝나는

것은 아니다. 인쇄소가 바삐 돌아가고, 인쇄된 시험지가 각 고사장으로 보내지고, 시험이 끝날 때까지 편집위원들은 여전히 바깥과 차단된 채 합숙 장소에 머문다. 인쇄가 시작된 후 돌려받은 책(전자기기는 합숙이 종료된 이후 돌려받는다)을 펼쳐 공부하기도 하고, 전공자가 진행하는 '기초 일본어 교실' 등 원데이 클래스에 참석하기도 한다. 대개는 도란도란 모여 시간을 보내거나 방에서 혼자만의 시간을 보낸다. 잠시 눈을 붙이며 그간의 피로를 풀다가 오류로 가득한 시험지를 마주하거나 시험 당일 문항 오류를 알리는 전화를 받는 악몽을 꾸고 뛰쳐나오기도 하지만. 인쇄된 시험지를 받아 오류가 있는지 재차 확인하며 답안을 확정하는 것 역시 '인쇄'와 '배포' 과정 사이에 해야 하는 일이다.

시험지 너머에서 수험자를 마주하는 것도 지원 씨의 일에 포함된다. 지금은 콜센터가 있어 관련 업무가 줄었지만, 예전에는 접수 문의부터 성적 이의 제기까지 다양한 연락을 직접 받았다.

"고등학교 졸업 이상의 학력을 가진 사람이면 누구나 응시할 수 있는 시험이고, 나이 제한이 없으니 연세가 있는 분들도 많이 도전하세요. 언젠가 60대 수험자가 한 과목 때문에 졸업을 못 하는데 방법이 없겠냐고 전화로 하소연하셨어요. 저희 시험이 60점 이상이면 합격인데 생각보다 쉽지 않거든요. 하지만 안타깝게도 제가 할 수 있는 말은 '안 됩니다'뿐이에요. 이건 국가시험이고 공정해야 하니까요."

동료들끼리 '러브레터'라고 부르는 재소자의 민원도 있다. "수험자 중에 재소자도 많아요. 그분들은 사서함을 통해 연락하세요. 주로 '이번에 합격해야만 한다, 도와줄 수 없겠느냐' 하는 내용이 경어체로 적힌 편지예요. 답장을 쓰기도 하고, 교도관을 통해 답변을 전달하기도 해요. 요즘도 응시나 성적 관련하여 중요하다 싶은 건은 저희가 직접 답변합니다."

한때 그는 동료들 사이에서 '나쁜 남자'로 불리기도 했다. 그가 전화 통화를 할 때 수화기 너머에서 우는 사람들이 많아서였다. 이번에 합격했어야 계획대로 인생의 다음 단계를 밟을 수 있는데 그만 삐끗해 버린 이들에게 그는 '안 됩니다'라고 단호하게 말하지만, 동시에 격려도 건넨다.

"제가 길을 막는 걸림돌이 아니라 목표까지 안내하는 사람임을 인지시키려 해요. 힘들겠지만 같이 노력해 보자고요. 졸업까지 한 과목만 남았던 60대 수험자분은 다음 해에 합격 소식을 전해주셨어요. 집안 형편이 어려운데 일을 하면서 독학학위제로 학위를 따고 나중에 로스쿨에 진학한 수험자도 있었고요. 그런 소식을 들을 때 보람을 느끼죠."

사실 독학학위취득시험에 응시하는 인원은 줄어드는 추세다. "학령인구 감소도 이유 중 하나예요. 4과정에만 있는 간호학 전공은 많은 대학에서 3년제 과정이 4년제로 바뀐 영향도 있을 테고요. 간호학과 졸업생들에게 이미 학사학위가 있는 경우가 늘면서 4과정 수요가 줄어든 거죠. 그런데 그런 변화는 늘 있었어요. 독학학위제 전공은 폐지되기도 하고, 신설되기도 해요. 시대에 따라 생기고 사라져요. 시스템도 많이 달라졌어요. 과거에는 종이에 프린트해서 등기로 주고받으며 문항 개발이 진행되었지만, 제가 문항 개발 담당자였을 때 온라인 출제 시스템을 추진했고, 지금은 그게 구축되었죠. 기술적인 부분은 앞으로도 계속 달라지겠죠."

시대 변화와 기술 발전에 따라 개설 전공과 시스템이 바뀔지라도, 평생교육이라는 독학학위제의 목적은 달라지지 않는다. 지원 씨는 평균수명이 길어진 시대라며 평생교육의 중요성을 강조했다.

"독학학위제가 제2의 인생을 위한 토대가 될 수 있다고 봐요. 인생의 다음 단계로 가는 징검다리 같다고 할까요. 한국에서는 평생교육이라는 말이 보편화되어 있지만, 미국에서는 성인교육이라는 말도 써요. 성인도 평생 지속적으로 교육받을 수 있는 권리가 있고, 학위 취득을 돕는 대안적 제도가 있어요. 한국에서는 방송대와 학점은행제가 잘 알려져 있는데, 독학학위제도 그런 제도 중 하나고요. 평생교육에 대해 공부했고, 국평원에 입사해서 평생교육 제도인 독학학위제를 담당하고 있다는 데 자부심을 느낍니다."

합숙을 마칠 때마다 케이크와 함께 집으로 돌아가느냐는 질문에 그는 이렇게 대답했다.

"그게 처음이자 마지막이었어요. 지금은 대학생, 고등학생이 된 아이들이 또 언제 케이크 먹을 수 있냐고, 아빠 또

갔으면 좋겠다고 하더라고요, 하하."

초등학생과 유치원생이 대학생과 고등학생으로 자라는 동안 그를 거쳐 간 시험지를 떠올리자 머릿속에 단단하고 납작한 돌이 그려졌다. '꿈꾸고 노력하는 자들이여, 함께 갑시다' 하는 마음이 담긴 징검돌이었다. 어쩌면 지원 씨의 일은 누군가 앞으로 나아갈 수 있도록 징검돌을 놓아 다리를 만드는 것인지도 모르겠다. "사진이나 그림 따위에 나타낸 사람의 얼굴이나 모습"뿐 아니라 "비춰지거나 생각되는 모습" 역시 초상이라면, 그가 끈기 있게 놓은 징검돌 역시 '일하는 사람의 초상'이지 않을까.

"응답해 주는 사람이 있어서 감사한 거죠"

리서치 조사원 ㅇ 유진아

글 임현석

"당신의 정치 성향은 어떻게 되십니까?"

　21년 차 베테랑 여론·설문 면접 조사원 유진아(가명) 씨도 설문 막바지에 이런 질문을 던질 때면 긴장한다. 처음부터 지지 정당이나 후보를 묻는 여론조사라면 응답자도 오히려 덜 민감하게 반응한다. 정치 성향 질문이 담긴다는 걸 알고 응한 조사니까. 하지만 여론조사가 아니라 지자체나 공공기관의 의뢰로 이뤄지는 주민 삶의 질, 농어촌 주민 정주 만족도 조사에서 정치 성향을 묻는다면 이야기가 달라진다. 면접 조사원은 리서치 업체나 공공기관 연구원이 설계한 질문지를 읽었을 뿐인데, 잘 대답해 주던 응답자들도 정치 질문만 나오면 갑자기 멈칫하곤 한다. 어떤 고령의 응답자는 갑자기 싸늘해진 말투로 이렇게 되묻기도 했다. "어느 정당에서 나왔어? 어떤 정치인이 시키던?" 응답자가 정치적인 여론조사에 이용당한다고 느낀다면, 그 마음 돌릴 방법은 마땅치 않다.

　누가 시켰느냐고? 그에게 조사를 맡기는 건 리서치 업체다. 면접 조사원은 프리랜서다. 리서치 업체에서 진아 씨 같은 면접 조사원을 일감마다 불러서 쓴다. 여론조사는 언론사나 정당에서 리서치 업체에 의뢰하고, 이용자 만족도 조사는 공공기관 또는 기업에서 의뢰한다. 리서치 조사원은 업체에서 일감을 주면 받을지 말지 선택할 수 있다. 진아 씨는 대면 조사를 선호한다. 대면 조사는 더 신뢰도가 높다고 여겨지지만, 서비스 이용자 만족도 조사처럼 명단이 확보되어 있을 때만 가능하다는 한계가 있다.

다만 총선이나 대선처럼 여론조사 일감이 몰릴 때는 진아 씨도 업체 부탁을 거절하기 어려워 전화 면접 방식의 조사를 맡기도 한다. 그땐 또 다른 고충이 있다. 모든 정치 여론조사는 연령대별로 할당된 응답 인원수가 있는데, 비교적 정치 관심도가 높은 고령층은 인원이 금방 차지만 청년층은 좀처럼 채워지지 않는다. 20대 응답자 한 사람을 찾으려고 조사원 10명이 2시간 동안 전화를 돌릴 때도 있다. 그럴 때 '60대 남성'은 할당량이 다 찼다고 전화를 끊으려고 하면, 응답자가 버럭 화를 내며 "너희 여론 조작하려는 거지?" 하고 묻기도 한다. 한동안 화를 받아내야 한다. 그 순간 리서치 업체 전화조사실 수화기에선 이미 할당량이 찬 연령대임을 알리는 신호음이 뚜뚜뚜뚜 하고 들려온다.

쉬운 조사는 없다고 진아 씨는 말했다. 그는 20년 넘게 그야말로 온갖 조사를 맡아왔다. 선거 여론조사, 방송 3사 출구조사, 마사회·경륜·경정·지하철·박물관·보험사·카지노 이용자 만족도 조사, 질병관리청 국민건강영양조사, 통계청 경제총조사, 인구주택총조사 등….

진아 씨가 리서치 조사원이 된 건 2004년 7월이다. 그전까지는 ○○캐피탈 강남지점에서 학자금·카드 대출 업무를 맡았다. 길거리에서 전단지를 돌리며 고객을 찾았고, 사무실에선 계속 전화기를 붙잡고 연체 사실을 알렸다. 우수 팀원으로 선정돼 얼굴 사진이 벽에 붙고, 신입사원 교육도 담당했을 만큼 능력을 인정받을 무렵 일을 그만두었다. 첫째가 중학교 1학년, 둘째가 초등학교 1학년이 되던 해였다.

"주변에서 애들한테 엄마 손이 필요할 때인데 회사를 꼭 다녀야겠냐고 하고…."

몇몇 회사에서 스카우트 제의도 받았지만 모두 거절했다. 일을 그만두고 6개월쯤 지났을까. 진아 씨는 자신이 집에 가만히 있기 힘든 성격이라는 걸 깨달았다.

"집에 있으면 누가 꼭 부르는 것 같아서 문을 맨날 여닫곤 했다니까요."

온라인으로 시간제 일감을 찾다가, 시식단 모집 공고를 찾았다. 농심에서 새로 출시하는 라면을 평가하는 주부 모니터단 모집이었다. 지원서에는 더없이 솔직하게 썼다. "저는 신라면 절대로 안 먹는다고 썼죠. 화학 냄새가 난달까. 향이 싫다고요." 다들 좋은 말만 쓸 때 다른 답을 낸 덕분일까. 3차 면접까지 보고 합격했다. 한 달에 한 번 신제품이 나올 때마다 시식하고 맛을 평가했다. 그곳에서 함께 활동하던 한 시식단 멤버가 리서치 일감이 올라오는 '주부 모니터'라는 웹사이트를 알려줬다.

진아 씨는 한국소비자평가연구원이라는 업체의 파트타임 일자리에 지원해서 합격했다. 첫 업무는 한 손해보험사에서 의뢰한 가입자 이용자 만족도 조사였다. 보험사로부터 전달받은 명단을 바탕으로 보상금을 받은 사람들을 직접 찾아다니며 설문조사를 해야 했다.

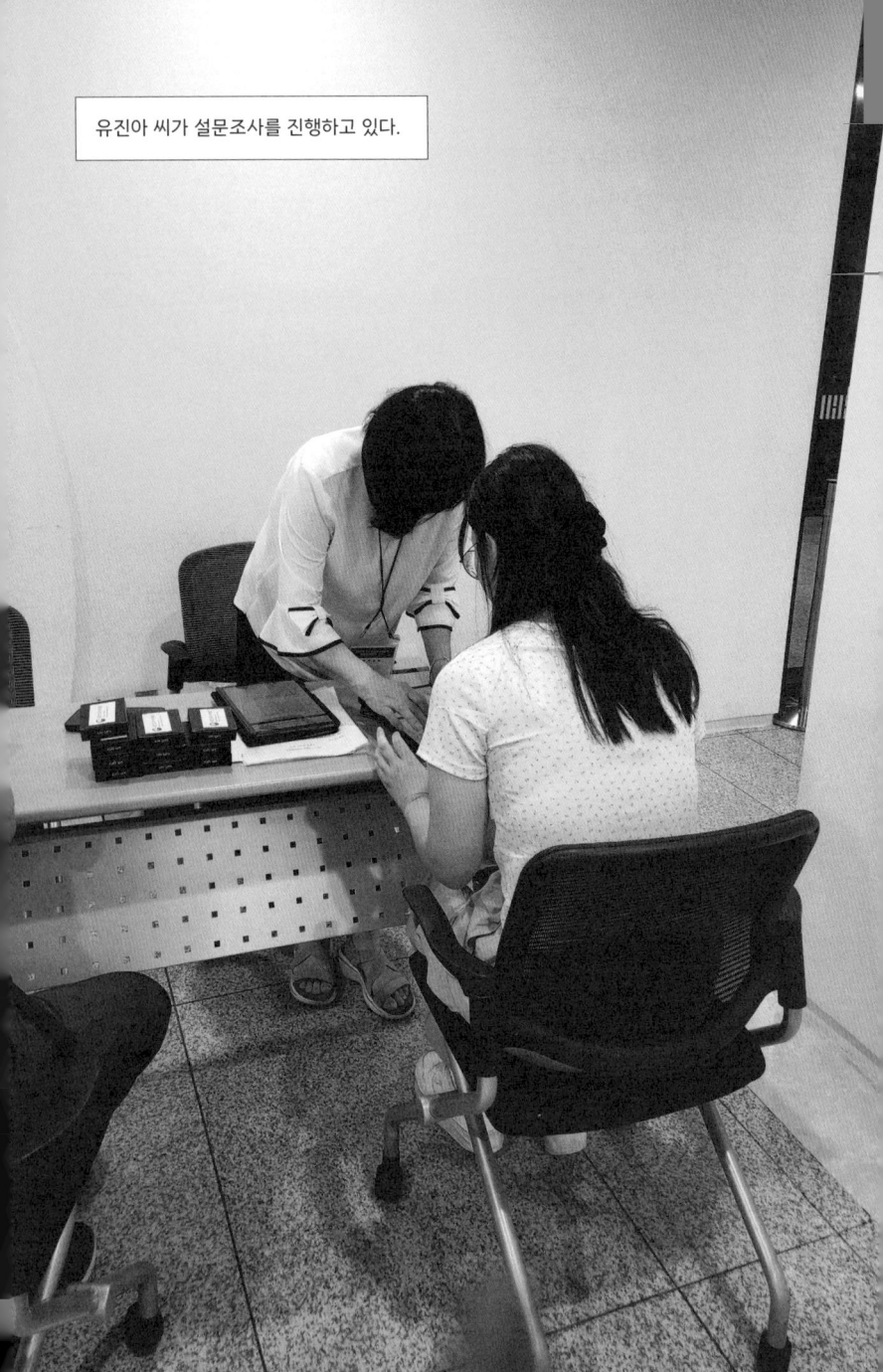
유진아 씨가 설문조사를 진행하고 있다.

일을 시작한 지 한두 달쯤 됐을 때 쓰라린 경험을 했다. "○○해상에서 보상받은 경험이 있으시죠? 만족도 조사인데, 이날 편하실 때 방문해도 될까요?"라고 묻고 서울 강남구 개포동의 한 미용실에 찾아가자, 고령의 여성 고객이 파마를 하고 있었다. 그 고객은 진아 씨의 설명을 멈추고 보험설계사에게 전화하더니, ○○해상 본사 의뢰로 나왔다는데 사실인지 물었다. 통화를 마친 뒤에 고객은 설문조사 응답을 거절했다. 본사 지침을 몰랐던 설계사가 "그런 조사는 잘 모르는 일"이라고 답한 것이다. 미용실로 오라고 해서 찾아갔더니만. 집으로 돌아오는 길에 진아 씨는 눈물을 흘렸다.

"그날 진짜 많이 울었어요. 아직 거절받는 상황에 대한 준비가 덜 돼 있었던 거죠."

그로부터 6개월쯤 지났을 때 또 마음고생을 했다. 전화를 받은 한 남성 응답자가 바쁘다며 설문지에는 다 좋았다고 체크해 달라고 했다. 번거롭게 만나지 말고 알아서 처리해 달라는 말이었다. 순진하게 그 말대로 했다가 집에 돌아가는 길에 후회가 밀려왔다. 당시 신입 조사원은 조사 결과 중 20퍼센트를 무작위로 검증받아야 했다. 진아 씨는 수당이 들어올 때까지 잠을 못 잤다. 그 건을 검증받진 않았으나, 양심의 가책이 컸다.

"자존심이잖아요. '너 직접 만나지 않고 전화로 처리했다며?' 그 생각을 하니 정신이 번쩍 들었어요."

20년이 지난 지금도 새로 들어온 조사원에게 이 경험을 들려준다. 마음이 더 무거워지니까, 절대 그러지 말라고.

리서치 조사원의 급여 구조는 크게 두 가지로 나뉜다. 응답 건별로 정산받는 수당제와 근무일마다 정산받는 일당제다. 보험사 고객 목록을 받아 건별로 찾아가는 것과 같은 방식은 수당제다. 진아 씨가 리서치 조사원을 시작했던 2004년 당시 응답 한 건당 받는 수당은 9,000원이었다. 20년이 지난 지금은 건당 1만 원에서 1만 1,000원 수준. 물가 상승률을 고려하면 오히려 처우가 나빠졌다는 느낌을 받는다. 박물관 등 공공기관의 만족도 조사나 방송 3사 출구조사처럼 조사 장소가 고정된 경우에는 보통 일당제가 적용된다. 현장 일당은 조사마다 다르고, 협상도 가능한 구조인데 시장에 형성된 단가는 통상 10만 원 안팎이다. 일당 수준도 10년째 제자리라고 한다.

조사 방식은 어느 조사인지에 따라 다르다. 명단을 받아 전화로 조사하는 수당제 리서치는 보통 혼자서 일한다. 반면 선거 출구조사나 박물관 만족도 조사처럼 한 장소에서 여러 명이 동시에 진행하는 현장 리서치는 대부분 팀제로 운영된다. 이때 팀은 팀장 1명에 팀원 4~6명 정도로 구성된다. 리서치 업체 소속의 슈퍼바이저(실무 담당자)가 베테랑 조사원을 팀장으로 삼아 일감을 맡긴다. 그 팀장이 평소 조사원 업무를 해본 지인들에게 연락해 팀을 꾸린다. 진아 씨도 어느새 팀장이 되었다.

가장 어려운 조사는 무엇일까? 아무래도 민감한 정치 질문을 해야 하는 대선·총선 출구조사일 것이라 짐작했는데, 아니란다. 투표를 마치고 나온 사람들은 비교적 답변을 잘 해주는 편이기 때문이다. 조사 자체는 가정방문 조사가 더 힘들다고 한다. 통계청에서 5년마다 실시하는 경제총조사가 대표적이다. 명단에 있는 집을 일일이 찾아가 벨을 누르고, 그 집에 몇 명이 사는지, 직업이 무엇인지 조사해야 한다. 집에서 누가 나올지 모른다. 어떤 중년 남자가 팬티 바람으로 문을 열고 "들어오라니까요"라는 경우도 있었다. 지난해 질병관리청 의뢰로 시민 건강 조사 동의서를 받으려 어느 집에 방문했다가 개에게 물리기도 했다. 공공기관 일감은 책임보험 가입을 지원하니 망정이지, 여느 리서치 업체의 의뢰였다면 4대 보험 적용도 못 받을 뻔했다.

물론 출구조사에도 여러 고충이 있다. 선거 때는 새벽 5시 반에 일어나야 한다. 슈퍼바이저가 조사 대상 지역 투표소 명단을 전달하면, 팀장이 그중에서 지역을 선택한다. 집에서 먼 곳 말곤 남아 있지 않은 경우가 흔하다. 그럼 전날 미리 현장 근처에 숙소를 구한다. 팀장은 투표 전 미리 유권자가 어디로 나오는지 투표소 출구를 확인한다. 선거 당일에는 투표소에서 다섯 번째로 나오는 유권자, 한 발이라도 먼저 나온 사람을 택해 팀원들이 번갈아 가며 접촉한다. 팀장은 스마트폰으로 전달받은 조사 시스템 링크에 매시간 접속해서, 투표 결과와 함께 응답자의 연령대와 성별, 응답 여부 등을 입력한다. 조사 용지는 밀봉해서 보관하고 폐기하는 방법도 상세하게 안내받는다. 업무 자체는 매뉴얼대로만 진행하면 된다.

출구조사에서 가장 어려운 건 팀원 관리다. 팀원이 결근하는 경우 문제가 생긴다. 오전까지 나오기로 약속했는데, 늦잠을 자거나 컨디션이 좋지 않다며 출근하지 않는 사람들도 있다. 결원이 생겼을 때는 급하게 연락을 돌리며 사람을 찾아야 한다. 일당에 2만 원 더 웃돈을 주고서라도 급히 불러야 하는 경우가 많다.

현장 조사원의 업무는 육체노동이면서 정신이 소모되는 일이다. 한여름에 농가를 돌며 농업일지 작성 실태 조사를 나가 농약 사용 시기와 수확 일정 등에 대해 질문하면, 농민들은 "바쁜 시기에 무슨 조사냐"라며 문전박대하기 일쑤다. 해수욕장 만족도 조사도 만만치 않다. 충남 서천 춘장대해수욕장부터 인천 중구 을왕리해수욕장까지 4인 1조로 며칠간 이동하며 조사를 진행한다. 종일 뜨거운 모래밭을 걸어 다녀야 한다. 샤워할 때 보면 옷의 어깨끈 부분만 하얗고 나머지는 새까맣다고. 길거리 설문을 종교 단체 포교로 오해해 눈길도 안 주는 그야말로 '개무시'도 흔하다.

그럼에도 세상이 조금씩 바뀔 때는 일에서 보람을 느낀다. 화성시에서 체육관 건립 전 수요 조사를 했는데, 훗날 실제로 그 체육관이 지어졌다는 소식을 들었을 때 그랬다. 카지노 만족도 조사에서 식당 메뉴가 두 가지밖에 없다는 불만이 꾸준히 제기됐는데, 1년 뒤 메뉴가 열 가지로 늘어났다는 걸 확인했을 때도 미소를 지었다. 진아 씨만 알아차리는 변화가 있다.

20년 넘는 조사원 생활을 거치면서, 진아 씨는 자신도 변했다고 말했다. 이를테면 길거리에서 누군가가 전단지를 나눠 줄 때 기꺼이 받게 됐다고 한다. 설문조사 전화를 받으면 끝까지 응답한다. 같은 업종에 종사하는 사람으로서의 연대감이다. 막상 자신은 거절받는 데 익숙해졌다. "그럴 수도 있지, 저 사람 상황을 내가 잘 모르니"라고 생각한다고.

"응답해 주는 사람이 있어서 감사한 거죠."

인터뷰를 마친 뒤, 진아 씨에게 카카오톡으로 초고를 전달했다. 사실관계가 틀린 부분이 있다면 바로잡아 달라는 요청과 함께였다. 글의 구성을 바꾸거나, 흐름에서 벗어나는 내용은 반영하기 어렵다고 했다. 진아 씨는 리서치 조사원이라는 직업의 좋은 점을 꼭 넣어달라며 긴 메시지를 보냈다. 약간의 띄어쓰기 수정만 제외하고 표현을 최대한 살려 옮기면 다음과 같다.

"경제적 자유를 누릴 수 있다는 것~ 특히 남편 눈치 안 보고 친정 조카 대학 등록금도 보태고. 졸업 후 첫 회사 면접 때 멋진 양복도 해주고~~ 아침 출근길에 일이 있어 감사하고 행복하다. 오늘도 즐겁게 일하자 맘속으로 화이팅을 외치며 하루를 시작한다."

"대한민국 전국 방방곡곡을 돌아다니며"

만물트럭 주인 ∘ 정선애

글 **주원규**

한국 나이로 마흔두 살이 된 정선애(가명) 씨는 전형적인 경력단절녀다. 일반적인 눈으로 볼 땐 분명 그랬다.

그의 이력을 간단히 살피면 다음과 같다. 그는 수도권 4년제 대학에서 행정학을 공부하고, 여러 자격증을 취득하고, 100여 군데의 기업에 이력서를 넣어보고, 그 와중에 공무원 시험 준비를 위해 서울 노량진 학원에 다닌 끝에 9급 공무원 시험에 합격했는데, 그때 그의 나이 스물일곱이었다. 상대적으로 박봉이라 인식되어도 공무원이란 직업은 여전히 안정적인 직업군에 속했다. 고학력 인플레가 심한 한국 사회에서 이제 막 4년제 대학을 졸업한 20대 여성에게 심리적·경제적으로 충분히 안정감을 주는 직업이었다. 선애 씨는 충남 지역 어딘가에 있는 주민센터에서 민원 처리를 담당하는 업무를 맡으며 일을 시작했다.

선애 씨는 그즈음 소개팅으로 만난 또래의 공무원 남자와 만나 미래를 약속하고, 결혼했다. 딩크족이 아니었으므로 자연스럽게 육아 계획을 세운 두 부부는, 아들 둘을 얻는 소박하지만 확실한 기쁨도 누렸다. 육아는 물론 힘들었다. 임신과 출산을 두 번 겪으면서 그에 맞춰 출산 휴가를 가졌다. 나름대로 제도적 혜택을 받았다고 생각하지만, 그럼에도 일과 육아를 동시에 감당하는 것은 고되고 힘들었다. 그 와중에 순환 근무를 해야 하는 의무 아닌 의무를 진 남편이 다른 지역 근무를 발령받으며, 선애 씨는 의원면직까지 고민하게 되었다.

일련의 과정을 겪으며 선애 씨는 서서히 지쳐갔다. 남편은 아내라면, 아이를 키우는 엄마라면 자신의 근무지에 따라가야 한다는 생각을 은연중에 내비치며 선애 씨를 힘들게 했다. 선애 씨의 의견과 속마음을 이해하려 하지 않는 남편의 무정함이 쌓일수록 선애 씨가 스스로 설 수 있는 자리는 좁아져만 갔다.

남편과의 말다툼이 심해졌고, 그녀의 심리적 공황과 스트레스가 쌓여갔다. 아이를 돌보는 일은 기쁘고 보람차기도 했지만, 전형적인 엄마의 역할을 요구하는 주변의 시선이나 편견에 지치기도 했다. 직장인 주민센터에서의 업무 역시 부담되기는 마찬가지였다. 매일 어떤 민원인을 마주할지 모른다는 불안감이 그녀를 초조하게 했다. 반말과 존댓말을 섞어가며 말하는 이들, 내가 내는 세금으로 너희 공무원들이 살아간다는 식의 무례한 표현들, 주민센터 일이 다 그렇고 그런 거니 당신이 참고 견디라는 말들. 그리고 결정적으로 당신들은 자리만 뭉개고 있으면 매월 국가에서 고정적으로 챙겨주는 월급을 받아먹지 않느냐는 사회적 인식은 그녀를 정서적으로 고립시키는 계기가 되었다.

중증 우울증. 이것이 취업과 결혼, 출산과 육아로 채워진 결혼 생활 7년 끝에 선애 씨가 얻은 서글픈 훈장이었다. 누구도 알아주지 않는, 그것 하나 못 견디냐는 말을 듣는 훈장. 결국, 선애 씨는 그 훈장을 끌어안고 이혼을 결심했다. 극심해진 우울증과 정서적 고립을 더는 견딜 수 없었다. 그

건 살기 위해 내린 필사적 선택이었다. 이혼을 선택하고 홀로서기의 삶이 시작된 무렵, 선애 씨는 공무원직도 그만두었다. 이후에는 철저히 혼자가 되었다. 자신의 우울증으로 인해 아이들에게 피해가 갈까 싶은 마음에, 자녀 양육 역시 남편에게 맡겼다.

선애 씨의 경력은 그렇게 단절되었고, 그러다 보니 당장 먹고살 길이 막혔다. 주민센터에서 일한 공무원 경력을 인정해 주는 일반 기업을 찾기 힘들었다. 모든 게 쉽지 않았고, 삶의 절망이 중첩되었다. 만물상으로 불리는 만물트럭을 운영해 보자는 아이디어는 한계에 내몰린 상황에서 섬광처럼 찾아왔다. 죽고 싶다는 마음을 강하게 느낀 순간, 그녀는 문득 지갑에 습관처럼 꽂아둔 면허증을 꺼내보았다. 1종 보통 운전면허증. 운전면허 시험장에서 작은 트럭을 몰고, 요즘은 거의 사용하지 않는 클러치와 수동 기어를 쓰며 주행시험을 치르던 시절이 떠올랐다.

그때 선애 씨의 나이는 한국 나이로 마흔이었다. 옛말에 불혹이라 일컫던 마흔 살에 그녀에게 새로운 일이 찾아온 것이다. 1톤 트럭에 그렇게 많은 품목의 잡화가 담길 줄은 몰랐다. 가진 돈이라고는 월세 보증금이 전부였던 그녀는, 보증금으로 받은 거의 모든 돈을 들여 중고로 1톤 트럭을 샀고, 그 안을 잡화들로 채웠다.

선애 씨의 만물트럭 아이디어는 장기간 지속된 우울증을 벗어나고픈 절박한 마음에서 비롯된 것이었다. 물론 결심 이후에도 새로운 일을 준비하는 과정이 쉽지 않으리란 막연한 우려가 선애 씨의 실행을 망설이게 했다. 하지만 막상 일에 뛰어들고 보니 달랐다. 중고 트럭을 구매한 뒤의 과정은 오히려 간단했다. 인터넷 커뮤니티와 포털 사이트의 '물어보세요' 코너 등을 이용하자 생필품을 도매로 매입하는 과정이 생각보다 수월했다. 선애 씨는 그렇게 자신에게 남은 재산 전부였던 서울 소재 아파트의 월세 보증금으로 산 만물트럭을 타고 서울을 떠났다.

서울을 벗어날 때, 선애 씨는 말로 표현하기 어려운 자유로움을 느꼈다고 한다. 모든 걸 새로 시작할 때 찾아오는 막연함과 불안은 어쩔 수 없었지만, 오랜 시간 우울증을 앓아온 선애 씨에게는 오히려 그 막연함마저 설레는 마음으로 전환되었다. 트럭의 차창 문을 활짝 열고 서울을 벗어나 경기 안성으로까지 내려가는 국도 위에서 그는 자신의 삶이 마냥 비극이고 처치 곤란하며 슬픔으로 얼룩졌다는 생각을 잠시나마 내려놓은 채, 막연하기는 마찬가지인 희망과 안도감을 느낄 수 있었다.

'장롱면허' 수준으로 거의 운전을 하지 않던 선애 씨는 운전면허 시험 이후로 거의 처음 몰아보는 트럭을 타고, 서울을 떠나 경상북도 문경까지 내려갔다. 고속도로가 아닌 국도를 이용한 결과, 낮 1시에 서울에서 출발한 선애 씨는 밤 9시가 다 되어서야 문경에 도착할 수 있었다.

선애 씨에게 가장 중요한 변화는 하루하루의 밤을 어디

서 어떻게 보낼지 알 수 없다는 점이었다. 그는 운행을 시작한 첫날부터 여관이나 모텔 등 숙박 시설에서 묵지는 않기로 했다. 1톤 트럭의 적재 공간에서 하룻밤을 묵기로 했다. 풍찬노숙이나 다름없었던 트럭에서의 하룻밤은 별다른 두려움이나 망설임 없이 이뤄졌다. 그녀는 밀려드는 피로감을 이기지 못하고 쓰러지듯 트럭의 적재 공간 한곳에 혹시 몰라 준비한 담요를 깔아놓고 몸을 한껏 웅크린 채 정신없이 잠들었다. 생전 처음 와보는 도로 옆 공터였지만, 혹시 누가 차 안에 들어오진 않을까 하는 두려움도 그녀의 피로 앞에선 스며들 겨를이 없었다.

그렇게 잠에 들었다 일어난 새벽에 선애 씨의 몸은 피곤했지만, 정신은 더할 나위 없이 또렷했다. 길 위에서의 하룻밤이 자신이 평소 짐작했던 것만큼 두렵고 무서운 일만은 아니라는 생각이 들었다. 밤에는 깊고 끝없는 구렁처럼 어둠이 계속될 것만 같아도 결국은, 자연의 섭리로 어둠이 물러가고 새벽 여명은 떠올랐다. 그 사실이 선애 씨에게 어떤 확신을 주었다.

그 경험은 선애 씨가 대한민국 전국 방방곡곡을 돌아다니며 생필품을 파는 일을 계속할 수 있는 소중한 원동력이 되어주었다. 마흔 살에 시작한 만물트럭 운행은 2년이 지나 마흔두 살이 된 현재까지 이어졌다. 그사이 트럭에서의 잠자리 역시 조금씩 더 편리한 방향으로 발전을 거듭했다. 2년 동안 만물트럭은 캠핑카를 닮은 공간으로 진화했다. 선애 씨는 일주일에 3~4일은 길 위의 트럭에서 밤을 보내는 일에 익숙해졌다. 물론 완벽하게 안전하다고 장담할 수 없는 환경이지만, 길 위에서 보내는 밤이 선애 씨에게는 더 이상 위험하고 두렵게 느껴지지 않았다.

선애 씨에게 만물트럭은 새로운 인생을 시작하는 기회가 되었다. 힘들게 공무원 시험에 합격해 주민센터에서 일할 때는 사람을 만나는 일이 무섭기만 했다. 민원인이 다가오면 오늘도 어떤 변수가 생길까, 민원인이 얼마나 무정하게 자존감을 할퀴고 떠날까 두렵기만 했던 시절이 있었다. 고통스러웠던 육아와 이혼의 과정까지 겪고 난 뒤에 느낀 대인관계의 어려움은 이전보다 더하면 더했지, 결코 덜하지 않았다. 하지만 만물트럭 운행을 시작한 뒤, 선애 씨는 사람들을 대하는 게 편해졌다.

대형 상점이나 가게가 없는 시골 마을을 찾아가는 일에 남다른 낭만이나 특별한 의미를 부여하지는 않았다. 시골 할아버지 할머니에게 기대하는 푸근함이나 정겨움과 거리가 멀 때도 많았다. 오히려 적반하장처럼 왜 이렇게 만물트럭에 필요한 물품이 없냐고 투정 부리거나 짜증 내는 어르신들이 더 많을 때도 있었다. 그런데 이상했다. 선애 씨는 그런 시골 어르신들의 투정이나 짜증이 더는 무섭지 않았다. 그들의 불만이 더 인간적으로 느껴졌다. 세상을 살면서 마주하는 솔직한 이기심, 때론 잊고 지나칠 수도 있는 사소한 배려 등을 있는 그대로 받아들일 용기가 생겼다. 어떤 깨달음으로 선애 씨에게 일종의 심경 변화가 생겼는지, 이를 명확하게 설명할 논리는 없다. 하지만 분명한 건 선애 씨가 더는 사람을 두려워하지 않는다는 점이다. 우울도 더는 깊어지지 않는다는 점이다. 한 번에 온전하고 획기적인 치유를 경험하지는 않았어도, 조금씩 좋아지고 있다는 점이다.

비록 재산 전부를 털어 투자한 만큼의 높은 수익이나 전국을 유랑하는 품만큼의 대가를 거둔 것처럼 보이지 않더라도, 여전히 생필품 구하는 일이 어렵기만 한 시골 마을에 선애 씨의 만물트럭이 상생하는 손길이 된 것만큼은 분명하다. 선애 씨가 적자를 간신히 면하고 있는 만물트럭 운행을 언제까지 계속할 수 있을지는 모른다. 하지만 적어도 도로 위를 달리는 순간만큼은 선애 씨도 살아 있음을 실감했고, 그 생의 희열은 분명한 보람으로 다가왔다. 만물트럭 운행은 다른 어떤 일을 통해 얻는 성취와도 비교하기 어려운 희열을 선사했다. 선애 씨에게는 분명 그랬다.

"기록으로 남는다는 것을 의식하면서 일해요"

국립현대미술관 영상관 학예원 · 제이

글 이서수

날마다 일하러 가는 장소를 사랑하는 사람이 있을까. 애사심이 아니라 일터에 대한 사랑을 묻는 것이다. 국립현대미술관은 나에게 그런 상상을 촉발시키는 곳이다. 넓고 조용하고 깨끗한 공간, 일방향의 동선을 그리며 천천히 걷는 관객들, 통창 너머의 아름다운 중정. 어느새 내 눈길은 이곳에서 일하는 이들에게로 향했다. 특히 여느 미술관과 다르게 영화관이 갖추어져 있는 국립현대미술관 서울관은 일하는 공간에 대한 가상의 애정을 불러일으킬 정도로 매혹적인 장소다. 2025년 2월 어느 날 오후, 미술관 내 영상관(MMCA필름앤비디오)에서 일하는 학예원 제이(가명)를 만났다. 그는 2019년부터 6년 넘게 이곳에서 일해왔다.

"필름앤비디오 학예원은 전시과 소속이에요. 영화제로 치자면 프로그램팀의 코디네이터와 비슷한 일을 한다고 보시면 됩니다. 상영작 조사부터 출판물 제작까지 영화 상영과 관련된 전반적인 실무를 담당하고 있어요. 미술관 직원이라고 밝히면 대개 공무원이라고 생각하시는데, 저는 무기계약직인 '공무직'이에요. 공무직은 호봉제가 아니라서 수십 년을 일하더라도 직급이 오르지 않고, 기본급으로는 최저 시급을 받을 뿐이죠."

한바탕 자조적인 웃음을 터뜨리며 진행된 인터뷰는 시작부터 진솔했다. 제이는 원래 영화를 연출했으나 진로를 변경해 미술관으로 오게 되었다. 미술관 전시과 내에는 MMCA필름앤비디오뿐 아니라 다원예술이라는 특수한 전

마스킹 커튼의 모습. MMCA필름앤비디오에서는 상영 작품의 화면비에 맞춰 매번 스크린 비율을 조정한다.

시 프로그램도 있다. 학예연구사가 프로그램을 기획하고, 예산을 짜고, 계약과 행정 업무 등을 총괄한다면 학예원은 해당 프로그램의 실무적인 진행을 나눠 맡는다.

아마도 미술관 안에 영화관이 있으리라고는 예상하지 못하는 사람이 많을 것이다. 나 역시 그 공간을 안 지 그리 오래되지 않았다. 이곳만의 장점이 뭔지 궁금했다.

"우선 영화관의 관람 환경이 아주 훌륭해요. 굉장히 실력 있는 영사기사님이 계시거든요. 작은 디테일 하나하나를 최적의 상태에서 관람할 수 있도록 만들어 주세요. 이를테면 요즘 영화관들에서 거의 하지 않는 '마스킹'을 예로 들 수 있겠지요. 마스킹이란 개별 영화의 화면비에 맞춰 스크린의 비율을 조정하는 거예요. 스크린의 양 사이드를 조절하기 위해서는 굉장히 아날로그적인 방식으로 매번 검은색 커튼을 정확한 위치에 놓아두어야 해요. 커튼 맨 아래쪽에는 납으로 된 추가 있어서 그 무게로 커튼을 고정시키는데, 저는 종종 그 사실을 잊어먹는 바람에 행사용 물건을 옮기다가 추에 머리를 여러 번 부딪히기도 했어요. 참고로 굉장히 아픕니다. 그리고 객석의 단차가 커서 앞 좌석 관객의 앉은키와 상관없이 쾌적하게 관람할 수 있어요."

영화관 내부를 촬영하기 위해 계단을 여러 번 오르내렸는데 실제로 다른 영화관에 비해 계단이 꽤 높았다. '마스킹'부터 단차까지 오롯이 작품 감상에만 초점이 맞춰진 공간이었다. 이 공간의 의의를 제이는 어떻게 생각하는지 물었다.

"영화계에서는 영화를 기본적으로 산업적인 측면에서 바라보는 경향이 있어요. 작품을 대할 때 상업영화든 독립영화든 간에 일종의 '상품'으로서 영화를 대하거든요. 그래서 영화제에서 작품을 출품받을 때도 제작연도에 제한을 걸어두죠. 영화에 유통기한이 있기라도 한 것처럼요. 하지만 만약 그해에 발견되지 못한 좋은 작품이 있다면요? 몇 년 후, 수십 년 후에야 제대로 진가를 발휘하는 작품도 분명 존재하니까요. 그런 측면에서 미술계가 작품을 바라보는 방식이 제게는 새롭게 다가왔어요. 작품 하나하나의 개별적인 가치를 따지는 게 아니라 작가가 인생에 걸쳐 만들어 가는 궤적을 통해 작품을 바라봐요. 한마디로 예술로서 작품을 대한다는 것이죠. 최신작이 아니라 하더라도 언제든 작품에서 동시대적인 의미를 발견할 수 있고요."

일반 영화관에 걸리기에는 수익성이 부족하지만 다양한 예술을 만나본다는 의미에서의 '좋은 작품'을 볼 수 있는 곳이 많지 않은 건 사실이다. 제이는 관객들이 영화와 만나는 방식이 좀 더 다양하게 마련되어야 한다고 말했다. 특히 공공미술관에 자리한 영화관은 상업적인 실적에 상관없이 비교적 긴 기간 의미 있는 상영 프로그램을 선보이고 관객과 접촉면을 넓히는 효과를 만들 수 있다면서. 문득 이곳에서 관람했던 차학경의 작품들이 떠올랐다. 입구 앞에 길게 줄 선 관객을 보면서 그런 수요가 많다는 것에 놀란 날이었다. 차학경의 작품을 선정하게 된 과정이 궁금했다.

"차학경을 전부터 알고 있었지만, 캐시 박 홍의 『마이너 필링스』를 읽으면서 작가의 죽음에 대해서 다시금 생각해 보게 되었어요. 책을 읽었던 시기가 마침 작가 리서치를 하던 기간과 겹쳐서 학예연구사님께 추천해 드렸고, 시간표를 짤 때도 차학경의 기일에 상영일을 맞추고 싶어서 개인적으로 신경을 좀 썼어요. 그해가 40주기가 되는 해여서 더 뜻깊었다고 생각합니다."

상영하기 전에 미리 검토하는 과정을 당연히 거치겠지만 아무래도 영화관에서 작품을 다시 보면 남다른 감정을 느낄 듯싶었다.

"작품을 검토하는 과정에서는 '스크리너'라 부르는 영상 링크를 받아 사무실에서 작은 노트북 화면으로 영화를 봐요. 그런데 같은 작품이라 하더라도 영화관에서 다시 보면 훨씬 더 좋게 느껴져요. 큰 화면과 풍부한 사운드 시스템에 압도되는 느낌이 있지요. 어두운 공간 안에서 높은 집중력으로 시간을 공유하는 느낌은 언제나 특별하게 다가오고요. OTT 등이 보급되면서 개인적인 공간에서 영화를 보는 것이 일반화되고 있지만 저는 여전히 공적인 경험으로서의 영화 보기가 갖는 힘이 있다고 생각하거든요. 영화 관람이 개인화될수록 영화관이라는 환경에서 타인과 함께 영화를 '경험'하는 것이 그 자체로서 의미가 있는 것 같아요."

영화관 관객 수가 많이 줄어든 현실을 떠올리자 그 말이 묵직하게 다가왔다. 공적 경험의 영역이 점점 줄어들고 있제이 씨가 학예원으로 일하며 제작한 리플릿들.
상영 프로그램 정보가 담겨 있다.

지만 그런 상황을 바꿔야 한다는 목소리는 크지 않다. 문득 제이가 일하는 곳이 공공기관이라는 사실이 떠올랐다. 마음 가짐부터 다른 게 있지 않을까.

"처음부터 그러지는 않았지만, 시간이 지날수록 공공기관에서 일한다는 것을 잊지 않으려 해요. 프로그램을 준비할 때도 의식적으로 작가군이 다양하게 구성되도록 학예연구사님과 의논하죠. 작가나 작품이 특정 성별이나 국가에 치중되지 않도록 안배하는 것도 당연하게 여기게 되었고요. 관람객들이 줄 서서 보려는 유명 작가의 인기 있는 프로그램 하나를 만드는 것도 의미 있겠지만, 소수자의 시선을 반영하고 예술 생태계를 더 풍성하게 만들 수 있는 뜻깊은 작품을 더 많이 포용하는 것도 중요하다고 생각해요."

제이가 생각하는 공공성엔 공정성과 다양성이 포함되어 있었다. 두 가지 모두 우리 사회의 큰 화두이기도 하다는 점에서 MMCA필름앤비디오의 방향성에만 국한된 말로 들리지 않았다.

"관객으로서 이 공간을 좋아했기 때문에 계속 누군가가 좋아할 수 있는 공간이었으면 하는 마음이 있어요. 리플릿이나 포스터 등의 홍보물을 만드는 일도 저의 주된 일인데 그것들은 미술관에서 만들어지는 다른 출판물과 마찬가지로 아카이브에 영구 보관되거든요. 기록으로 남는다는 것을 의식하면서 일해요. 먼 미래에 누군가가 참고할 수 있는 자료가 되는 것이니까요. 실제로 미술관 아카이브에서는 과거

전시 및 프로그램의 포스터로 새로운 전시를 기획하기도 하고요. 공동체 안에서의 의미와 방향성, 다음 세대로 이어지는 흐름에 대한 고민 등은 미술관에서 일할 때 자연스럽게 고려하게 되는 문제예요. 이야기가 거창해지는 것 같은데 수백 명의 직원 중 한 사람으로 일하고 있지만 작게나마 공적인 영역에 기여하고 있다는 사실이 현실적인 어려움과 상관없이 만족감을 주는 측면이 있습니다."

일하는 사람의 만족감이 결코 금전적인 보상에만 있지 않음을 깨닫게 하는 말이었다. 마지막으로 일을 하며 아쉬운 점은 없는지 물었다.

"MMCA필름앤비디오가 생긴 지 이제 10년 정도가 되었는데요, 초창기부터 인력 부족 문제가 대두되었어요. 프로그램을 기획하는 학예연구사가 1명, 학예연구사를 보조하는 학예원이 1명, 그리고 영사기사까지 이렇게 3명이 전부니까요. 영화관의 연간 프로그램을 기획하고 실행하기에 인력이 턱없이 부족한 실정입니다. 게다가 올해(2025년)부터는 전담 학예연구사 체제가 아닌 전시과 소속의 여러 학예연구사가 1년씩 돌아가면서 프로그램을 담당하는 것으로 방침이 변경되었어요. MMCA필름앤비디오의 특수성과 전문성, 지속성을 간과한 결정인 듯하여 조금 우려가 됩니다. 지금으로서는 아무래도 외부 기관과의 협력이 불가피할 것 같은데 오히려 다양한 배경을 가진 기획자들이 프로그래밍에 참여하며 바람직한 방향으로 흘러갈 수도 있겠죠. 다가오는

144

여름에는 서울국제실험영화페스티벌과 함께 로버트 비버스의 작품 상영을 계획하고 있어요. 비버스의 작품은 디지털화되지 않은 작품이 많아서 관람 기회가 많지 않기 때문에 이번 프로그램은 아주 귀한 자리가 될 거예요. 작가님도 한국에 방문하실 예정이고요. 이런 프로그램이라면 일하기가 까다로워도 꽤 보람이 있지요."

다른 영화관에서 보기 어려운 좋은 작품을 상영하고 있지만 MMCA필름앤비디오의 관람료는 무료다. 온라인으로 예매하고 가면 경제적 부담감 없이 쾌적하고 편안한 환경에서 작품을 감상할 수 있다. 고물가로 주머니 사정이 좋지 않은 시기일수록 무료로 문화생활을 즐길 수 있는 공간이 시민들에게 더 많이 알려져야 하지 않을까.

인터뷰 전에는 국립현대미술관의 공간성을 감각하며 일하는 사람으로서의 제이의 모습을 많이 떠올렸다면, 인터뷰를 마칠 즈음에는 공공성을 의식하며 일하는 사람으로서의 다부진 자세가 인상적으로 남았다. 우리는 어둑한 공간의 소파에서 일어나 계단을 걸어 내려갔다. 빛이 쏟아져 내리는 넓은 로비에 예술의 공공성을 위해 일하는 사람과 예술을 통해 잠시 여유를 찾은 사람이 나란히 걷고 있었다.

제이는 앞으로 더 많은 사람이 이곳을 찾아주기를 바란다고 말했다. 그것 또한 공공성의 중요한 부분일 것이다. 정성껏 마련해 주는 이와 즐거이 향유하는 이가 캐스터네츠처럼 맞물리며 아름다운 연주를 계속 이어가기를.

"그분들의 생계와 관련된 일이잖아요"

지역수협 조합원 지원 담당자 • 도하

글 최유안

어느 날 우연히 서해안 바닷가를 지나 한반도 끝을 향해 가다가, 문득 그곳에서 일하는 사람들의 매일은 어떨지 궁금해졌다. 그것도 이제 막 취업의 관문을 뚫고 그런 한적한 곳에 안착한 새내기 사회인이라면. 나는 곧바로 그런 사람을 수소문하기 시작했고, 얼마 안 되어 지역수협에서 일하는 서른 살 도하(가명) 씨와의 만남이 이루어졌다.

입사 2년 차인 도하 씨는 한눈에도 선해 보이는 둥근 얼굴이었다. 도하 씨는 지금 일하는 항구 도시에서 차로 1시간쯤 걸리는 대도시에서 나고 자랐다. 어떻게 이곳까지 와서 일하게 되었느냐는 질문에 그는 "합격했으니까요" 하고 당연한 말을 했다. 나는 어떻게 여기에 지원할 생각을 했는지 질문했어야 했음을 깨달았다.

"취업준비생으로 4년 정도를 보냈거든요. 스물여섯 살에 대학을 졸업하고 각종 시험과 공기업 입사 시험을 봤어요. 시험만 본 게 아니고, 경력을 쌓고 돈도 벌려고 인턴도 꾸준히 했고요. 지자체에서 하는 지역 청년 프로젝트 일도 해봤고, 공기업 계약직으로도 일했어요."

이런저런 일을 하는 동안 재미가 있었느냐고 물었더니, 도하 씨는 신중하게 답했다.

"재미가 있으려면 의미도 있어야 한다고 생각하는데요, 지역 청년 프로젝트가 생각지 않게 아주 재밌었어요. 도시 재생 프로젝트였는데, 인턴 자격이었지만 할 수 있는 일이 많았어요. 노후 마을 벽화 프로젝트도 진행했는데, 지역 주민들의 의견을 모으고 행정복지센터(옛 주민센터)와 협업하며 이뤄낸 성과가 바로 눈앞에 나타나더라고요. 그런 경험이 협동조합을 일터로 삼은 계기가 됐어요."

도하 씨는 대학에서 경영학을 전공했다. 학창 시절에 국어, 영어 과목을 좋아했고 대학은 영어교육과와 경영학과에 붙었다. 사범대에 가면 무조건 선생님이 되는 길을 걷게 될 것 같아서, 경영대를 선택했다. 진로의 갈림길에 섰을 때 더 다채로운 선택지가 있으리라 생각했다. 그런데 막상 졸업할 때가 되니, 선택지가 다양하지 않은 것처럼 느껴졌다. 경영대 졸업생의 진로는 주로 기업 취업과 공무원·회계사 시험 준비로 나뉘었다. 숫자가 싫어 문과를 선택했고, 대학에서도 회계 과목을 피했던 만큼 진로를 선택할 때도 회계 업무를 제일 먼저 제외했다. 그런데 돌고 돌아 도하 씨는 회계 업무를 하고 있다.

도하 씨는 사무실과 10분 거리인 오피스텔에 살고 있다. 기상 시간은 오전 7시이고, 업무 시작은 오전 8시 반이다. 수협에는 한반도 바닷길을 따라 90개가량의 지역수협이 있고, 다른 협동조합과 마찬가지로 지역수협을 지원하는 중앙회가 있다. 지역수협은 다시 본부와 수협은행으로 나뉘는데, 본부에는 조합원과 관련된 모든 업무를 하는 지도부가 있다. 도하 씨의 일터는 지역수협 지도부다.

어업은 국가의 중요한 먹거리 사업이므로 해양수산부와 긴밀히 연결되어 있어야 한다. 도하 씨는 국가와 어업 현장

사이에서 연결고리 역할을 하는 것이 자신의 업무인 것 같다고 했다. 그는 본사가 있는 도시뿐만 아니라, 인근 지역에 있는 수천 명의 조합원을 지원한다. 지도부 직원은 10명 안팎이다. 대부분 해당 지역 출신이고, 현재는 도하 씨만 다른 지역 출신이다.

"연안항에 있는 배 선장들은 거의 다 수협 조합원들이라고 보시면 될 것 같아요."

도하 씨의 주 업무는 조합원 가입과 탈퇴를 돕고 출자금을 관리하는 것이다. 아직 실수한 적은 없지만, 큰돈을 다룰 때 실수하면 안 된다는 압박감이 크다. 어촌의 고령화와 청년층 이탈은 어제오늘 일이 아니라서, 조합원이 사망하면 상속 과정을 돕기도 한다. 어촌계 계장과 수협 의원, 이사 들이 모이는 협의회, 이사회, 총회 등 각종 행사가 있을 때는 평소보다 바빠진다. 행사를 준비하는 동안에도 일상 업무가 없어지는 것은 아니므로 동시에 여러 일을 처리해야 한다. 또 배당 업무와 실태조사를 해야 하는 연말연시에도 무척 바쁘다.

조합원 응대가 주 업무고, 준비할 행사가 많다는 건 사람을 많이 만나는 일이라는 뜻이다. 그런 일에 어려움이 수반되지 않을 리 없다. 수천 명의 조합원을 지원·관리하며 어떤 점이 가장 힘들까.

"막무가내인 분들을 설득할 때 힘들어요. 가령 법률상 불가능한 요청을 하는 조합원이 '수협에서 내게 손해를 끼

149

치려 한다'라며 화낼 때요. 제 말은 아예 안 통하거든요."

들려줄 만한 에피소드가 있는지 물었다. 한번은 채무가 있어서 출자금 지급정지를 당한 조합원이 그를 붙잡고 "이 돈 없으면 빚도 못 갚고 나 못 사는데 책임질 거냐"라고 소리를 치는데, 어떻게 해야 할지 몰라 당황했다고 한다.

"처음에는 조합원의 요청을 모두 들어주는 게 옳다고 생각했어요. 지금은 안 되는 건 안 된다고 하고, 가능한 일만 도와드린다고 말하는 게 중요하다는 걸 알았어요. '여기까지는 되겠다'가 이제 조금씩 판단이 서요."

대답을 듣고 나는 빙그레 웃었다. 직장인으로서 경력을 쌓아가는 동안 조금씩 달라지는 모습이 아닐까 싶었던 것 같다. 새로 일을 시작한 사람들은 일하며 벌어지는 여러 상황을 견디고 헤쳐나간다. 나를 깎아내고 속이 썩기도 하며 둥글어진다. 패기가 무뎌져 가는 것이겠지만, 그 덕분에 노련해진다. 도하 씨는 물론 응대하기 어려운 조합원만 있는 건 아니라고, 대부분은 "정말 고맙다"라는 말을 남긴다고 강조했다.

"무엇보다 제가 하는 일은 그분들의 생계와 관련된 일이잖아요. 보람을 느껴요."

점심 식사는 구내식당에서 하는데, 그곳은 수협 직원뿐 아니라 주변 어업인, 위판장 중매인도 이용할 수 있다. 도하 씨가 근무하는 수협에서는 은행 지점, 위판장, 배에 넣을 기름이나 물품을 판매하는 사업장 등의 부서도 운영 중이라고

위판장 풍경. 수협에서 어민으로부터 위탁받은
수산물을 판매하는 곳이다.

도하 씨가 퇴근길에 넋을 잃고 보곤 하는 노을의 모습.

한다. 낯선 업무가 많겠다고 하자, 도하 씨가 입사 직후 신기하다고 생각했던 부서를 말해줬다.

"경매할 때 쓸 얼음 판매만 전담하는 부서도 있어요."

퇴근하는 시간은 보통 6시다. 그 시간이 황홀하게 느껴진다고 도하 씨는 말했다. 비단 퇴근 때문만은 아니라는 설명도 따라붙었다.

"퇴근할 때 보는 노을이 정말 예뻐요. 서해안의 노을이 잖아요. 매일 넋을 잃고 보게 되더라고요. 본부가 있는 항구도시도 예쁘지만, 작고 한적한 어촌마을로 출장을 다녀오는 길에 바다와 마을이 어우러진 풍경을 보면 정말 평화로워요. 그래서 사람들이 바다를 떠나지 못하고 평생 이곳에 머무는구나 싶기도 해요."

도하 씨는 퇴근 후 집에 돌아가면 타지에 있는 10년 차 연인에게 전화한다. 잊어버리기 전에 하루치 이야깃거리를 다 풀어야 한다고 했다. 부모님께는 힘든 일 없이 잘 지낸다고만 말하는데, 연인이 정서적 방패막이가 되어준다고. 그러곤 저녁을 차려 먹는다.

"제가 이 일을 하면서 처음으로 자취라는 걸 했는데, 다행히 원래도 직접 해 먹던 편이라 혼자서도 잘 차려 먹어요. 반찬류는 주말에 어머니가 챙겨주시는 것을 가져오지만, 찌개나 국 정도는 직접 해요."

귀하게 키운 아들을 멀리 보내놓은 부모님의 마음은 어떨까. 도하 씨는 꿈꿔본 적 없는 업무였던 만큼, 자신의 마음도 부모님의 반응도 좋지만은 않았다고 했다. 한편으로는 워낙 힘들게 취업했다 보니 '드디어 무언가 됐다' 하는 안도감도 강했다고.

"부모님은 제가 하는 건 뭐든 응원해 주셨어요. 취업이 정말 힘들긴 했는데, 사실 힘에 부칠 정도로 어렵게 느껴지진 않았어요. 그냥 열심히 하면 되니까요. 주변 사람들을 의식하면서 눈치를 봐야 하는 상황이 더 힘들었어요. 좋은 마음이었겠지만 '잘돼가?' 하고 묻는 주변 사람들의 질문과 기대가 부담으로 다가올 때가 있었거든요."

취미는 단연 축구란다. 원래 축구를 좋아하기도 했고, 홀로 떨어져 지내며 일하는 사람으로서 지역 사람들과 어울릴 수 있는 시간이라 정말 소중하다고.

마지막으로 앞으로 어떻게 일하고 싶은지 질문했다. 도하 씨는 지금 업무도 보람 있지만 다른 업무도 해보고 싶다고 했다. 회사 내 업무의 범위가 워낙 넓어서 이것저것 다 경험해 보고 싶고, 이왕 시작한 일이면 잘해보고 싶다고.

"다른 사람들도 처음부터 잘 알고 하는 게 아니더라고요. 그냥 부딪혀 가면서 직접 몸으로 익히는 것 같았어요. 사람을 상대하는 일을 하게 된 것도 좋고요. 조합원이든 고객이든 많은 사람에게 도움을 줄 수 있는 일이니까요."

도하 씨는 지역과 더불어 살기로 작정한 사람 같았다. 지역을 벗어나 일하고 싶었던 적은 없다고 했다. 그래서 줄곧 지역 산업과 인프라에 도움을 주는 회사 취업을 준비했다.

지리학을 부전공한 것도 바로 그런 이유였다고 했다. 지역 사람들과 어울리는 일이 무척 재밌었고, 그렇게 수협에 들어가서 정말로 지역공동체를 위해 일하고 있다.

"꿈꿔본 적 없는 일을 하고 있지만, 큰 틀에서는 제가 상상해 왔던 일에서 벗어나지 않은 것 같아요. 지역을 위한 일을 하고 싶었고, 결국 지역 사람들을 위해 일하고 있으니까요. 제 예상보다 더 직접적으로 그들에게 도움이 되는 일을 하게 되었으니, 어쩌면 더 의미 있는 일 아닐까요."

나는 도하 씨를 인터뷰하는 동안 인생의 길에 관해 생각했다. 고비마다 인간은 자신이 가치 있다고 생각하는 쪽을 선택하며 길을 간다. 그것은 의지의 발로다. 나는 도하 씨가 공동체와 더불어 사는 삶의 가치를 자신의 의지로 선택해 길을 만들고 있다고 생각했다. 인간의 의지는 차곡차곡 쌓여 흐름을 만들어 낸다. 그리고 그 의지는 매번 우리 각자의 초상을 변화시킨다.

나는 새내기 사회인 도하 씨의 초상을 그리며, 그가 살아가는 길에 마주할 갈림길마다 자신의 가치를 잃지 않길 기원했다. 거친 풍랑이 일 때도 있겠고 두려움에 차는 날도 있겠지만, 길 끝에서 마주한 자신을 그가 기쁘게 마주하는 모습을 상상했다. 인간은 각자가 그렇게 자신의 가치를 찾아, 삶의 의미를 찾아 각자의 여행길을 걷고 있다고 생각하면서. 일하는 모든 이들의 안녕을 기도하면서.

119안전센터 구급대원

고공로프 용접기사

공인노무사

아파트 환경미화원

장애인식개선 강사

항공정비 검사원

통원차량 지입기사·시인

3부

지키다

"가장 중요한 건
안전 시스템이에요"

고공로프 용접기사 · 조국

글 서수진

서호주의 광산에서 일하는 조국 씨에게 인터뷰를 청하면서 광산 현장을 소개해 달라고 부탁했다. 흑백사진으로 보아왔던 땅굴을 파서 곡괭이로 석탄을 캐내는 지하 광산이 아니라, 현대식 시스템을 갖춘 광산에서는 어떻게 채굴하는지 궁금하다고 덧붙이며. 조국 씨는 난감해하며 인터뷰를 거절했다. 광산의 비밀유지 조항이 매우 엄격한 데다, 자신은 광부가 아니라서 채굴 현장인 광구에 들어가지 않는다고 했다. 고백하자면 나는 그가 광부가 아니라는 걸 그제야 알았다. 광산에서 일하는 사람은 모두 광부일 거라고 단정 지은 무지를 반성하며 조 씨의 직업을 다시 물었다. 그는 '고공로프 용접기사'라고 자신의 직업을 소개했다.

그의 직업을 듣고 인터뷰 질문지를 만들면서 나는 혼란에 빠졌다. 처음에는 보호구를 쓰고 불꽃을 튀기면서 일하는 용접기사의 이미지가 머릿속에 그려졌다. 그런데 고공에서 용접을 한다고? 로프를 타고?

광산의, 고공에서, 로프를 타고, 용접을. 머릿속에서 모든 단어가 제각기 떠다녔고, 도저히 연결되지 않았다. 새삼 '일하는 사람의 초상'이라는 제목이 와닿았다. 나는 조국 씨가 일하는 초상을 그릴 수 없었던 것이다. 그래서 대뜸 물을 수밖에 없었다. 하시는 일을 설명해 달라고.

조 씨는 "건물 외벽에 매달려 유리창 청소를 하거나 아파트 페인트 작업을 하는 사람을 보지 않았냐"라며 말을 시작했다. 자신의 일은 그렇게 높은 곳이나 접근하기 어려운 구조물에서 로프와 장비를 이용해 용접하는 일이라고 했다. 광산에 아파트나 고층 건물처럼 높은 작업 현장이 있다는 말이었다. 그것도 '광산의 고공로프 용접기사'라는 직업이 필요할 만큼 빈번하게.

"광구에서 채굴한 광물을 수송하는 덤프트럭의 적재량은 300톤에 달해요. 그 트럭이 파쇄기에 끊임없이 광물을 쏟아붓죠. 광물을 파쇄하고 정제하고 저장하는 시설의 높이가 20~30미터입니다. 광물이 만들어 내는 마찰과 충격으로 닳거나 망가지는 장비들은 주기적인 교체와 점검이 필요한데, 그 규모와 높이가 어마어마한 데다 접근이 까다로워 저와 같은 로프 기사가 투입되죠."

조국 씨는 주로 철광산, 니켈 광산, 구리 광산, 금광 등 각종 광산이 '셧다운'된 상태에서(광산에 문제가 있어 폐쇄한 경우보다는 정기 점검 목적인 경우가 많다) 현장에 투입된다. 며칠 혹은 몇 주간 가동을 중지한 광산에 들어가 여러 시설을 수리하고 장비를 점검·교체한다.

"셧다운된 광산 현장에 들어가려면 전세기를 타야 해요. 서호주의 광산은 주도 퍼스에서 1~2시간 정도 비행기로 이동해야 하는 지역에 있거든요."

이렇게 비행기로 작업 현장에 투입되었다가 휴가 때 다시 비행기를 타고 집에 돌아가는 이들을 '플라이 인, 플라이 아웃Fly In, Fly Out' 워커, 줄여서 파이포FIFO 워커라고 부른다. 그 역시 파이포 워커로 2024년 한 해 동안 서른여섯 번

160

비행기를 탔다고 했다. 한 달에 세 번꼴이다.

"광산은 하루 12시간 근무가 보통입니다. 주간(오전 6시부터 오후 6시), 야간(오후 6시부터 오전 6시) 근무조로 나뉘어 일하는 형태예요. 12시간이라고 해도 바쁘게 돌아가요. 광산을 셧다운하는 비용이 어마어마해서 효율적으로 움직여야 하죠. 그러나 절대 서두르지는 않아요. 매일 일을 시작하기 전에 안전 관련 서류들을 작성하고, 설비 안전 차단을 확인하고, 장비 점검을 합니다. 일하는 중간에도 안전 관련 서류 허가를 받거나 안전 장비를 설치하기 위해 대기하는 시간이 많아요. 안전하지 않다고 판단되면 전체 과정을 멈추더라도 다시 확인하고 검증하는 작업을 거칩니다."

그는 인터뷰 내내 안전을 거듭 강조했다. 아마도 나를 포함한 많은 사람이 '고공로프 작업'이라고 하면 위험한 일로 여길 것을 염두에 둔 듯했다. 내가 걱정을 표하자 조 씨는 자신도 발끝 아래 끝없이 펼쳐진 허공이 두렵다고 했다. 추락에 대한 공포는 본능적이지 않겠냐고 되묻기도 했다. 그렇다면 공포를 넘어서게 하는 힘은 어디에서 나올까.

"내 몸을 지탱해 주는 안전줄과 하니스(몸에 착용하는 안전 벨트), 앵커(로프를 고정하는 지지점) 같은 보호 장비와 시스템이 절대적이죠. 로프는 두 줄이 기본인데, 한 줄은 작업 로프이고, 다른 한 줄은 안전을 위한 보조로프입니다. 로프 장비는 국제표준을 따르며, 매일 사용 전에 점검합니다. 중간 점검과 사용 이후 점검 역시 필수입니다."

조국 씨가 하니스와 장비를 올바르게
착용했는지 동료에게 확인받는 모습.

조 씨는 자신을 포함하여 호주에서는 고공 작업 시 주로 아이라타IRATA 국제 로프 시스템을 사용한다고 했다. 산업 로프접근기술협회Industrial Rope Access Trade Association에서 1980년대 후반 도입한 안전 시스템으로, 2025년까지 공식적으로 집계된 사망 사고 건수가 10건 내외일 정도로 사고율이 낮은 시스템이라는 말도 덧붙였다.

"작업 팀원은 최소 2명이 함께 움직여야 해요. 광산은 최소 인원이 3명으로 규정되어 있어 더 엄격하죠. 저 같은 레벨 3 관리자는 구조 계획을 세운 후에, 현장에서 다른 작업자를 지켜보며 대기해야 해요. 레벨 3 관리자가 되려면 최소 2,000시간 이상 로프 작업 경력을 쌓은 후에 모든 레벨의 트레이닝을 거쳐야 합니다. 위급 시 구조가 가능하도록 로프 이론과 설치, 구조에 능숙해야 하는 건 기본이고요. 응급 처치 교육도 매년 받아야 하고, 로프 교육 이수도 3년마다 갱신해야 합니다."

그는 레벨 3 관리자로서 자신의 임무가 팀원을 살리는 일, 사고를 예방하는 일이라고 했다. 작업자에게 별문제는 없는지 수시로 무전기와 수신호로 확인한다. 가능한 한 모든 위급 상황에 대한 구조 계획을 세우고 팀원들과 함께 구조 훈련도 한다.

"가끔씩 한국 뉴스에서 고공 작업을 하다 발생한 심각한 인명 사고 소식을 접하는데요…."

조 씨는 한국의 고공로프 작업 현장에 관심이 많다고 했다. 뉴스에서 인명 사고의 원인으로 작업자의 부주의, 인재, 과도한 업무, 소통 부족, 작업 환경 등이 거론될 때면 답답해진다고.

"가장 중요한 건 안전 시스템이에요. 솔직히 저는 한국에서 고전적인 로프 방식으로는 일을 못 할 것 같습니다."

조 씨가 말하는 한국의 '고전적인' 작업 환경이란 옥상에서 내려뜨린 밧줄 한 줄에 '달비계'라고 불리는 나무 발판을 매달아 그 위에 앉아서 일하는 방식을 뜻했다.

"달비계 방식은 오직 한 줄의 로프에 작업자의 생명을 맡겨야 하죠. 줄이 풀리거나 끊어지는 순간 대처할 방법이 없어요. 반면 아이라타 시스템에서는 반드시 보조로프를 갖춰야 하고, 현장에 구조 전문가인 레벨 3 관리자가 상시 대기합니다. 사고가 나더라도 생명을 살릴 수 있는 장치가 있느냐 없느냐 하는 차이가 있죠."

작업자의 주의력에만 의존하는 현장과 인간의 실수를 시스템이 보완하는 현장. 조 씨가 느끼는 답답함의 정체는 바로 그 차이에 있었다. 다행히 한국에서도 최근 안전 시스템을 강화하고, 위반 시 법적인 처벌도 엄격히 적용하고 있다. 조 씨에 따르면 한국산업로프협회 같은 관련 단체에서 지속적으로 문제점에 대해 건의하며 안전 재해 방지를 위해 노력하고 있다고 한다. 관련 자료를 찾아보니 실제로 한국에서도 아이라타 자격 취득에 대한 관심이 높아진 것을 확인할 수 있었다. 안전 시스템이 강화되는 증거라고 볼 수 있

164

지 않을까.

조 씨는 7년 전 호주 광산에서 일하기 시작했을 때, 아이라타 고공로프 자격증을 취득했다. 용접기사로서 일한 지 8년이 되었을 무렵이었다. 지금은 어엿한 15년 차 용접기사이자, 7년 차 고공로프 기사가 되었다.

"직업 관련 조언을 구하는 사람들이 많죠?"라고 묻자, 그는 호주 광산 일자리나 기술이민에 관해 묻는 사람이 많다고 답했다. 그런 질문을 받으면 조 씨는 용접사라는 직업의 정의를 다시 내리는 것부터 답변을 시작한다.

"용접사란 도면을 보고 수치를 측정해 금속을 가공하고 재단해 불꽃으로 붙이거나 떼어 내는 기술자입니다. 섬세하고 때론 과감하게 불을 이용하는 작업이지요. 남들이 쉽게 할 수 없는 일에 도전하고 싶은 사람들에게는 이 직업을 추천해 줄 수 있겠네요."

그는 호주에서는 용접사 급여가 한국과 비교하여 최소한 2~3배에 달한다는 말도 덧붙였다. 특히 광산에서 일하는 용접사는 구직이 쉽고, 고립된 캠프에서 생활하다 보니 단기간에 목돈을 모으기에도 적합하다는 말도.

"그런데 몸이 상할 수도 있다는 점을 알려줘요. 실제로 아무리 안전 장비를 잘 착용해도 화상을 입는 경우가 많고, 용접하려면 한여름에도 가죽 재킷과 보호 장구를 입어야 해서 힘들거든요. 용접 가스와 미세먼지에 지속적으로 노출되면 몸에 해롭기도 하고요. 단기간에 망가지진 않겠지만 눈

건강에도 좋을 리는 없지요."

취업 비자나 영주권을 준비하는 건 그다음에 고민할 일이다. 호주에서 용접사는 인력이 부족한 필수 직업군으로 분류되어 비자 취득이 용이하지만, 오랜 시간과 노력을 들인 뒤에도 비자를 따지 못하고 돌아간 사람들 역시 많다. 조 씨 역시 그럴 뻔했다.

"대학 졸업을 앞둔 시점에 우연히 신문 공고를 보게 됐어요. 한국산업인력공단에서 주최한 호주 용접사 기술이민 프로젝트를 다룬 기사였죠. 부산의 배관 용접기사 취업 과정에 등록해 용접 실무와 취업 영어 공부를 시작했습니다. 제가 1기였어요. 과정을 마치고 호주에 건너왔을 때 세계적인 경기 침체가 닥쳤고, 이민 정책이 강화되면서 취업 비자가 취소됐어요. 학생 비자로 전환해 기술 전문대에 진학하고 용접 기술을 처음부터 다시 배우는 등 우여곡절이 있었지만, 결국 퍼스의 한 물류 운송 회사에서 취업 비자 제안을 받았어요. 시간 외 노동까지 마다하지 않으며 열심히 일해서 영주권까지 받았지만 그게 끝이 아니었어요. 자금난을 겪은 회사가 인원을 감축하면서 퇴직금도 받지 못하고 그만두게 됐죠."

절박한 순간에 그는 광산으로 눈을 돌렸다. 도시의 안락함 대신 오지의 척박함을 선택한 것은, 기술자로서의 자부심을 지키며 정당한 대가를 받을 수 있는 '시스템'이 그곳에 있었기 때문이다. 그러나 광산에서 일하기가 어디 쉬운가.

서호주의 광산은 사막 지역이라 기후 환경이 척박하고, 전세기가 아니면 들어갈 수 없는 철저히 고립된 오지다. 조 씨역시 여름에 45도까지 올라가는 더위와 흙먼지가 시종일관날리는 환경이 아직도 적응되지 않는다고 했다. 나는 조심스레 그곳에서 일하기 너무 힘들지는 않은지 물었다. 그는주저하지 않고 이렇게 답했다.

"로프 용접사로서 최고의 선택이었어요."

조국 씨의 대답에서 자부심이 느껴졌다. 남들은 기피하는 척박한 환경을 자신의 전문성으로 정복해 낸 그는 정직한노동으로 자신의 삶을 지탱하는 '일하는 사람'이었다.

"하트세이버…
저에게는 훈장 같은 거죠"

119안전센터 구급대원 · 최현진

글 최유안

"위급할 때 옆에 있는 친구 정도라면 좋겠는데… 광고 카피 같아서 낯 뜨겁네요."

구급대원이 어떻게 기억되면 좋겠냐는 질문에 최현진 씨는 머리를 긁적이며 말했다. 현진 씨는 119안전센터의 구급대원이다.

'소방'의 사전적 의미는 "화재를 진압하고 예방함"이다. 그런데 소방공무원의 업무는 화재 진압만이 아니다. 각종 구조와 응급의료 관련 업무도 소방공무원의 몫이다. 다시 말해 화재진압대원, 구조대원, 구급대원 모두 소방공무원이다. 현진 씨가 소속된 안전센터는 세 팀으로 나뉘어 팀 단위로 근무하는데, 한 팀은 7~8명 정도의 대원으로 꾸려진다. 그의 팀에는 화재진압대원이 5명, 구급대원이 3명 있다. 구급대원의 일손이 부족할 때는 화재진압대원도 응급 구조에 손을 보탠다.

현진 씨는 꼬박 10년을 소방공무원으로 일했다. 평생 간호사로 일한 어머니를 보고 자랐고, 부모님 권유로 응급구조학을 공부했다. 공부하다 보니 적성에도 제법 잘 맞아, 대학을 졸업한 후에 곧바로 일터로 나왔다. 30대 중반인 그는 사람들과 어울리기 좋아한다. 구급대원이 천생 제 직업이라고 생각한다는 그에게 오래 일한 비결을 물었다.

"한곳에 붙어 앉아 있으면 좀이 쑤시는 성격 덕분인 것 같아요. 다른 직업은 생각해 본 적도 없을 정도니까요."

그의 일과는 오전 8시 40분에 시작한다. 출근하면 지난밤의 사안들을 인계받고, 휴무 동안 살피지 못한 각종 공문과 공지 사항을 챙겨 본 후에 장비를 점검한다. 오전에는 1~2시간의 소방 훈련을 받는다. 점심은 지하에 있는 식당에서 팀원들과 함께 먹는다. 오후에 한 차례 더 훈련을 받은 후 오후 5시 40분에 다시 장비를 점검한다. 밤 근무 전에 하는 준비운동 같은 것이라고 했다.

구급대원으로서 최현진 씨의 주 업무는 출동이다. 어떤 상황에서도 명령이 떨어지면 하던 일을 제쳐두고 출동한다. 안전센터 곳곳에 놓인 스피커들이 광역시 소방본부의 종합상황실과 연결되어 대원들에게 수시로 말을 건다. 낮이건 밤이건 새벽이건 가리지 않는다. 어떤 일도 마다할 수 없다. 남는 시간이 있을 때는 2층 힐링 쉼터에 있는 간이침대에서 잠을 잘 수 있고, 마사지기로 전신 마사지를 할 수도 있다. 컴퓨터를 쓰거나 책을 읽을 수도 있다. 그러나 소방대에 있는 시설들을 한 번도 마음 놓고 사용해 본 적이 없다. 동료 대원들도 마찬가지다.

10년 전 새내기 구급대원이었던 현진 씨의 일터는 한 바닷가 소도시의 안전센터였다. 일하며 가장 기억에 남는 에피소드를 묻자, 이야기가 그때로 거슬러 갔다.

"신입 때 첫 근무지에서 출근하는 3일 동안 바닷가에 떠오른 익사자를 연속으로 봤어요. 그중에 덤프트럭 한 대가 싣고 온 모래를 내리려다 잘못 기울어 바다로 빠져버린 사건이 있었어요. 앞 유리창을 깨고 구조 활동을 했는데요. 사건이 벌어진 지 이미 1~2시간이 지난 시점이었고, 운전기사는 심정지 상태였어요. 차 안에서 운전자를 꺼내고 대원들이 수습 작업을 하는데, 가족사진 한 장이 수면 위로 떠올랐어요. 바다 위에 덩그렇게 뜬 그 가족사진이 제 눈 속으로 잠식되듯 들어오는 것 같았어요. 그때가 아직도 기억에 남아요. 아주 젊은 사람이었거든요. 그 후로 트라우마가 생겨서 휴가 때도 바닷가에 가지 못하고 있어요."

그는 그렇게 말하고 웃더니, 이런 정도의 트라우마는 별 것 아니라는 듯 큰 눈을 끔뻑였다. 이제는 시신을 워낙 많이 봐서 무뎌졌다는 말이 뒤이어 나왔다.

현재 소속된 센터에서는 출동 빈도가 상대적으로 적게 느껴진다고 했다. 출동 횟수가 많기로 정평 난 곳에서의 근무를 마친 지 얼마 안 된 탓이다. 그는 광역시 내 기피 지역으로 유명한 곳에서 1년을 지냈다. 무엇보다 고독사와 자살자가 많은 지역이었다. 수많은 죽음을 목격했다. 이런저런 사고도 있었지만, 어린아이 사고가 단연 마음 아팠다.

"심정지 상태인 사람을 보는 게 평범한 사람들에게는 흔치 않잖아요. 그런데 생각보다 훨씬 많아요. 저도 그걸 구급대원으로 일하면서 알았어요."

그에게 자신의 직업을 드러낼 수 있는 사물을 하나 꼽아달라고 했더니, 심장박동이 표시된 하트 모양과 파란 별이 새겨진 '하트세이버' 배지를 내밀었다.

"위급한 심정지 환자의 생명을 구급대원이 심폐소생술

최현진 씨의 정복. 상단에 '하트세이버' 배지가 보인다.

동아시아 인문·사회 출간 목록 2017~2025년▼ 〈2025년〉 •두려움이란 말 따위(아잠 아흐메드 지음, 정해영 옮김) •육아 포비아를 넘어서(이미지 지음) •팬데믹과 정치(김기홍 지음) •보수 본능(최정규 지음) •먼저 온 미래(장강명 지음) •남성과 함께하는 페미니즘(이한 지음) •공동 뇌 프로젝트(김재인 지음) •명령에 따랐을 뿐!?(에밀리 A. 캐스파 지음, 이성민 옮김) 〈2024년〉 •우리는 재난을 모른다(홍성욱 지음) •김택근의 묵언(김택근 지음) •공직자 충무공(김오수 지음) •사랑과 통제와 맥주 한잔의 자유(김도미 지음) •사카나와 일본(서영찬 지음) •제국은 왜 무너지는가(피터 헤더·존 래플리 지음, 이성민 옮김) •벌거벗은 동물사(이종식 지음) •유전자 지배 사회(최정규 지음) •국민연금 가치 선언(제갈현숙 외 지음) •북극에서 얼어붙다(마르쿠스 렉스 지음, 오공훈 옮김) •지금 다시, 사우디아라비아(박인식 지음) •판사의 언어, 판결의 속살(손호영 지음) •아직은 가족, 끝까지 가족(김성우 지음) •직업을 때려치운 여성들(이슬기·서현주 지음) 〈2023년〉 •타인의 고통에 응답하는 공부(김승섭 지음) •학교의 재발견(더글러스 다우니 지음, 최성수·임영신 옮김) •눈부시게 불완전한(일라이 클레어 지음, 하은빈 옮김) •우리의 상처가 미래를 바꿀 수 있을까(김승섭 외 지음) •인류의 진화(이상희 지음) •AI 빅뱅(김재인 지음) •에이징 솔로(김희경 지음) •우리는 마약을 모른다(개정증보판, 오후 지음) •마거릿 생어의 여성과 새로운 인류(마거릿 생어 지음, 김용준 옮김) 〈2022년〉 •비운의 죽음은 없다(알리시아 일리 아민 지음, 송인한 옮김) •자본주의와 장애(마타 러셀 지음, 조영학 옮김) •같은 일본, 다른 일본(김경화 지음) •진격의 10년, 1960년대(김경집 지음) •전쟁과 약, 기나긴 악연의 역사(백승만 지음) •아주 구체적인 위협(유네스코한국위원회 기획) •돌봄이 돌보는 세계(다른몸들 기획) •해공 신익희 평전(김상웅 지음) •아파트 담장 넘어 도망친 도시 생활자(한은화 지음) •이상한 정상가족(개정증보판, 김희경 지음) 〈2021년〉 •의료인문학이란 무엇인가(황임경 지음) •후쿠시마 원전 사고의 논란과 진실(백원필 외 지음) •다름과 어울림(고려대학교 다양성위원회 기획) •상냥한 폭력들(이은의 지음) •우리말 절대지식(개정증보판, 김승용 지음) •미쳐있고 괴상하며 오만하고 똑똑한 여자들(하미나 지음) •음식에 그런 정답은 없다(정재훈 지음) •서사의 학이란 무엇인가(리타 샤론 외 지음, 김준혁 옮김) •당신을 이어 말한다(이길보라 지음) •총과 도넛(최성규 지음) •첨단×유산(고려대학교 공과대학 기획) •믿습니까? 믿습니다!(오후 지음) 〈2020년〉 •장애의 역사(킴 닐슨 지음, 김승섭 옮김) •뉴노멀의 철학(김재인 지음) •남극이 부른다(박숭현 지음) •코로나 리포트(허윤정 지음) •신문기자(모치즈키 이소코 지음, 임경택 옮김) •모두의 몫을 모두에게(금민 지음) •우리가 도시를 바꿀 수 있을까(최성용 지음) •가짜뉴스의 고고학(최은창 지음) •교육의 미래, 컬처 엔지니어링(폴 김 외 지음) 〈2019년〉 •도서관 지식문화사(윤희윤 지음) •생각의 싸움(김재인 지음) •똑똑똑, 아기와 엄마는 잘 있나요?(안미선 지음) •전국 책방 여행기(석류 지음) •중동태의 세계(고쿠분 고이치로 지음, 박성관 옮김) •공기 파는 사회에 반대한다(장재연 지음) •동양화는 왜 문인화가 되었을까(장인용 지음) •파란하늘 빨간지구(조천호 지음) •왜 손석희인가(배국남 지음) •우리 몸이 세계라면(김승섭 지음) 〈2018년〉 •가족끼리 왜 이래(박민제 지음) •한반도 화교사(이정희 지음) •화교가 없는 나라(이정희 지음) •김경집의 통찰력 강의(김경집 지음) 〈2017년〉 •인공지능의 시대, 인간을 다시 묻다(김재인 지음) •아픔이 길이 되려면(김승섭 지음) •시티 그리너리(최성용 지음) •과학자가 나라를 걱정합니다(이종필 지음) •백우진의 글쓰기 도구상자(백우진 지음)

먼저 온 미래 | 장강명 지음 | 368쪽 | 값 20,000원

2025년 언론에서 꼽은 올해의 책
(한국일보·한겨레·문화일보·동아일보·경향신문·매일경제·시사IN)

소설과 논픽션을 넘나들며 과학기술이 삶과 사회에 미칠 영향을 탐구해 온 저널리스트−작가 장강명이 전현직 프로기사 30명과 바둑 전문가 6명을 만나 알파고 이후 바둑계에 '먼저 온 미래'를 돌아보고, 인공지능이 문학계를 비롯한 여러 업계에 가져올 변화를 전망한 르포르타주다. 장강명은 터미네이터가 등장하지 않더라도, 일자리가 사라지지 않더라도, 인공지능이 전문가의 권위와 자부심을 부수고, 일과 경험을 변질시키고, 우리가 추구하던 가치를 위협할 수 있다고 경고한다.

이나 심장 제세동기로 살렸을 때 받는 상징이에요. 저에게는 훈장 같은 거죠."

현진 씨는 지금까지 하트세이버를 3개 받았다. 3명의 생명이 그의 손끝에서 살았다. 하트세이버는 그에게 이 일에 대한 직업적 긍지이며 사명감이 되었다.

아직 그와 몇 마디도 나누지 못했을 때 출동 무전이 울렸다. 음량도 크지 않았고 제대로 알아듣기도 힘들었는데, 사무실에 있던 모두가 뜻을 이해했고, 구급대원들은 즉각 움직였다. 사무실의 공기도 일순간 급박해졌다. 그도 즉각 채비하고 나섰다.

대원들은 초등학교 6학년 남학생인 응급 환자를 이송하고 40분 후에 돌아왔다. 보고까지 마친 후에야 사무실에 다시 온기가 돌았다. 책상 위에는 고생한다며 근처 상인회에서 소방대에 전해준 호두과자와 음료가 있었다. 현진 씨가 자리를 비운 사이, 그가 속한 팀의 팀장이 말을 보탰다.

"사명감으로 무장한 채 소방대에 들어오는 사람이 많이 있을까 모르겠네요. 처음에는 대부분 안정적인 일자리만 보고 들어옵니다. 그런데 이 일을 하다 보면 사명감도 생기고 긍지도 느끼죠."

팀장은 28년째 소방대원으로 근무하고 있고, 그해 겨울 정년을 앞두고 있었다. 소방서에서 근무하며 가장 보람 있었을 때를 묻자 그가 주저하지 않고 말했다.

"시민의 생명과 재산을 지키고 센터로 다시 돌아와 샤워실에서 몸에 묻은 분진을 닦아 낼 때, 세상에 기여한 것 같아 큰 보람을 느낍니다." 팀장의 이야기를 듣던 대원들도 저마다 한마디씩 했다. "시민들이 고생한다고 말씀해 주실 때도 힘이 나고, 어린 친구들이 '소방차다' 하고 알아봐 줄 때도 힘이 납니다."

가장 빈번한 출동 원인으로 대원들은 교통사고를 꼽았다. 구체적인 통계치는 없지만, 1년 내내 끊이지 않는 사고의 대다수가 길 위에서 일어났다고 기억했다. 음주로 인한 사건도 잦은데, 센터 부근에 식당과 술집이 모여 있기 때문이다. 겨울이 가까워진 인터뷰 당시에는 출동이 좀 줄었지만, 여름에는 훨씬 자주 출동한다. 기후 변화로 온열질환자들이 급격히 늘어나기 때문이다.

현진 씨는 해결하기 좋은 사건, 나쁜 사건은 없다고 생각한다. 그저 해결해야 할 사건만 있다고. 하루에도 파도처럼 몰려드는 작고 큰 사건들 틈에서, 그는 그저 묵묵히 일하는 직장인이다.

가장 중요한 동력으로 그는 주저 없이 아이들을 떠올린다. 그는 아이들에게 떳떳한 아버지가 되고 싶다. 현진 씨는 두 살 된 아들이 하나 있고, 두 달 뒤에는 아들, 딸 쌍둥이의 아버지가 될 예정이었다. 세 아이의 아버지가 되는 느낌을 물었더니, 아직 별 감정이 없다고 했다. 지금 눈앞에 있는 아이에게 잘하고, 또 다음 아이들이 태어나면 그 아이들에게도 잘하면 되는 거 아니겠냐는 답이 이어졌다. 좋은 사건,

나쁜 사건을 가리지 않고 우선 눈앞의 사건에 책임을 지는 구급대원다운 대답이었다. 그는 곧 태어날 아이들을 생각하면 재밌는 기억이 떠오른다고 했다.

"산부인과에서 성별을 알려주던 날에요. '선둥이'의 성별이 남자라고 해서 정말 긴장했어요. '다음 아이도 남자아이면 아들만 셋이네' 싶은 거예요. 그런데 의사 선생님이 '후둥이'가 여자아이라고 해서 얼마나 좋았는지 몰라요."

아이들 이야기를 하는 현진 씨 입가에서 미소가 떠나지 않았다. 그가 가장 기억에 남는 에피소드를 떠올리며 어째서 사고를 당한 사람의 가족사진을 이야기했는지 이해할 수 있었다. 그는 결혼식을 11월 9일에 했다. 아내의 아이디어였다. 그런데 '소방의 날'이 결혼기념일인 건 그뿐만이 아니다. 팀에는 얼마 전 11월 9일에 결혼식을 올린 대원이 또 있다.

현진 씨의 근무 일정은 매번 똑같다. 하루를 일하면 이틀을 쉰다. 그가 속한 팀이 쉬는 동안 다른 두 팀이 출근하는 구조다. 팀제로 꾸려진 근무일정표가 변할 일이 없는 이유다. 다만 대원들에게 일하는 하루란 오전 9시부터 그다음 날 오전 9시까지, 꼬박 24시간을 이른다.

"지금은 하루 일하고 이틀 쉬는데, 얼마 전까지만 해도 근무 시스템이 달랐어요. 그때는 저녁 6시에 시작해서 아침 9시에 퇴근하고, 다음 날 저녁 6시에 출근했어요."

대원들은 이 일정표에 자신을 맞추어야 한다. 다행히 연차 제도가 잘 마련되어 있고, 가능한 한 쓰고 싶을 때 휴가를 쓸 수 있다. 먼 곳으로 가는 긴 여행은 여전히 꿈같다. 현진 씨가 가장 길게 다녀온 여행은 신혼여행이었다. 9박 10일 일정으로 미국에 다녀왔다. 팀원들이 도와준 덕분이라고 했다. 근무연수에 따라 휴가일은 조금씩 달라지는데, 1년에 최대 22일의 휴가가 주어진다. 10년 전과 비교하면 시스템이 아주 좋아진 거라고, 현진 씨는 웃으며 말했다.

"놀랍게도 대원들의 불편 사항을 접수하는 스마트폰 앱도 활발히 운영돼요."

일하며 생긴 고충이 있느냐는 질문에 현진 씨는 고개를 갸웃했다. 정해진 공무원 월급에 만족하고, 자신이 배운 일로 남들을 돕는 것에 보람을 느끼며 살아왔다고 했다.

"일이라는 게, 모두에게 다 그렇지 않을까요."

현진 씨는 자신의 일에 엄청난 책임감이 필요하다고 생각하지 않는다고 했다. 대단한 사명감을 가져야 한다고 생각하지도 않았다. 그럼에도 그는 주황색 근무복을 입는 순간에 마음의 태도가 달라진다는 말을 마지막으로 남겼다. 응급구조학을 전공하고, 비장한 얼굴로 매 순간 출동을 나가는 일을 하며 10년을 보냈다. 그런데도 그는 자신이 하는 일을 버티기 힘들 정도로 거대한 것으로 여기지 않았다. 그 대신 주어진 일상을 그저 담담히 보낸다. 직업을 대하는 그의 다짐처럼 느껴졌다.

사무실 앞에 대형 소방차와 중형 소방차, 구급차가 나란히 주차되어 있었다. 센터 밖으로 나오는 길에 초겨울 바람이 매섭게 불었다. 사무실과 소방차 사이에 비치된 옷걸이를 빽빽하게 채운 화재진압복이 든든해 보였다. 차들 뒤편으로 스피커에 바짝 귀를 세운 대원들 모습이, 이름 모를 당신을 위해 언제든 대기 중이라는 신호로 읽혔다. 거친 바람이 무색할 정도로 깊게 사람의 온기가 전해졌다.

"여기서 일하고 싶어 하는
80대는 많을걸요"

아파트 환경미화원 · 정숙자

글 김의경

정숙자(가명) 씨는 퇴근하고 이제 막 왔다면서 주전자를 불에 올렸다. 커피를 한 잔 타서 내 앞에 놓아주며 커피는 일터에서 먹어야 맛있다고 했다. 커피믹스를 몇 개씩 가방에 챙겨 다니는데, 아침에 일을 시작하기 전에 쉼터(미화원 휴게실)에서 마시는 커피가 유난히 맛있다고 했다. 또 3~4시간 복도를 닦다가 종종 마주치는 주민이 "커피 드릴까요?" 하면서 손에 쥐여주는 따끈한 캔커피가 또 그렇게 맛있을 수가 없다고 했다. 정 씨는 복도 청소를 하다가 쉼터로 돌아가서 커피를 마시고 올 수도 없는 자신의 처지를 잘 안다는 듯이 때마침 문을 열고 나타나 커피를 건네는, 자신의 딸과 나이가 비슷한 그 주민이 참 고맙다고 했다.

아파트 환경미화원의 하루는 어떨까. 그를 만나기 전 상상해 봤지만 자기 자리에서 각자 조용히 일하는 분들이라서 구체적으로는 상상이 되지 않았다. 나는 정 씨에게 아파트 환경미화원의 하루를 이야기해 달라고 요청했다.

정 씨의 하루는 이른 새벽에 시작된다. 새벽 4시에 일어나서 일하러 갈 채비를 한다. 4시 45분에 집에서 나와 지하철역까지 걸으면 30분 정도 걸린다. 그 시간에는 버스가 다니지 않으므로 어쩔 수 없다. 5시 15분에 지하철역 화장실에 들어가 소변을 보고 천천히 지하 3층까지 내려간다. 첫차가 5시 40분에 오기 때문에 그 전에만 가면 된다. 지하철에 올라타서 20분이 지나면 6시 즈음 목적지인 미금역에 도착한다. 미금역에서 내려 출구까지 에스컬레이터를 타고 올라가는데 전력을 다해서 뛰어 올라간다. 출구 위로 올라간 순간 버스가 지나가기도 하기 때문이다. 버스를 제때 타면 6시 30분에 정 씨가 근무하는 성남시 분당구 ○○동에 있는 아파트 환경미화원 쉼터에 도착한다. 쉼터가 혹시 지하에 있느냐고 묻자 그는 고개를 저으며 말했다.

"몇 년 전만 해도 곰팡내가 나는 지하에 미화원 쉼터가 있었지만 요즘은 많이 개선되어서 주로 1층에 있고 햇볕도 잘 들어와요."

정 씨는 쉼터 문을 열고 들어가서 커피믹스를 한 잔 타서 마신 다음 1시간 동안 신문을 보면서 개인 시간을 갖는다. 아파트에 들어가기도 전에 녹초가 될 것 같다고, 왜 1시간이나 일찍 가느냐고 묻자 아침 6시 이후에는 사람이 늘어나서 지하철이 복잡하기 때문에 일찍 가는 것이 편하다고 했다. 붐비는 것이 싫어서 일찍 출근하는 것은 이해가 가지만, 길에서 버리는 시간이 너무 많은데 왜 멀리 있는 아파트까지 가서 일하는 걸까.

"1년 전에 임대 아파트에 당첨되어서 이사했는데 집에서 일하는 아파트까지 바로 가는 버스가 없더라고요. 신청할 때는 그것까지는 생각하지 못했어요. 당첨되어서 기뻤지만 출근하는 것이 배로 힘들어진 거죠. 전에 살던 동네에서는 일하는 아파트까지 바로 가는 버스가 집 앞을 지나서 편하게 다녔어요."

사실은 일찍 일어나는 게 힘들어서 다른 일을 알아봤는

데 집과 가까운 곳에서 구할 수 있는 일자리는 월급이 100만 원도 되지 않았다.

정 씨는 70대 후반이고 청소 일을 한 지는 6년 정도 되었다. 조금이라도 더 건강할 때 일해야 한다는 생각으로 버티고 있지만, 80대에는 힘들지 않을까 생각한다.

"하지만 함께 일하는 미화원 중에 80대도 있어요. 제일 어린 사람은 일흔 살이고 80대는 2명인데, 최고 연장자는 여든한 살이에요."

일흔 살을 '어리다'고 말하는 것에 웃음이 나왔다. 정 씨도 함께 웃으며 이어서 말했다.

"나도 조금 있으면 여든이라 젊어 보이려고 매달 머리 염색을 해요. 이곳 미화원들은 대부분 70대지만 청소 일은 체력이 따라준다면 80대에도 할 수 있는 일이에요. 여기서 일하고 싶어 하는 80대 노인은 많을걸요. ○○동은 돈을 적게 주는데, 평균 나이가 82세라고 하더라고요."

80대 노인들이 70대 노인들과의 경쟁에서 밀려나 더 적은 돈을 받고 일하고 있다니…. 일자리가 필요한 80대 노인이 넘쳐난다는 뜻이었다.

함께 일하는 동료들은 대부분 여자고 남자는 2명이다. 여자 미화원들은 주로 각 동의 내부 공간(계단, 복도 등)과 도서관, 골프장, 어린이 놀이터 같은 주민용 편의시설을 나눠서 청소하고, 남자 미화원들은 지하주차장과 분리수거장을 맡아서 청소하고 정리한다. 미화원들은 아침 8시에 자신이 맡은 동으로 이동해 일을 시작하지만, 반장을 맡고 있는 정 씨는 다른 미화원들이 하나둘 도착하기 시작하는 7시 30분에 자리에서 일어나 관리실부터 청소하러 간다. 반장은 무슨 일을 하느냐고 묻자 정 씨는 별거 없다면서도 길게 설명했다.

"우선 미화원 관리를 해야 하는데 청소 경력이 없는 신입이 들어오면 일을 가르쳐요. 민원이 들어오면 담당 동 미화원에게 전달해서 해결하게 하고요. 매달 청소용품을 용역회사에 요청해서 주문하는 것도 반장의 일이에요. 남들보다 일찍 출근해서 관리실 청소를 하니까 돈을 조금 더 받아요. 반장 하던 언니가 그만두면서 내가 맡았는데 반장 된 지는 이제 2년 되었네요."

관리실 청소를 마친 다음에는 담당 동을 청소하러 간다. 정 씨는 두 동을 맡고 있는데 지하 3층에서 17층까지 복도와 계단을 닦아야 한다. 사람들이 많이 드나드는 지하 2층부터 1층은 날마다 닦아야 한다. 지하 2층 현관으로 들어가면서 마포걸레로 복도를 닦는다. 계단도 닦은 다음 지하 1층으로 이동해 바닥과 현관 유리를 닦고, 1층으로 올라가서 복도를 닦은 뒤 현관으로 나간다. 장애인 통로 경사로에 낙엽 등이 떨어져 있으면 쓸어 담는다. 엘리베이터 청소도 빼먹지 않는다. 일주일 동안 각 동의 계단, 각 층의 아파트 복도를 나눠서 청소한다. 월요일과 화요일은 복도를 닦고, 수요일 오전에는 계단을 닦고, 오후에는 도서관을 청소하는 식으로 미리 정해놓은 일을 한다. 그렇게 일해서 받는 돈은 한 달에

170만 원 정도다.

일하면서 힘든 것은 없냐고 묻자 정 씨는 잠시 생각하다 말했다.

"글쎄요, 매일 하는 일은 비슷하지만 엘리베이터에 오바이트한 거, 강아지 똥오줌 치우는 게 힘들어요. 그것보다 더 힘든 건⋯." 정 씨는 커피를 한 모금 마신 뒤 이어서 말했다. "낙엽을 치우는 거예요. 더 힘든 건 눈 치우는 거. 춥기까지 하니까 더 힘들죠. 이번 겨울에도 폭설이 내렸을 때 각자 자기가 맡은 동 현관 앞의 눈을 치우고 염화칼슘을 뿌렸어요. 크고 무거운 삽으로 치웠는데 그걸 드는 게 너무 힘들었어요. 원래 단풍도 좋아하고 눈도 좋아하는데 요즘은 단풍과 눈을 보면 걱정이 돼요."

그 외의 골칫거리는 뜻밖에도 부실 공사에서 기인했다. 신축 아파트인데도 지하주차장 천장에서 물이 새어서 민원이 들어오고, 주차장을 청소하는 미화원들은 더 신경 써서 청소해야 한다. 정 씨가 담당하는 아파트 동의 몇 개 층은 복도 바닥 타일이 부풀어 올랐을 정도다.

"누가 그렇게 집을 지었는지 모르지만 부실 공사 때문에 저희 일이 늘어난 셈이에요."

그래도 노인이 하기에는 청소만 한 것이 없다. 무엇보다 자신만의 속도로 할 수 있다. 예를 들어 컨디션이 안 좋은 날은 천천히 일하고 다음 날 속도를 내어 어제 못 한 일을 하는 식으로 일하는 속도를 조절할 수 있다. 무거운 것을 들어야 하는 일도 드물다. 식당에서 일한 적도 있고 가정집 가사도 우미를 한 적도 있지만, 6년 전에 일을 구할 때 미화원 일자리가 많았고, 다른 곳보다 아파트에서 받는 급여가 높아서 일을 시작했다. 계속 같은 동네에서 일했는데 아파트 단지는 지금 일하는 곳을 포함해서 세 군데를 다녔다.

고된 하루지만 즐거운 시간은 없을까. 정 씨가 소녀처럼 밝게 웃으며 답했다.

"그야 점심시간이죠. 나는 아침부터 점심시간을 기다리면서 일해요. 아침부터 일해서 그런지 자꾸 배가 고파요."

점심시간은 낮 12시부터 1시까지다. 쌀은 제공되지만 반찬은 각자 먹을 것을 집에서 싸 와야 한다. 휴게실에서 상을 편 다음, 다 같이 모여 앉아 반찬을 늘어놓고 양푼에 각자 비빔밥을 만들어 먹는다. 일을 하다가 먹어서 그런지 꿀맛이다. 여중생이 된 것처럼 즐겁다. 양푼에 밥과 채소, 나물, 참기름과 고추장을 넣고 비비기 시작할 때부터 입에 침이 고인다. 밥을 먹고 수다를 떨면서 커피믹스를 한 잔씩 마신 다음 다시 일하러 나간다. 자신의 자리로 돌아가서 하던 일을 이어서 한다. 일은 오후 3시에 끝난다. 걸레를 빨고 청소도구를 정리하는 등 마무리 작업을 하고 3시 30분까지 쉼터로 들어가 옷을 갈아입은 뒤 4시에 퇴근한다.

문득 정 씨의 젊은 시절이 궁금했다. 젊을 때는 어떤 일을 하셨냐는 물음에 그는 기억을 더듬는 듯 커피잔을 만지작거리며 답했다.

"이런저런 일을 했어요. 젊을 때는 공장에서 일했고 결혼하고서 아이들 키울 때는 장사를 했고요. 나이 들어서 청소 일을 하게 될 줄은 몰랐지만 수많은 일 중의 하나라고 생각해요. 허리가 안 좋긴 하지만 몸이 건강한 편이어서 얼마나 다행인지 몰라요."

그 순간 떠오른 것은, 주민들의 갑질에 시달리는 아파트 경비원이나 미화원에 대한 신문 기사였다. 괴롭히는 주민은 없는지 묻자 정 씨는 이번에도 웃으며 답했다.

"가끔가다 그런 사람도 있지만 주민들은 대체로 친절한 편이에요. 며칠 전에 눈이 왔을 때 젊은 아빠가 나와서 눈 치우는 것을 도와줬는데, 아이들이 따라 나와 아빠 옆에서 눈사람을 만들었어요. 그 애들을 보니까 우리 아이들 어릴 때가 떠오르면서 코끝이 찡하더라고요. 힘들어서 그만두고 싶을 때가 많지만 단란한 가족이 사는 아파트를 깨끗이 하는 일이라고 생각하면 보람을 느껴요."

퇴근해서 집에 돌아가면 오후 5시가 넘는다. 간단한 집안일을 한 다음, 텔레비전을 보면서 졸다가 9시 30분쯤 잠든다. 다음 날도 일찍 일어나야 하기 때문이다. 인터뷰를 마친 정 씨의 눈에는 졸음이 서려 있었다. 그는 머리를 염색하고 잠자리에 들 생각이라고 했다. 그러고 보니 그의 정수리에 흰색 머리칼이 눈처럼 소복이 올라와 있었다. 배웅하겠다며 따라 나오는 그를 만류하며 나는 서둘러 그곳에서 나왔다. 그의 짧은 휴식시간을 방해하고 싶지 않았다.

"두 번째 출근을 위한 반성의 시간"

통원차량 지입기사·시인 ∘ 이영박

글 염기원

도시 중심가는 대개 비슷하게 생겼다. 송도 신도시 역시 익숙한 이름의 카페와 식당, 편의점이 눈 닿는 곳마다 있었다. 신도시 역세권을 구도심과 구별하는 풍경은 수많은 빌딩마다 여러 개씩 들어선 병원과 학원이다. 건물 주위를 둘러싼 노란색 차량을 밤늦게까지 볼 수 있다는 점도 그렇다. 학원 통원차량 말이다.

송도에서 이영박 씨를 만난 날은 춘분이었다. 학원가 프랜차이즈 카페에서 그를 만나 이야기를 들었다. 학원 하나에도 여러 종류의 일자리가 존재한다. 기본적으로 학원장과 강사가 있다. 규모에 따라 관리실장, 행정 직원, 상담 선생님을 두기도 한다. 큰 학원에는 IT 담당자, 마케팅 담당자도 있다. 이영박 씨의 직업은 통원차량 지입기사다. 그는 주거지인 인천에서 10년이 넘도록 통원차량을 운행하고 있다.

"여러 직장을 다녔지만 가장 좋았던 건 학원 강사였어요. 국어 가르쳤지. 그런데 이 일은 특히, 특히 더 좋아. 솔직한 이야기로, 이걸 하면서 '하기 싫다'는 생각을 해본 적이 없어요. 최고의 직업이지."

자신의 직업이 최고라고 눈앞에서 말하는 이는 처음 보았다. 일터에서 이영박 씨는 기사님, 아저씨, 선생님 등 다양한 호칭으로 불린다. 친한 초등학생 중에는 할아버지라고 부르며 장난을 거는 아이도 있다고 1962년생인 그가 새맑게 웃으며 말했다. 나 때는 '봉고차 아저씨'라고 불렀던 것 같다. 당시 봉고차들은 그레이스 아니면 이스타나였다. 지금

이영박 씨가 통원차량으로 운행하는 '더 뉴 그랜드 스타렉스'. 실제로는 보닛과 측면·후면에 학원 이름을 인쇄한 필름이 붙어 있다.

은 스타렉스와 카니발 계열이 주류다. 그의 차량 역시 '더 뉴 그랜드 스타렉스'다. 노랗게 색칠한 차량의 보닛과 측면·후면에는 학원 이름을 인쇄한 필름이 붙어 있다.

인터뷰를 준비하며 학원 통원차량 지입기사가 되는 방법을 알아보았다. '통학차량 브로커의 횡포'를 다룬 3년 전 뉴스 하나가 눈에 들어왔다. '노란색 봉고차'의 70~90퍼센트는 기사가 차주인 지입 차량인데, 공급자인 그들과 수요자인 학원을 연결하는 중개 업체가 기사로부터 소개비 100만 원을 받거나, 매달 수수료를 받는다는 내용이었다. 이와 관련한 이야기를 꺼내며 일을 시작한 계기를 물었다.

"원래 이쪽 일을 하던 사람이, 나한테 이런 일이 있다고 그래서. 언제부터 했나? 지금 한 10년 됐지요."

그동안 상황이 변한 건지, 인천 지역의 특수성인지는 몰라도, 이 씨는 자신처럼 지인 소개로 일을 구하는 경우가 대부분이라고 했다. 구인·구직 웹사이트에 공고가 올라오기도 하지만 기존에 일하던 기사들을 통하는 게 가장 빠르고 쉽다. 경기 불황에 저출산으로 문 닫는 학원이 늘면서 기사들의 공급은 과잉 상태가 되었고, 일의 진입 장벽도 낮다. 이런 2차 노동시장에서 일하는 이들의 처우가 어떨지는 쉽게 예상할 수 있다.

그의 일과는 집에서 나와 통원차량에 도우미 선생님을 태우면서 시작된다. 평일 오후 2시부터 자정까지, 수학 전문학원에 다니는 초·중·고등학생을 집부터 학원까지 왕복

수송하는 게 그의 일이다. 단순한 것 같아도 복잡하다. 분 단위로 계획된 운행시간표에 맞춰야 하기 때문이다. 요일마다 다른데 시험 때면 아예 전체 일정이 바뀐다. 저녁 시간은 따로 없다. 운행 중간에 시간이 나면 식당에 가고 바쁠 때는 대충 때운다.

"월급으로다가 평균적으로 하면 ○○○만 원 정도. 근데 내가 일을 많이 하니까 많이 받는 편이죠. 일 처리를 많이 해주니까. 학원에 무슨 일이 있으면 도움을 주고, 운행에 차질이 있다고 그러면 바로 해결해 주고."

박봉일 것이라 예상하고 조심스럽게 급여 수준을 묻자 그는 곧바로 숫자로 답했다. 내가 알아봤던 평균임금과는 앞자리부터 달랐다. 모든 게 비싼 신도시이니 학원비가 비싼 만큼 기사의 급여 수준도 그에 비례해 높을 것이다. 하지만 같은 월급을 받더라도 직장인들과는 다른 부분이 있다. 지입기사인지라 차량 유지에 나가는 돈이 많다는 것. 유류비며 보험료에 각종 유지 보수 비용이 상당하다.

다른 직업과 달리 조직이 주는 스트레스는 덜할 것 같지만, 그래도 매일 사람을 상대하는 일이다. 학원 관계자들, 학부모들, 아이들 때문에 힘든 건 없는지 묻자 "별것 없어요"라는 답이 돌아왔다. 하지만 배달 노동자에게 쓰레기를 버려달라고 요구하고, 담배 심부름까지 시키는 갑질 사례를 이야기하자 그가 천천히 입을 열었다. "학부모가 운행 중에 연락해서 애가 학원에 가방을 두고 왔으니 지금 가져다 달라고 하는 정도는 참을 수 있다"라면서.

"외곽에 있는 동네에서 일할 때는 인정이 있었어요. 명절 되면은 박카스라도 챙겨주고, 정이 오고 가는 게 있거든. 근데 여기는 좀 달라요. 상품권을 주거나 카카오톡 선물하기로 보내. 아니, 그것도 감사하죠. 당연히. 문제는 우리 아이는 보통 애가 아니니까 특별 취급 해달라고 할 때예요. 난 그런 거는 싫거든요. 특권층이 가지는 그런 고유한 형태의 갑질이 여기는 있어요."

왼쪽으로 갑작스럽게 차선 변경을 한 것 같은 내용이 길게 이어졌다. 녹취록을 처음부터 다시 읽어보니 인터뷰 초반에 그가 했던 말과 맥락이 닿아 있었다. 아이들을 가르치는 사람은 아니지만, 자신은 그들이 세상을 바라보는 창문의 역할이 되기도 한다고 그는 말했다. 아이들이 무사히 집과 학원을 오가게 하는 건 당연한 책임이고, 자신의 말과 행동, 태도가 아이들에게 긍정적인 영향을 미쳐야 한다는 게 그의 직업윤리다. 사랑을 배워야 할 아이들이 차별을 먼저 배우고, 선민의식이라든가 우월주의에 빠져들고, 약육강식에 매몰되어 왜곡된 가치관을 가질까 봐 걱정이라고 했다. 그 일을 하며 가장 힘든 점이라고.

자신의 직업에서 가장 중요하게 생각하는 것을 묻자 이영박 씨는 "당연히 안전"이라며 "목숨 걸고 지킬 것"이라고 답했다. 실제로 그는 10년 동안 아이들을 태우고 다니면서 사고를 낸 적이 한 번도 없다고 했다. 그러면서 짧은 시간이

이영박 씨가 통원차량을 운전하는 모습. 일과를 마친 후 그는 시인으로서 '두 번째 출근'을 한다.

라도 아이들과 매일 보는 어른은 일종의 사명감을 가져야한다고 강조했다.

몇 가지 어려움에도 불구하고 통원차량 운행을 계속하는 이유, 그 일의 가장 큰 장점은 무엇인지 물었다. 사실 대답을 이미 예상하고 있었다. 그는 통원차량 기사보다 오래된 직업을 하나 더 가지고 있다. 시인인 그는 「운행 일지」라는 제목으로 연작시를 쓰고 있다. 통원차량을 운행하면서아이들에게서 얻은 영감이 시의 원천이다. 요즘에는 소설쓰기에 집중하려고 하지만 아이들의 순수함은 그에게 시 쓰기를 놓을 수 없게 한다.

"시를 많이 쓰게 되죠, 아이들을 보면서. 아이들 자체가워낙 소중하고 사랑스러우니까. 나는 아이들을 통해서 진짜많이 배우는 거지. 나는 애들을 스승이라고 생각해요. 차량운행이 내게는 거의 일종의… 철학적 행보죠."

자정이 되어 일과를 마치면 이영박 씨는 학원 통원차량을 몰고 20분 정도 거리에 있는 집으로 퇴근한다. 종일 어린스승들을 태우고 다니던 차를 홀로 운전하는 그 시간, 무슨생각을 하느냐고 물었다. 차를 운전하는 행위는 동일하지만노동이 아닌, 혼자만을 위한 시간이니 여유롭게 드라이브를즐기며 기분 전환을 할 것 같아서 건넨 질문이었다. 의외의대답이 돌아왔다. "두 번째 출근을 위한 반성의 시간을 가진다"라고 했다. 무슨 의미일까.

퇴근하는 것이 그에게는 곧 두 번째 출근이란다. 10시간

동안 기사님, 아저씨, 선생님으로 보낸 하루를 곱씹고, 어제 쓴 글을 반성하며 밤길을 달린다. 집에 돌아가면 작가로 출근해 새벽 4~5시, 늦으면 6시까지 글을 쓰다 잠든다. 그리고 해가 중천에 떴을 때 일어나 다시 통원차량 지입기사로 출근한다. 그렇게 월요일부터 금요일까지 매일 두 번의 출근을 반복하는 게 그의 삶이다.

"주말에는 쉬지. 여행을 가요. 취재 겸 문학 기행이랄까. 뭐 태안도 가고, 홍천도 가고. 영종도에도 가고, 강화도도 가고 그래요."

주말은 오롯이 쉬며 글감을 찾는다. 젊었을 때는 노는 것으로 스트레스를 풀기도 했는데 어느 시점부터는 재미가 없어졌다. 평일에 여가시간이 부족하지 않으냐고 물으니 그는 일 자체를 좋아하기에 괜찮다고 답했다. 무엇보다도 애들이 좋으니 직업 만족도가 높다면서. 요즘은 운동을 못 해 배가 나오긴 했지만, 지금껏 건강 문제로 일을 쉰 적은 단 하루도 없단다.

인터뷰 말미에는 그의 또 다른 직업인 시인으로서의 삶에 관해 주로 이야기했다. 통원차량 지입기사이자 시인인 그에게 노동과 예술은 분리되지 않는다. 그는 박노해, 김수영, 김지하를 좋아한다. 전태일 열사의 이름도 언급되었다. 온몸으로 시를 쓴 사람이라고 전 열사를 평했다.

"노동 자체가 내 삶의 성취를 이루는 길이죠. 시를 쓰는 데에 있어서, 예술적인 완성도를 기하는 데에 있어서 나는

194

노동만이 유일한 길이라고 생각을 해요. 시작詩作 자체도 이게 노동으로 되어야 하는 거지."

그는 땅 위에 단단하게 발을 딛고 글을 쓴다. 철학적이고 미학적인 여러 가지 시도를 해보았지만, 노동을 통해 피땀으로 시를 쓰는 것이 가장 정직하다는 결론에 이르렀단다. 두 가지 직업을 통해 그가 이루려고 하는 것은 동일하다. 노동이 신성한 가치를 회복해야 한다고, 생업의 현장에 있는 비민주적인 구조를 극복하는 것이 노동 환경 개선의 시작이라고 그는 힘주어 말했다.

내가 손사래를 쳤지만 결국 그는 나를 노란색 봉고차에 태워 지하철역까지 데려다주었다. 돌아오는 길에 나는 자율주행차가 그의 자리를 뺏고, 차량 도우미 역할을 로봇이 대체하는 순간이 특이점이 아닐까 하는 엉뚱한 생각을 했다.

"비행기를 탈 때는
저희 비행기를 타요"

항공정비 검사원 ◦ 전지혜

글 장강명

주인공이 비행기를 조종하는 영화나 드라마를 몇 편이나 댈 수 있는지? 나는 톰 크루즈가 주연을 맡은 영화로만 8편을 댈 수 있다. 〈탑건〉, 〈탑건: 매버릭〉, 〈나잇 & 데이〉, 〈아메리칸 메이드〉, 〈미션 임파서블: 파이널 레코닝〉, 〈미션 임파서블: 폴아웃〉, 〈엣지 오브 투모로우〉, 〈오블리비언〉. 조종사는 대중문화의 영웅이다. 그는 자유로운 영혼이며, 고독한 반항아이고, 전문가인 동시에 낭만주의자로 그려진다.

승무원도 대중문화에서 스포트라이트를 받는다. 영화나 드라마에서 그들은 매력적이고, 완벽하며, 금지된 장소에 들어간다. 〈재키 브라운〉, 〈엘리자베스 타운〉, 〈중경삼림〉 같은 작품들을 떠올려 보자. 카메라는 여성 승무원 캐릭터가 비행기 밖에 있을 때도 '이 사람은 특별한 존재야'라고 관객에게 속삭인다. 친절을 베풀고 미소를 짓지만 속내는 수수께끼인.

정작 비행기를 탈 때 나는 조종사가 자유로운 영혼이나 낭만주의자가 아니길 빈다. 비행기 안에서 내 관심사는 대체로 안전과 기내식이다. 기체가 세게 한 번 흔들리면 기내식에 대한 관심은 바로 사라진다. 그때 내 안전은 수많은 직업인의 손에 달려 있는데, 나는 그 사실을 잘 모른다. 얼마 전까지 명칭조차 몰랐던 직업도 있다.

"제가 하는 일을 정확하게 부르자면 '항공정비 검사원'입니다. 물론 항공정비사 자격증도 있어요. 일하는 부서는 정비본부 정비품질팀, 직급은 과장입니다."

항공정비사는 비행기를 정비한다. 항공정비 검사원은 비행기의 정비 상태를 검사한다. 내게 이런 설명을 들려준 사람은 김포국제공항에서 일하는 이스타항공의 전지혜 씨다. 이스타항공 정비본부에서는 246명이 일하는데 여성 항공정비사는 10명이 되지 않는다. 지혜 씨는 이스타항공에서 처음으로 현장에서 일한 여성 항공정비사다. 2012년에 입사한 15년 차 베테랑이고, 현재는 항공정비 검사원으로 일하고 있다. 교육생과 인턴으로 일한 기간까지 합하면 17년 차.

주간근무를 하는 날, 그는 오전 8시까지 김포국제공항의 이스타항공 통합정비센터로 출근한다. 지하철을 타고 김포공항역에 내려 공항 청사까지 걸어가지만, 관광객들은 항공정비 검사원을 알아보지 못한다. 조종사나 승무원과 달리 제복을 입고 있지 않으니까. 지혜 씨는 관광객 눈에 보이지 않는 구역에서 정비복으로 갈아입고 12시간을 일한다. 야간근무를 하는 날에는 시간이 반대다. 오후 8시 출근, 오전 8시 퇴근.

"정비검사 작업은 거의 밤에 해요. 비행기가 비행을 600번 하고 받아야 하는 검사도 있고 1,600번 하면 받아야 하는 검사도 있죠. 월 단위로 기체마다 계획을 짜서 2인 1조로 작업합니다. 그런데 이렇게 루틴대로 하지 않는 정비검사도 많아요. 비행기가 번개를 맞거나 엔진에 새가 빨려 들어가면 그때마다 체크를 해야 하죠. 갑자기 호출을 받아 출근하는 비상 상황도 있어요."

새가 빨려 들어간 엔진에는 깃털들이 여기저기에 붙어 있다. 지혜 씨는 그 엔진에 내시경을 넣어 내부가 괜찮은지 확인한다. 지혜 씨가 하는 검사는 크게 두 가지인데, 엔진 내시경 검사와 비파괴 검사다. 비파괴 검사를 할 때는 고소작업차의 바구니에 올라타 비행기 앞까지 최대한 가까이 간 뒤 기체 위에 올라간다. 안전모를 쓰고, 안전로프를 차고, 비행기 동체와 날개 위에 쪼그려 앉거나 그 위를 엉금엉금 기어다니며 일한다.

비행기는 주기장이라고 하는, 지붕 없는 영역에 야외 주차한 차량처럼 세워져 있다. 비가 오면 비를, 눈이 오면 눈을 맞으며 일한다. 초음파 검사 장비, 와전류 검사 장비 등을 들고 비행기 위에 올라간다. 그 기계들은 두껍고 버튼이 많은 구식 디지털카메라처럼 생겼다. 맵시는 별로 없지만 가격은 엄청 비싸다. 한 대 가격이 1억 원을 넘는 것도 있다.

"비행기 동체 지붕 위에 엎드려 있으면 땅보다 4~5미터 높은 곳에서 일하는 셈이에요. 근데 높이나 공항 소음보다는 온도가 진짜 문제예요. 특히 추울 때요. 스타킹 신고, 내복 입고, 옷도 껴입고, 조끼도 입고, 털모자, 장갑, 넥워머 다 착용하고, 겨울용 정비복을 입어도 너무 추워요. 춥다 못해 아려요. 얼굴 피부가 찢어질 것 같고 손에는 감각이 없어요. 여름에는 날벌레들과 전쟁을 벌이죠. 엔진 내부 온도를 60도 정도로 식힌 다음에 작업하긴 하지만 에어컨도 선풍기도 없어요."

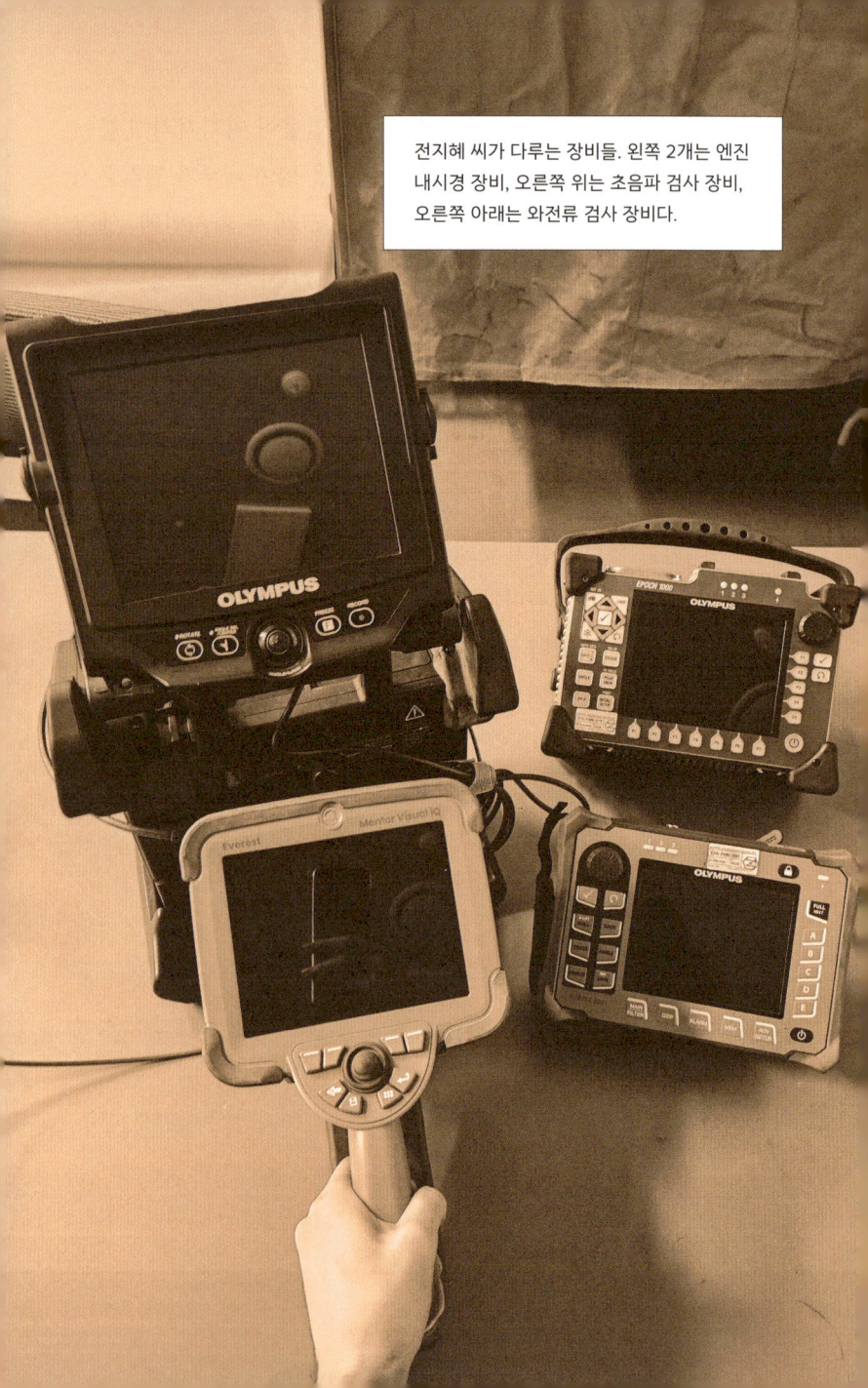

전지혜 씨가 다루는 장비들. 왼쪽 2개는 엔진 내시경 장비, 오른쪽 위는 초음파 검사 장비, 오른쪽 아래는 와전류 검사 장비다.

검사에는 보통 2~3시간, 길면 5시간까지도 걸린다. 검사 전에는 작업 준비 회의를 하고 장비를 점검한다. 검사를 마치면 보고서를 쓴다. 결함을 발견하면 다른 작업자가 다시 검사하고, 다른 방식으로도 검사해 보는 과정을 거친다. 항공기는 지상에서 10킬로미터 상공을 시속 1,000킬로미터의 속도로 이동하는 금속 덩어리다. 진동, 온도와 압력 변화, 오염물질의 공격을 쉼 없이, 격렬하게 받는다. 당연히 표면과 내부 부품에 미세한 흠집들이 생긴다.

결함을 발견하면 해야 할 후속 조치와 보고서 작업이 많다. 귀찮다며 한숨을 쉴 것 같지만 지혜 씨는 오히려 '찾았다!' 하는 쾌감을 느낀다고 한다. 항공정비 검사원은 자유로운 영혼도 고독한 반항아도 아니다. 그는 "스포트라이트를 받으려고 항공정비를 하는 사람은 없을 것"이라며 "고객의 안전을 지키는 업무라고 생각하며 묵묵하게 일하는 사람이 대부분"이라고 말했다. 하지만 그들만의 보람이 있고 그들만의 윤리도 있다.

"'정비사는 거짓말을 하지 않는다'라는 말을 선배들한테 들으며 일을 배웠어요. 정비를 마치고 엔진 덮개를 닫았는데 공구를 정리하다 보니 작은 스패너가 하나가 안 보인다면 가장 후임자라도 '스패너가 안 보입니다' 하고 말해야죠. 야단맞을 거 같아서 무서워도 어쩔 수 없어요. 엔진 덮개를 다시 열고 잃어버린 스패너가 그 안에 있는지 살펴야 해요."

"정비사가 거짓말을 하는 순간 안전사고가 발생한다"

라고 말하는 지혜 씨의 목소리가 단호했다. 정직함 외에 항공정비 검사원이 지녀야 할 태도로 그가 꼽는 것은 "잘 자는 것"이다. 교대근무를 하다 보니 피로도가 높고 신체 리듬도 깨진다. 야간근무 전후로 꼭 충분히 자야 한다.

"책임이 막중한 일이에요. 결함을 발견하면 비행기가 뜰 수 없어요. 저희가 AOG(항공기 지상 체류Aircraft on Ground) 판정을 내리면 수리를 마칠 때까지 항공기를 땅에 계속 세워둡니다. 그렇게 제가 확인했던 비행기가 안전하게 나는 모습을 보는 게 보람이에요."

어릴 때부터 항공정비 검사원을 꿈꿨던 건 아니다. 첫 번째 직장은 설계사무소였는데, 1년 남짓 회계직으로 일하며 자신은 몸을 쓰며 일해야 하는 사람이라는 걸 깨달았다. 사표를 내고 화장품 회사의 판매직으로도 잠시 일했다. 그렇게 진로를 고민하던 중, 한국항공직업전문학교의 홍보 책자를 보고 찾아가 상담을 받았다.

"학생을 유치해야 해서인지 모르겠지만 적극적으로 설명을 해주시더라고요. 저는 그때까지 해외여행도 가본 적이 없었는데, 솔직히 항공정비 전공이 취업이 잘된다는 말이 제일 마음에 다가왔어요. 〈굿 럭!!〉이라는 일본 드라마를 무척 재밌게 봤는데, 그 영향도 좀 받았고요. 그 드라마에 멋진 여성 항공정비사가 나오거든요. 여성이 그런 일을 하는 모습이 신선했어요."

정말 하고 싶은 일이라면 뭐든 하라는 부모님의 응원을

받으며 한국항공직업전문학교를 다녔다. 당시 항공정비를 배우는 여학생은 학교 전체에 3명뿐이었다. 요즘은 그보다 늘었다고 한다. 지혜 씨가 운영하는 인스타그램 계정으로도 항공정비 검사원이라는 직업이 어떤지 소녀들이 종종 묻는다. 공항에서도 여성 항공정비사를 전보다 자주 본다.

'공부한 전공을 살려 취업하고, (인터뷰 당시) 16년째 한 회사에서 일하고 있으니 항공정비가 적성에 잘 맞았나 보군요' 하고 쉽게 생각했는데 항공정비는 그렇게 하나로 묶기 어려운 넓은 직업 영역이었다.

"저는 지금 하는 일이 즐겁고 행복해요. 그런데 항공정비는 분야가 굉장히 다양하고 업무도 여러 종류이니, 관심 있는 분들은 어떤 일이 자기에게 맞을지 미리 조사하고 준비하시길 권해드려요. 저는 항공사에 올 때 일본 주재 검사원을 꿈꿨어요. 그런데 우연히 비파괴 검사를 담당하는 사수를 만났고, 계속 국내에 남아 그 업무를 하게 됐어요. 남편도 항공정비사인데 항공기 도입과 정비계획 업무를 하고 있어요."

직업적 위기를 크게 겪은 적도 있다. 누구도 예상하지 못했던 형태로 찾아온 거대한 위기였다.

"코로나19 사태 때 정말 너무너무 힘들었어요. 저뿐 아니라 모든 항공업계 종사자들에게 트라우마를 남긴 기간이죠. 그때는 통합정비센터가 국제선 쪽에 있었는데 정말 공항이 썰렁했어요. 이런 일이 벌어질 수 있구나 싶었죠. 저희

부부는 사내 커플인데 저와 남편 모두 무급휴직 기간이 2년 가까이 됐어요. 대출도 받고, 퇴직금도 당겨 받고… 겨우 버텼어요."

지혜 씨는 퇴직을 고민하며 바리스타와 요양보호사 일자리를 알아봤다. 보통 항공사들에는 직원들의 겸직을 막는 사규가 있는데 이스타항공은 다행히 그 금지를 풀었다. 직원들은 덕분에 겨우 아르바이트할 수 있었고, 많은 조종사와 항공정비사가 택시를 몰거나 택배 일을 했다. 이스타항공은 구조조정을 하면서도 항공정비 부문은 손대지 않았다.

자사 비행기들에 대한 지혜 씨의 믿음은 대단하다. 일단 이스타항공이 보유한 비행기 자체가 대단히 안전한 기종들이라고 한다. 지혜 씨가 해준 기술적인 설명을 옮겨 적지는 않겠다. 그가 사용한 항공용어나 부품명도 여태껏 적당히 풀어 썼다.

"저는 해외여행을 잘 다니지 않는데, 비행기를 탈 때는 저희 비행기를 타요. 직원할인 혜택을 바라는 마음도 좀 있지만요. 남편은 업무 때문에 해외 출장을 자주 다니는데 저희 회사 비행기가 아니더라도 꼭 한국 항공사의 비행기를 타고 싶어 합니다. 한국처럼 꼼꼼하게 비행기를 정비하고 관리하는 나라가 없다고 해요."

항공사를 배경으로 하는 일본 드라마 〈굿 럭!!〉에는 "비행기는 네가 혼자 날리는 게 아니야. 우리가 함께 만들어 가는 거야"라는 명대사도 나온다. 실은 〈굿 럭!!〉에서도 주인공은 조종사이며, 저 대사도 다른 조종사 캐릭터가 하는 말이긴 하다. 하지만 세상에는 명대사를 할 권리를 주장하지 않고, 비행기를 안전하게 날리는 데서 보람을 얻는 사람들도 있다. 그 보람은 조용하지만 뜨겁다.

"허락받지 않아도 되는 삶을 살고 싶었어요"

장애인식개선 강사 · 모주영

글 황시운

모주영 씨를 처음 만난 것은 14년 전 경기도 부천에 있는 재활병원에서였다. 우리는 비슷한 시기에 척수를 다쳐 하반신이 마비된 뒤 재활을 위해 입원해 있는 환자들이었다. 당시 그는 병원 내 화제의 중심에 있었다. 내 의지와는 상관없이 거의 매일 간병인들로부터 그에 관한 이야기를 전해 들었다. 대부분 하반신이 마비된 그를 정성껏 간병하는 남자친구에 관한 이야기였다. 보기 드문 순애보가 눈앞에서 펼쳐지고 있으니 자연히 관심이 가는 모양이었다.

주영 씨를 눈여겨보게 되었다. 하지만 얼마 지나지 않아 나는 그가 정말로 좋아졌다. 그의 웃음 때문이었다. 아무 거리낌 없이 온 얼굴로 함빡 웃는 그는 마치 천진한 아이 같았다. 그토록 지극한 사랑을 받는 게 당연하다 여겨질 만큼 그에게는 사람을 끌어당기는 매력이 있었다. 오랜만에 연락해 인터뷰를 요청했을 때, 그는 왜 자기처럼 평범한 사람 이야기를 하려는 거냐며 난감해했다. 아무래도 그는 자신이 얼마나 특별한 사람인지 잘 모르고 있는 것 같았다.

주영 씨는 한국장애인고용공단에서 양성된 '직장 내 장애인 인식개선 강사'로서 공단과 연계된 센터 소속으로 활동하고 있다. '직장 내 장애인 인식개선 강사'는 장애인에 대한 올바른 인식을 확산시키고, 차별 없는 직장 문화를 조성하기 위한 교육을 기획하고 진행하는 일을 한다. 주로 직장인 대상 교육을 하지만 간혹 학생 대상의 강연도 한다. 당연히 강사 자격을 얻는 데 장애 유무는 아무 상관이 없다. 주영 씨는 그 일을 가볍게 할 수 있는 부업거리 정도로 여기는 강사들을 가끔 본다면서, 그럴 때마다 속이 무척 상한다고 했다. 모두가 그럴 수는 없겠지만 가능하면 많은 강사가 사명감을 가지고 임해주면 좋겠다는 그의 바람에서 그가 일에 얼마나 큰 자긍심을 가지고 있는지 짐작할 수 있었다.

주영 씨는 사람들이 장애를 가진 사람이 강단에 서는 것 자체로 강렬한 인상을 받는 것 같다고 말했다.

"장애 당사자로서 확실히 이점이 있어요. 여러분 앞에 서기 위해 오늘은 이러이러한 과정들을 거쳐야 했노라고, 집에서 강연장까지 이동하면서 겪었던 일에 관해 이야기하는 것으로 강연을 시작할 때가 많은데, 아이스 브레이킹으로 그만한 소재가 없거든요. 아시다시피 장애인들이 이동하다 보면 비장애인들은 생각지도 못했던 상황에 직면할 때가 많잖아요? 어이없기도 하고, 답답하기도 하고, 화가 나기도 하고, 때로는 위험천만한 일들이요. 비장애인들은 장애인들이 그저 휠체어나 슬슬 굴리며 편하게 이동한다고 생각하겠지만, 사실 그 과정 자체만으로 장애인식개선 강연의 소재가 되고도 남을 만큼 현실은 엉망진창이잖아요."

그의 말에 우리는 마주 보며 웃음을 터뜨렸다. 안 그래도 그 엉망진창인 현실을 통과해 만난 우리였기 때문이다. 장애인들의 이동은 단순히 공간을 옮기는 행위가 아니라, 매 순간 사회의 문턱을 뛰어넘으려는 투쟁에 가깝다. 다른 지역의 강연장은 고사하고 집 근처에서 커피 한 잔만 마시러

208

가려 해도 수많은 턱을 뛰어넘어야 한다. 그마저도 집 근처에 휠체어 진입이 가능한 커피숍이 존재한다는 낮은 확률의 전제 조건이 충족되어야 가능한 일이지만 말이다. 지하철역의 엘리베이터나 리프트가 고장 나거나 아예 설치되어 있지 않아 난감해지는 경우는 너무 흔해서 일일이 말하기 벅찰 정도다. 이렇게 휠체어 바퀴가 걸리는 작은 턱 하나에도 우리들의 일상은 정지되기 일쑤이고, 엘리베이터가 없는 지하철역은 목적지를 강제로 수정하게 만들기도 한다.

더 나아가 대중교통을 이용하기 위해서는 실질적인 위험에 더해 더딘 승하차로 시간이 지체될 때마다 쏟아지는 승객들의 불편한 시선까지 견뎌야 한다. 사실 물리적 장벽보다 더 견디기 힘든 것은 장애인을 방해물이나 시혜의 대상으로 보는 비뚤어진 시선들이다. 다짜고짜 다가와 "하필이면 바쁜 시간에 나와서 돌아다닌다"라며 타박하는 건 애교로 느껴질 정도로 시선의 압박을 견디기란 만만치가 않다. 그러한 현실들을 모두 통과해 강단에 선 주영 씨의 몸은 그 자체로 한국 사회의 현주소를 증언하는 가장 뜨거운 기록이 된다.

"처음 이 일을 시작한 계기는 의미 있는 일을 하고 싶어서였어요. 나도 뭔가 쓸모 있는 일을 해서 세상에 기여하는 사람이 되고 싶었다고 해야 할까요? 그 전부터 해오던 장애인 재택근무 일이 무의미하게 느껴졌기 때문일지도 모르겠어요. 사실 병원에서 퇴원한 후 10년 가까이 집 안에 저를 가

두고 있었어요. 병원에서 재활을 받을 땐 퇴원만 하면 활기차게 살아갈 수 있을 줄 알았거든요. 그런데 막상 퇴원하고 집에서 지내니까 혼자서 할 수 있는 일이 아무것도 없는 것 같았어요. 할 수 있는 일을 적극적으로 찾아볼 생각은 하지 못한 채 두려움에만 매몰되어 있었죠."

내 짐작과 다른 주영 씨의 말에 놀라지 않을 수 없었다. 내가 그랬듯 그도 오랜 세월 집 밖으로 나오지 못했을 거라고는 생각하지 못했다.

"어느 날엔가는 도저히 안 되겠다는 생각이 들더라고요. 그즈음 함께 병원 생활을 했던 친구가 자신이 속한 커뮤니티에 초대해 줬어요. 저처럼 장애를 가졌지만 적극적으로 사회생활을 해나가고 있는 이들이 주축인 모임이었죠. 그들과 이야기를 나누면서 아무도 가르쳐 주지 않았던 정보도 얻었고 이런저런 생각이 많아졌어요. 그들이 하고 있다면 나도 할 수 있지 않을까 하는 기대가 싹트기 시작했죠. 그들과 만나기로 약속한 날, 큰맘 먹고 혼자 집을 나서서 지하철을 탔어요. 절대로 못 할 줄 알았는데, 지금 포기하면 평생 숨어 지내야 할지도 모른다고 생각하니까 하게 되더라고요. 딱 10년 만이었어요."

2024년 가을, 나 역시 13년 만에 처음으로 혼자서 지하철을 타는 모험을 감행했다. 그래서인지 그가 하는 말이 남의 일 같지 않았다. 그는 10년 만에 탄 지하철 안에서 엄청나게 감격했다고 했다. 나 역시 그랬다. 겨우 지하철역 4개를 이동하는 짧은 외출이었지만 죽었던 몸에 다시 피가 도는 것만 같은 강렬한 감각에서 한동안 놓여날 수가 없었다. 그 것은 단순한 외출이라기보다 13년 전에 잃어버렸던 나의 세계를 탈환하는 의식과도 같았다.

"그날의 시도가 모든 일의 시작이었어요. 혼자서 지하철을 탈 수 있게 되면서 여러 도전이 가능해졌거든요. 누군가의 도움 없이, 온전히 내 힘으로 어딘가로 이동할 수 있는 게 얼마나 중요한 일인지 그때 처음 알았어요."

우리는 자연히 장애인 이동권 투쟁에 관해 의견을 나누게 되었다. 장애인의 이동권을 협상의 대상이라 여기는 편협한 인식과 묵묵히 불편을 감수하는 것으로 투쟁에 힘을 실어주는 단단한 마음들에 대해서. 그리고 투쟁의 최전선에서 자신을 내던지고 있는 이들에게 진 마음의 빚에 관해서도 이야기했다.

주영 씨는 자신의 인생에 많은 변화를 가져다준 강사 일 자체는 만족스러웠지만, 그 일만으로는 생계를 해결할 수 없었다고 했다.

"우선 강연의 기회가 충분하지 않았어요. 아무리 이동이 자유로워졌다고 해도 접근성을 고려하면 비장애인들에 비해 한계가 있는 게 사실이니까요. 몸의 컨디션에 따라 강연을 나가는 게 불가능할 때도 적지 않다 보니 일정을 맞추는 게 어려운 탓도 있고요. 아마 많은 장애인 강사의 사정이 저와 비슷할 거예요. 여타 강연들과 비교해 강사료가 적다고

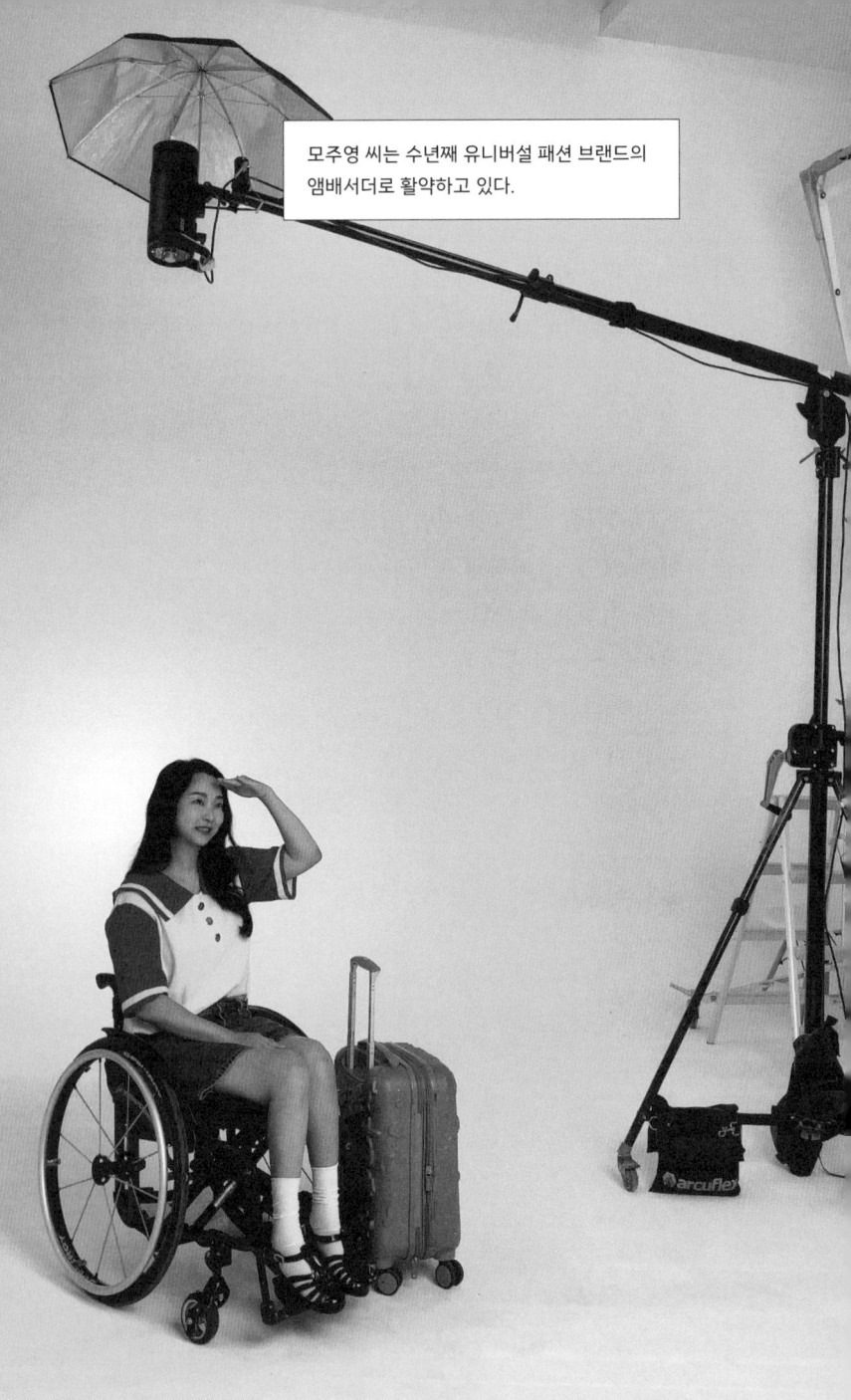

모주영 씨는 수년째 유니버설 패션 브랜드의 앰배서더로 활약하고 있다.

할 순 없지만, 현실적인 강연 횟수를 고려하면 생계를 온전히 맡길 만한 일은 못 됐죠."

그래서 그는 흔히 말하는 'N잡러'가 되었다. 한 가지 일을 해내고 나니 어떤 도전이든 실행할 용기가 생긴 데다, 좋은 사람들을 알게 되면서 고마운 기회가 따라오기도 했다고. 주영 씨는 수년째 한 유니버설 패션 브랜드의 앰배서더로 활약하고 있다. 장애인 모델로서 광고나 화보 촬영을 하는 것은 물론, 실제로 옷을 입었을 때 불편한 점이나 개선 방향을 광고주에게 제시하고 제작자들에게 새로운 영감도 불어넣어 준다. 그 외에도 장애인식개선과 실질적인 해결책 모색을 위해 장애 관련 유튜브 채널 몇 곳에서 리포터로 활약하고 있으며, 여성가족부에서 주관하는 사진전에 모델로 참여하는 등 여러 기획에 적극적으로 참여하고 있다. 또 장애인 재택근무 경험을 바탕으로 일반 기업에 채용이 확정되어 인터뷰 당시 입사를 앞두고 있었다.

이 모든 활동을 통해 말하거나 이루고 싶은 것이 무엇이냐는 질문에 주영 씨는 단 한마디로 대답했다.

"자유요."

주영 씨는 '허락받지 않아도 되는 삶'에 관해 이야기했다. 그는 누군가를 만나거나 어디를 방문하기 위해 부모님이나 동생, 남편(과거 화제의 중심이었던 그 남자친구)에게 무언가 설명하고 부탁해야 했던 10여 년 동안 느낀 좌절감이 그의 자존감을 어디까지 추락시켰는지, 아무도 눈치 주지 않았지만 눈치를 볼 수밖에 없었던 삶이 그를 얼마나 쪼그라들게 했는지 이야기하기 시작했다. 나는 시종일관 고개를 끄덕이거나 한숨을 내쉬며 그의 이야기를 경청했다.

"지금 제가 하는 일들은 궁극적으로 장애인들이 허락받지 않아도 되는 삶을 살아야 한다는 생각, 그 한 가지로 통해요. 그걸 위해 제가 할 수 있는 일이 있다면 무엇이든 최선을 다할 거예요. 물론 제 개인적인 행복도 중요해요. 지금 제 삶이 남편과 함께하는 것이니만큼 남편이 그렇듯 저 역시 가정에 헌신하는 건 기본이겠죠."

그러면서 그는 얼마 전, 택시기사와 벌인 실랑이에 관해 털어놓았다. 남편이 배웅하는 모습을 보고 그가 비장애인과 결혼했다는 사실을 알게 된 기사가 "남편이 고생 많겠다"라면서 세상에 그런 사람 흔치 않으니 "남편에게 무조건 잘하라"라는 훈계를 늘어놓았다. 그는 장애인과 비장애인 커플에 대한 사회의 낡은 고정관념이 불편할 때가 많다고 했다.

"장애를 가졌기 때문에 제가 가정 내에서 하지 못하는 일은 천장에 달린 전등 갈기뿐이에요. 아, 하나 더 있다. 싱크대 상부장에 있는 그릇 꺼내기. 그 정도만 빼고는 저도 다 할 수 있고, 실제로 해내며 살아왔어요. 제 남편은 정말 좋은 사람이지만 날개 없는 천사는 아니거든요."

마지막 말을 하면서는 살짝 헛웃음을 흘리기도 했다. 나는 몹시 미안해졌다. 주영 씨가 얼마나 야무진 사람인지 잘 알고 있는 데다 그와 같은 장애인이기도 한 나조차도 사실

214

두 사람에 대해 낡은 고정관념에 사로잡혀 있었기 때문이다. 상대방과의 관계에서 서로를 돌봄의 대상이 아닌 삶의 동반자로 보는 법을 나부터도 배워야겠다는 생각이 들었다.

주영 씨와 헤어지고 집으로 돌아가는 길에 추적추적 비가 내렸다. 나는 운전하는 엄마를 물끄러미 바라보았다. 장애인이 된 지 14년이나 되었지만, 여전히 독립하지 못하고 있는 나 때문에 고생이 많은 엄마에게 새삼 미안해졌다. 그리고 그와 동시에 무엇이 나를 자유롭게 할 수 있는지 미처 생각하지 못하고 살아온 시간을 돌아보게 되었다. 내가 지금 충분히 자유로운지, 허락받지 않아도 되는 삶을 살기 위해 앞으로 무엇을 해야 하는지 고민하며 비에 젖어 반들반들 빛나는 아스팔트를 오래 바라보았다.

"분쟁의 중심에
뛰어드는 직업"

공인노무사 ◦ 박도제

글 정진영

누군가에게 임금을 주고 일을 시키거나, 임금을 받고 누군가의 일을 하려면 근로계약서를 작성해야 한다(근로기준법 제17조). 일하는 사람이 정규직이든 계약직이든 상관없다. 심지어 단 하루만 일하더라도 마찬가지다. 부동산 거래, 차량 매매 등 다른 계약처럼 근로계약 역시 어기면 법적 책임을 진다. 임금을 받지 못한 노동자는 사용자를 상대로 법원에 소송을 제기해 밀린 임금을 받을 수 있다. 사용자 또한 업무상 과실로 금전적인 손실을 일으킨 노동자에게 손해배상을 청구할 수 있다.

그런데 소송이 최선일까. 일례로 임금체불 민사소송은 1심 판결 선고에만 최소 몇 개월이 걸린다. 그동안 소송 당사자는 많은 스트레스를 겪고, 만만치 않은 비용을 감당해야 한다. 그 때문에 소송 대신 고용노동부에 진정을 제기하는 경우가 많다. 진정은 노동자가 사용자의 근로기준법 위반 사항을 알리고 근로감독관 배정과 조사 등 조처를 요구하는 행위로, 비용 부담에서 자유롭고 소요 기간이 짧은 대신 강제력이 약하다. 소송이든 진정이든 감정싸움으로 번져 이겨도 이긴 것 같지 않은 결과만 남기기도 한다. 이런 지경까지 이르기 전에 사태를 해결할 방법은 없을까. 그 고민의 한복판에 공인노무사(이하 노무사)가 있다.

노무사는 사용자, 노동자, 기업, 노조 등을 대신해 분쟁을 예방하고 해결하는 노동 관련 법률 전문가다. 2025년 MBC 드라마 〈노무사 노무진〉이 화제를 모으기도 했지만, 많은 이들에게 여전히 낯선 직업이다. 2025년 12월 오후, 서울 서대문구 연희동 지무노동법률사무소에서 만난 박도제 노무사는 자기 직업의 의미를 색다른 해석으로 설명했다.

"노무사는 노동자를 위해 힘쓴다는 의미의 노무勞務에 선비를 뜻하는 사士 자를 합친 말입니다. 하지만 저는 노勞 외의 나머지 두 글자를 없다는 뜻의 무無와 사용자를 가리키는 사使로 풀이하곤 합니다. 1인 사업장에서는 노동자와 사용자를 구별할 수 없듯이, 둘은 본디 한 몸입니다. 뿌리가 같으므로 둘 사이에 넘지 못할 벽이 없습니다. 노무사는 둘 사이를 넘나들며 서로를 소중한 존재로 인식하게 하는 역할을 한다고 생각합니다. '없음을 안다'라는 의미가 있는 사무소 이름 지무知無도 그런 제 생각을 담고 있습니다."

박 노무사는 다른 노무사와 구별되는 독특한 경력을 갖고 있다. 그는 20년 넘게 기자로 일하며 사회부, 문화부 등 여러 부서를 두루 거친 베테랑 언론인 출신이다. 그랬던 그가 뒤늦게 노무사로 전업한 계기가 궁금했다. 기자는 전업하더라도 경력을 살릴 수 있는 기업이나 공공기관의 홍보실에서 일하는 경우가 대부분이니 말이다. 그는 다소 굳은 표정으로 과거의 아픈 경험을 털어놓았다.

"2010년에 인척 한 분이 공사 현장에서 추락사했습니다. 급하게 연락을 받고 장례식장으로 이동하며 기자로서 뭔가 도움을 줄 수 있는 역할이 있는지 찾아봤는데 하나도 없더군요. 산업재해보상보험, 무과실책임주의와 같은 중요한 개념과 제도가 우리의 일상에서 왜 유명무실한 것인지 의문이 들었습니다. 그 일이 노동법을 찾아보고 공부하는 계기가 됐습니다."

그 사건 이후 주변을 바라보는 그의 시선이 달라졌다. 대한민국 사회의 부정부패를 기사로 비판하면서도 정작 내부에서 벌어지는 부당한 상황엔 제대로 목소리를 내지 못하는 모순. 노동법을 공부하면서 자기가 몸담은 조직의 결핍을 느꼈던 그는 노무사라는 직업에 관심을 두게 됐다.

"우리 사회의 많은 사건과 사고에는 노동 이슈가 어떻게든 연결돼 있더군요. 고용노동부 출입기자로 일하면서 노무사라는 직업에 대해 잘 알게 됐습니다. 노동 이슈를 기사로 보도하는 일도 의미 있지만, 노무사로서 직접 현장에 뛰어들어 문제를 해결해 보고 싶었습니다. 바쁜 기자 생활 중에 시간을 쪼개 시험을 준비하기가 쉽지 않더군요. 객관식으로 치러지는 1차 시험에 어찌어찌 붙어도, 서술형으로 치러지는 2차 시험의 벽은 정말 높았습니다. 5년 넘게 공부하게 될 줄은 몰랐어요."

2016년 제25회 시험에 합격한 박 노무사의 선택은 '눈에 띄는 곳부터 바꾸기'였다. 사내에 노동조합은 있었지만, 기자 직군을 대표하는 노조는 없다는 점이 그에게 결핍으로 다가왔다. 그는 우선 기자협의회 회장을 맡아 노조의 필요성에 대해 후배 기자들과 이야기를 나누고 의견을 청취했다.

"노조와 달리 기자협의회는 임의 조직이어서 법적인 보

지무노동법률사무소에서 박도제
공인노무사가 서면 작업을 하고 있다.

호를 받지 못합니다. 편집권이 보장되지 않은 채 보도되는 기사는 윗선의 입장만 반영하니까 균형을 유지할 수 없어요. 선배로서 후배들에게 비전을 제시할 수 없어 자괴감을 느꼈습니다. 편집권을 지키려면 노조라는 법적인 보호망이 필요하다는 데 많은 후배 기자들이 공감했어요. 기자 직군을 대표하는 노조를 설립한 계기였어요."

박 노무사는 굳이 나서서 가시밭길을 걸었던 이유로 전태일 열사를 꼽았다. 2023년 기자노조 설립 과정을 담은 르포 「애완견이 된 감시견」으로 제31회 전태일문학상을 수상한 그는 전 열사의 생애에 깊은 영향을 받았다고 고백했다.

"전 열사는 생전에 근로기준법을 준수하면서도 영업이익을 내며 노동자와 사용자가 모두 잘살 수 있는 기업인 '태일피복'을 구상했어요. 대한민국에 전 열사의 구상에 동의하는 사용자가 많아지고, 제대로 대우받으며 보람을 느끼고 생계를 이어가는 노동자가 많아진다면 얼마나 세상이 아름다워질까요. 대한민국에서 밥벌이하는 사람이라면 누구나 마음 한편에 전태일 열사를 향한 고마움을 조금씩이라도 느끼고 살아야 한다고 생각합니다."

노동 관련 사건 당사자는 노무사와 변호사 중 누구를 선택해야 하는지 고민하는 경우가 많다. 노무사가 할 수 있는 역할을 변호사도 할 수 있을 뿐만 아니라, 변호사는 노무사와 달리 소송대리권까지 갖고 있기 때문이다. 그렇다면 처음부터 변호사에게 문제 해결을 맡기는 게 낫지 않을까 하는 의문이 들 수도 있다. 이에 대해 박 노무사는 현실적으로 분쟁을 해결하는 데에는 노무사가 변호사보다 효율적이라고 강조했다.

"종합 법률 전문가인 변호사와 달리, 노무사는 노동 사건에 특화돼 있습니다. 노동위원회, 노동청 단계에선 노무사의 실무 경험이 변호사보다 풍부한 경우가 많고요. 진정으로 충분히 해결할 수 있는 사건도 불필요하게 소송으로 대응하면 큰 비용이 들고, 감정 소모로 이어집니다. 상담 비용도 변호사보다 노무사가 상대적으로 낮은 편이어서 접근성 면에서도 낫고요."

기억에 남는 사건은 무엇이냐는 질문에 박 노무사는 최근에 해결한 '권고사직 사건'을 꼽았다. 대전에 있는 IT 업체에서 근무했던 30대 A 씨가 경영상의 이유로 회사 측으로부터 사직을 권고받았다. 권고사직은 노동자가 수용해야 성립되는데 A 씨가 이를 거부했고, 회사 측은 이것저것 꼬투리를 잡아 징계해고로 대응했다. 징계해고는 이직할 때 평판 조회에서 불리하게 작용할 가능성이 있어서 A 씨는 절박한 마음으로 박 노무사를 찾았다.

"징계해고가 취소됐더라도 A 씨가 마음 편히 회사에 다니기는 어려웠을 거예요. 회사도 굳이 징계해고로 떠나는 직원의 앞길을 막을 필요가 없고요. 회사는 징계해고를 권고사직으로 바꿨고, A 씨가 이를 수락했지요. 며칠 전 A 씨가 재취업에 성공했다는 소식을 전해주었습니다. 소송에 들어가 법적 다툼을 벌여 노동자로서의 권리를 보호받는 일도 의미 있죠. 하지만 그런 다툼을 벌이기 전에 서로에게 상처를 덜 주는 현실적인 방법을 찾고 타협하는 지혜가 필요하지 않을까요?"

여야를 가리지 않고 통합보다는 편 가르기에 앞장서는 정치권과 달리, 균형 감각을 강조하는 박 노무사의 태도는 의미심장하게 다가왔다. 노무사라는 직업의 장점을 물을 때도, 그는 노동자 측 노무사로서 일할 때와 사용자 측 노무사로서 일할 때를 나눠서 설명하는 등 한쪽으로 치우치는 것을 경계했다.

"노동자 측 노무사라고 해서 마냥 노동자의 편을 들 순 없습니다. 노동자에게 공감하지만 동의하기는 어려운 상황도 많이 있으니까요. 내가 쓸 수 있는 시간을 내가 결정할 수 있다는 게 이 직업의 장점이지만, 분쟁의 중심에 뛰어드는 직업이다 보니 감정 소진이 상당합니다. 또 사용자 측 노무사라고 해서 노동자에게 마냥 불리한 쪽으로 일하지는 않습니다. 사용자가 근로조건을 결정할 때 노무사의 자문이 상당한 영향을 미치기 때문에 거기서도 보람을 얻습니다."

박 노무사의 오랜 기자 경력도 업무에 많은 도움을 주고 있지 않을까 싶었다. 그는 오랜 세월 기사를 작성했던 경험이 서면으로 많은 일을 진행하는 노무사 업무에 신뢰감을 주고, 더불어 균형 잡힌 시각을 유지하는 데에도 도움을 주고 있다고 말했다.

"기자 경력이 사안을 입체적으로 보는 데 긍정적으로 작용할 때가 많습니다. 노무사의 주된 업무 중 하나는 서면으로 사안을 잘 정리하는 건데 일선 취재기자로서 기사를 작성했던 경험, 데스크로서 기사를 살폈던 경험이 이유서나 답변서를 쓸 때 도움이 됩니다. 과거에 썼던 기사가 의뢰인에게 신뢰감을 줄 때도 있고요."

한국고용정보원에서 2024년 발표한 「중장기 인력수급 전망」에 따르면 2028년부터 한국의 경제활동인구가 줄어들 전망이다. 그런 전망이 노무사 업계에도 위협이 되지 않을까. 박 노무사는 경제활동인구 감소가 노무사 업계에 미치는 영향은 제한적일 거라고 내다봤다.

"직장 내에서 벌어지는 부당한 상황을 부당하다고 인식하는 감수성이 점점 더 커지고 있습니다. 하지만 소송으로 법적 다툼을 벌일 만한 사건은 한정적입니다. 어떻게 힘 조절을 해야 할지 살피는 노무사의 역할은 앞으로 더 필요하면 더 필요해지지 줄어들진 않을 겁니다. 현장에서 직접 이야기를 듣고 상담해야 하는 직업 특성상 향후 AI가 대체하기도 어렵다고 봅니다."

박 노무사는 2026년 출간을 목표로 『노조위원장 핸드북』이라는 책을 집필하고 있었다. 언론사 노조위원장 경험, 고용노동부 출입기자로 일했던 경험, 노무사로 일하며 쌓은 다양한 분쟁 해결 사례와 전문 지식을 책에 담을 계획이다. 적지 않은 나이에 오랜 기자 경력을 접고 새로운 영역에 뛰어들어 불안하지는 않을까. 그럴 때마다 박 노무사는 전업하며 이루고 싶었던 목표 두 가지를 떠올리며 흔들리는 마음을 다잡는다고 말했다.

"2024년 기준 노동조합 조직률은 13퍼센트 정도에 불과합니다. 30퍼센트까지 조직률이 높아지면 세상이 더 긍정적으로 변하지 않을까요? 그런 변화를 이루는 데 저도 조금이나마 역할을 하고 싶습니다. 기회가 된다면 학교에서 노동법을 가르치는 선생님이 되어보고 싶습니다. 졸업하고 취직하면 가장 필요한 지식인데, 이를 충분하게 가르치지 않는 교육 현장이 이상하지 않나요?"

임상심리 전문가

면역전문 간호사

필라테스 강사

특수학교 급여 담당자

산부인과 의사

자서전 대필작가

OTT 큐레이터

사회복지직 공무원

4부

살피다

"내 직업이 손난로 같다고 생각했어요"

임상심리 전문가 ∘ 최영미

글 **최유안**

성실에 기반한 노력은 오라를 만들어 낸다. 서른 해 가까이 한 분야에서 끊임없이 나아가고 있다는 건 재능과 노력을 넘어선 의지의 결과가 아닐까. 최영미 씨를 만나 대화를 나눈 첫날, 나는 단 몇 분간의 대화에서 그런 오라를 느꼈다.

임상심리 전문가 최영미 씨는 15년 전에 한 광역시 구도심에 상담센터를 열었다. 이미 대학병원과 정신보건기관에서 10여 년간 일한 뒤였다. 병원에서 하는 일도 의미 있었지만, 사람의 마음을 찬찬히 톺아보고 싶다는 의지도 커져 결국 무턱대고 센터 자리를 알아보았다. 그의 상담센터는 사람들이 모여드는 전통시장 한가운데에 있다. 전통시장에는 3일마다 큰 장이 선다. 장날에는 영미 씨의 일터가 있는 건물 현관까지 채소나 과일을 파는 상인과 손님으로 붐빈다. 대단한 용기나 결단으로 자리를 정한 것은 아니었고, 유동인구가 많은 곳에 센터를 차리면 평범한 사람들도 오고 가기 쉽겠다 생각했다. 그의 상담센터는 병원들이 모여 있는 오래된 건물의 한가운데 층, 엘리베이터 바로 앞에 있다. 위아래 층의 병원들이 바뀌는 동안 그의 센터는 지금까지 그 자리를 굳건히 지키고 있다. 센터에 들어서면 잔잔한 음악과 은은한 향이 방문자를 맞이한다.

"제가 일을 시작하던 시기에는 임상심리학자가 주로 정신과 병원을 중심으로 활동했어요. 병원에서의 주요 업무는 심리평가에 집중되어 있었고요. 그 당시에는 정신과에 대한 부정적인 인식 탓에 사람들이 적극적인 치료나 상담을 기피

하는 경향도 있었죠. 지역에는 임상심리 전문자격을 갖춘 개인이 운영하는 상담 기관이 거의 없었고요."

그는 병원에서 심리평가를 맡았던 직무 경험을 십분 살렸다. 내담자가 방문하면 우선 그의 심리 상태를 파악하는 데 심혈을 기울인다. 소장인 영미 씨 외에도 외부 전문가 2~3명이 함께 종합적인 심리평가를 한다. 그 뒤 영미 씨의 방으로 들어와 내담자는 자신의 상황에 대해 세세히 설명한다. 내담자와의 동행이 시작되는 순간이다.

상담 일을 시작하게 된 계기를 떠올리다 그는 학창 시절로 시계추를 옮겨 갔다. 그가 고등학생이던 시절에는 제대로 된 상담 시스템이 없었다. 학교의 상담 시스템이 빈약한 건 말할 것도 없었는데, 가령 교사들이 일정 기간 연수를 받고 상담실을 운영하는 식이었다. 비밀이 보장되는 전문적인 상담이 있을 리 만무했다.

"그렇다 보니 주변 친구들끼리 서로의 상담자 역할을 했어요. 전문가 입장에서 돌이켜 보면 어설프고 무서운 일이었네요. 그즈음 마음이 힘든 사람들을 위해 일하고 싶다고 생각을 굳혔어요."

고등학교 3학년이 된 영미 씨는 심리학과에 진학하고 싶다는 뜻을 밝혔다. 심리학에 대한 이해가 부족했던 시절, 대학 진로 상담을 하던 담임 선생님은 모범생 제자의 고백을 듣고 격앙된 목소리로 쏘아붙였다.

"열심히 공부시켰더니 기껏 심령술을 배우겠다는 거냐

고 물으시더군요."

　다행히 가족들은 정신과 병원에서 사람들을 치료하고 상담하는 일을 하겠다는 영미 씨의 선택을 존중해 주었다. 부모님을 어떻게 설득했는지 궁금했는데, 의외로 담임 선생님보다 수월했다고 한다. 가게를 운영하느라 바쁜 부모님 뒤에서 동생들 키우는 일을 도왔던 장한 딸이 원하는 일이라면, 부모님은 무엇이든 지원해 줄 준비가 되어 있었다. 고등학교 3학년 때 생일 선물로 아버지는 프로이트의『정신분석 입문』을 건넸다.

　그때나 지금이나 영미 씨는 다른 사람의 마음을 존중하는 따뜻한 임상심리 전문가가 되고 싶다. 대학에서 들은 심리학 이론과 임상실습 과목은 그 꿈을 이끌어 주었다. 학교도 열심히 다녔다. 각종 기관에서 꾸준히 자원봉사도 하고, 사이코드라마 극회에서도 활동했다. 그런데 심리학은 예상과 달리 쉽고 재밌는 것만 공부하는 분야가 아니었다.

　"심리학도 과학이다 보니 수학이나 통계학 공부도 해야 했는데, 참으로 괴로운 시간이었어요."

　영미 씨는 보통 오전 9시에 출근하고, 저녁 7시까지 근무한다. 평일에는 오전 9시 30분부터 저녁 6시까지 상담이 예약되어 있고, 토요일에도 오후 1시 30분까지는 상담이 있다. 가끔 직장인들이나 학생들을 위해 주말과 야간에도 상담을 잡는다. 심리상담센터에 대한 인식이 좋아지고 있다지만, 전문가가 운영하는 기관은 여전히 수요에 비해 공급이 부족하고 상담 일정은 늘 꽉 차 있다. 병원에서 상담 기관으로 내담자를 보내는 경우도 많다. 내담자와의 상담 시간은 보통 1시간 정도지만, 상담이 줄곧 이어지며 종일 쉬는 시간이 전혀 없는 건 다반사다.

상담이 없는 시간에는 내담자들에 대한 평가보고서를 작성하거나 책을 읽거나 사례 회의를 준비한다. 보통의 사무직 직장인들과 비슷한 루틴도 있다. 오전 상담이 끝나면 점심을 먹은 뒤에 커피 한 잔을 들고 센터 주변 근린공원이나 골목길을 따라 가볍게 산책한다. 정신을 환기시키는 거다. 1년 중에 특별히 바쁜 시기가 정해져 있지는 않고, 내담자들도 천차만별이다.

"이야기를 오래 집중해 들어야 하고, 저도 말을 해야 하는 경우가 많아 목 관리에도 신경을 씁니다."

온종일 사람들로부터 힘든 이야기를 듣고 있기가 만만치 않을 터. 상담하면서 느끼는 애로 사항이 궁금했다. 질문을 듣고 영미 씨는 빙그레 웃었다. 같은 사람 이야기를 온종일 듣고 있으면 힘들 테지만, 전혀 다른 이야기를 전혀 다른 감정선을 지닌 사람들에게서 듣다 보니 지루할 틈이 없다고 했다. 무엇보다 넘치는 에너지를 전해주고 싶다고.

그럼에도 스트레스는 존재하는 법. 일을 시작한 초반에는 집에 가서도 내담자의 사연이 생각나곤 했다. 일과 생활이 분리가 잘 안되는 건 초보 심리학자들이 흔히 겪는 일이고, 영미 씨도 예외는 아니었다. 성폭력을 당한 환자를 상담

최영미 씨가 상담할 때 사용하는
'화풀이 마녀' 교구.

하고 나서 집에 갈 때는, 혼자서 길을 걷거나 엘리베이터를 타는 것도 무서웠다. 자살 시도를 한 내담자를 만나고 난 뒤에는 집에 돌아가 편안히 저녁을 먹는 게 비현실적으로 느껴지기도 했다.

상담할 때 상담자가 내담자의 감정에 완벽히 동일시되는 것은 도리어 경계해야 할 일이다. 상담자는 최선을 다해 내담자의 세계에 발을 디디려 노력하면서도, 다른 한쪽 발은 객관적 현실에 제대로 딛고 무게중심을 잡아야 한다. 그런데 그렇게 하는 것이 말처럼 쉽지는 않다. 상담이 끝나면 다시 '나'로 돌아오는 연습을 수없이 했다. 그러기 위해서는 상담자가 스스로를 잘 알아야 해서, 자신을 분석하고 공부하는 교육을 지금까지도 꾸준히 받는다. 동요된 감정을 완전히 분리하는 건 힘든 일이지만, 연차가 쌓이면서 훨씬 수월해졌다.

일하며 가장 힘든 점을 꼽아달랬더니, 영미 씨는 뜻밖의 이야기를 했다.

"온종일 앉아 있을 때 허리가 좀 아픈 것, 나이가 들어서 집중이 조금씩 끊기는 것, 노화 때문에 생기는 건강상의 문제가 힘이 듭니다."

긴 시간 일을 해오며 슬럼프도 있었다. 상담 초기에는 적극적인 개입은 최소로 줄이면서 내담자 이야기를 듣는 데 집중한다. 그 과정에서 내담자의 특성을 파악하고 향후 상담 계획을 세운다. 그런데 몇 번의 상담을 받고 효과가 없었다는 결론을 내려버리는 피드백을 접할 때, 속상한 마음에 힘이 빠지곤 한다. 그럴 때는 상담이 힘이 되었다는 분들을 떠올렸다. 열 번 중 여섯 번 잘했으면 잘한 거라고 생각하며 버텼다. 그 말은 그대로 영미 씨에게 인생 신조가 되었다. 무슨 일이든 열 번 중 여섯 번 성공하면 괜찮은 결과라고 스스로를 다독여 준다.

"꽁꽁 얼어붙어 있던 내담자가 조금씩 용기 내어 작은 행동 하나하나를 변화시켜 갈 때, 그만한 보람이 없어요. 아주 작은 행동이라도 그 사람에게는 기적일 수 있거든요."

내담자가 변해가는 모습을 보며 영미 씨의 에너지는 다시 채워진다. 내담자가 스스로의 역사를 만들어 가는 모습을 볼 때, 격앙되어 자랑스럽게 자신이 어떤 한 걸음을 내디뎠는지 들려줄 때 그 변화가 영미 씨에게는 감동 자체다.

물론 내담자가 함께 노력하는데도 여러 환경적인 요인이 뒤따라 주지 못하고 장벽에 가로막힐 때가 있다. 내담자도 지치지만, 영미 씨도 눈시울을 붉힌다. 다시 힘을 내어 바로 눈앞의 한 걸음만 더 내디며 보자고 서로를 응원한다. 그럴 때 영미 씨는 내담자들에게 러닝메이트이면서 가까운 친구가 되는 느낌이다.

마지막으로 자신의 직업을 물건으로 소개해 달라고 했다. 영미 씨는 서랍에 있던 손난로를 꺼내 보여주었다.

"겨울에 선물 받은 손난로인데, 이걸 보면서 문득 내 직업이 손난로 같다고 생각했어요. 손난로는 적재적소에 쓰여야 역할을 하잖아요. 추운 겨울에도 따뜻한 집에서는 쓸모가 없지만, 바깥에 있어 손이나 몸이 얼어붙은 사람에게는 제 역할을 멋지게 해요. 게다가 손난로를 가지고만 있다고 따뜻해지지는 않아요. 손난로를 가진 사람이 직접 비비고 문지르고 주머니에 넣어두어야 온기가 일어나잖아요. 그게 마치 내담자가 직접 상담자를 찾아와 불편한 마음을 드러내고 함께 노력하면서 편안해지기까지의 과정과 비슷하다는 느낌이 들어요."

영미 씨와의 대화를 마치고 나오는 길에 나는 다시 건물의 입구에 섰다. 입구 반대편에는 주차장을 관리하는 직원분이 계셨는데, 책상 위에 어지럽게 시집들이 놓여 있었다. 그가 나를 불러 세웠다.

"시 하나 보고 가실래요?"

무슨 연유인지 나는 그의 시가 궁금했고, 그에게 시를 보여달라고 해서 읽었다. 지극한 마음으로 고향에 관해 쓴 자작시였다. 시에 관해 한참 이야기를 나누었다. 그는 연신 고맙다고 말하며 내게 어디를 다녀왔는지 물었다.

"최영미심리상담센터에서 나오는 길이에요."

"내 시를 읽어봐 주시는 분들은 십중팔구 거기서 나오더구먼."

나는 그 말을 들으며 영미 씨의 손난로를 떠올렸다. 어쩐지 내가 받은 따뜻한 에너지가 넘쳐 초로의 그에게 닿은 느낌이었다. 이번엔 내가 어느 시인에게 손난로가 되었구나

236

하는 생각도 덩달아 따라왔다. 나를 채웠던 온기가 다른 이에게도 번져가는 느낌이었다. 인간은 매 순간 누군가에게 손난로가 되어줄 수 있는 것 아닐까 생각하며 나는 그곳을 빠져나왔다.

"무탈하게
지내길 바라요"

필라테스 강사 ∘ 유주

글 이정연

인류가 지금의 모습으로 진화하게 한 여러 요인 중 가장 중요한 것은 직립보행이다. 두 다리로 걷게 되면서 인류는 남는 손으로 도구를 쓸 수 있었고, 몸통이 머리를 안정적으로 받칠 수 있게 되자 뇌 용량이 커지며 언어가 발달했다. 내가 글을 쓰는 것도 직립보행 덕분이다. 하지만 모든 일에는 대가가 따른다. 현생인류 중 많은 이들이 직립보행의 대가를 가혹하게 치르고 있다. 척추질환, 치질, 매복 사랑니 같은 것들 말이다.

나 역시 회사에 다닐 때 목부터 통증이 시작되더니, 본격적으로 소설을 쓰면서 통증이 허리까지 내려와 고생했다. 물리치료로도 증세가 나아지지 않던 중 필라테스에 입문했다. 종일 책상에 앉아 글 쓰는 직업을 오래 하려면 필수인 '튼튼한 코어'를 위해서는 필라테스가 가장 효과적이라는 말을 들어서였다. 대한민국에 필라테스가 상륙한 건 2000년대 초였고, 대중화된 건 이제 겨우 10년이 되었다.

"사무직 회사원이었어요. 몇 년 동안 일하다 보니 자세가 틀어져 몸에 문제가 생겼어요. 교정하려고 필라테스를 시작했죠. 그러다 흥미가 생겨 강습까지 하게 됐고요."

어떻게 강사가 됐느냐는 물음에 조곤조곤 답하는 5년 차 필라테스 강사 유주(가명)의 목소리가 평소와 달랐다. 자신의 일터에서, 자주 보는 수강생과 하는 인터뷰인데도 긴장한 모습이 역력했다. 필라테스 수업 때는 몸이 뻣뻣한 내가 유주 앞에서 늘 긴장하곤 했는데, 상황이 역전되었다.

"출근하면 일정부터 확인해요. 일대일이건 그룹이건 강습 시간부터 잘 분배해야 일정이 꼬이지 않거든요. 그런 다음 회원 개개인에게 맞는 운동을 계획하죠. 각자의 몸 상태에 따라 신경 쓸 부분이 다르거든요. 목이나 허리가 안 좋은 분에게 그 부위를 자극하는 운동을 시키면 오히려 상태가 나빠져요."

강습은 하루에 보통 여섯 번이고, 그룹 강습을 포함하면 대략 20명 정도를 상대한다. 운동 시작 전에 안부를 묻는 건 필라테스 강사가 꼭 해야 하는 일이다. '다친 곳이 있다', '어느 부위가 불편하다', '생리 중이다' 등 회원의 대답에 따라 계획을 그 자리에서 수정한다.

필라테스 강습은 이미 레드오션이 된 판국이다. 진입 장벽이 낮으니 소셜미디어에 화려한 외모의 사진을 올리며 홍보로 승부를 거는 강사도 많다. 하지만 이 업의 본질은 타인의 몸을 다루는 것이 아닌가. 몸매가 경쟁력일 수도 있겠지만 필라테스 강사의 핵심 역량은 믿고 몸을 맡길 만큼의 운동 지식과 경험일 것이다.

"민간 자격증이 있어요. 필라테스 전문가 과정을 수료했죠. 해부학 관련한 자격증도 땄고요. 아, 식단 관리 관련 자격증도 있어요. 회원님들을 지도하려면 필요한 자격이라는 생각에 공부를 시작했죠."

해부학에 식단 관리 자격증이라니. 손가락으로 꼽으며 듣다가 눈이 동그래져 쳐다보자, 유주는 부끄럽다는 듯 고

240

개를 저었다.

지도한 회원 가운데 특별히 기억에 남는 사람이 있는지 물었다.

"기억나는 분이라…. 아, 외국인 회원이 계세요. 홍콩 사람인데, 한국에 나와서 일하는 사장님이시죠."

한국계 홍콩인은 아니란다. 홍콩이 중국에 반환됐으니 이제 중국 사람이라고 하는 게 맞겠다며, 그 회원은 한국어를 못 한다고 했다. 회원가입 절차처럼 복잡한 내용은 그분의 한국인 비서를 통해 우리말로 소통했고, 이후 필라테스 수업은 영어로 진행하고 있다. 영어로 운동을 가르치다니, 능력자 아닌가.

'싱글 레그 스트레치'처럼 간단한 동작 하나를 가르치려고 해도 "복부 근육에 힘을 주고 등은 바닥에 밀착하세요. 이제 시선을 배꼽에 두고 상체를 견갑골까지 올리세요" 하고 길고 복잡한 말을 해야 한다. 머릿속으로 한영 번역을 하려니 나는 첫 단어인 '복부'부터 막혔다. '스토먹stomach' 말고 다른 단어가 있을 텐데…. 감탄하며 엄지를 치켜세우자 유주가 머뭇거리다 덧붙여 말했다.

"정말 최소한의, 짧은 영어를 써요."

예를 들어달라고 했다.

"작가님한테도 제가 괜찮냐고 자주 묻잖아요? 그분에게 가장 많이 하는 말도 '아 유 오케이?Are you okay?'예요. 그날 컨디션부터 알아야 하니까요. 괜찮다고 하면 등을 가리키

241

며 곧게 펴라고 말해요. 아, 그 회원님은 등이 좀 굽었거든요. 등을 굽힌 채로 운동하면 효과가 떨어지니까 '스트레이트straight'라고, 등을 펴라고 말하죠."

해외여행을 갈 때 나도 쓰곤 하는, 효율성에 중점을 둔 실전 영어였다.

"정말 간단한 영어죠. '앉아요Sit down, 누워요Lie down, 거울로 '눈을 보며 해요Look at your eyes' 같은. 한국어로 할 때와 내용이 다를 건 없는데 영어로 하니까 긴장이 돼요. 누가 들을까 봐 부끄럽기도 하고요."

어느새 긴장이 풀린 유주가 밝은 표정으로 내게 "그런데요, 영어보다 더 나은 게 뭔지 아세요?" 하고 질문을 던졌다. 내가 어깨를 으쓱해 보이자 유주가 손뼉을 치며 웃더니 바로 그거라고 했다.

"맞아요. 만국 공통어가 있잖아요. 보디랭귀지! 제가 시범을 보이고 '오케이?' 하고 말하면 그 회원님이 곧바로 따라 해요. 처음에는 창피했는데, 오해 없이 의사가 정확히 전달되니까 편하더라고요."

필라테스 강사로 일하며 힘든 점은 무엇일까. 인터뷰를 앞두고 AI에게 먼저 물어보니 신체적 부담, 회원 관리에 따른 정서적 노동, 수입의 불안정성 같은 걸 나열했다. 유주의 대답은 AI가 길게 제시한 목록에는 없는 것이었다.

"힘들지 않은 일이 세상에 어디 있겠어요. 굳이 어려운 점을 꼽으라면, 수업이 길어질 때예요. 강습 한 번에 보통

50분이 걸리잖아요. 예약한 시간이 정해져 있으니 한분 한분 맞춰드릴 수 없는데도, 어쩌다 앞 타임이 늘어질 때가 있어요. 한번 그러면 연쇄 작용으로 다음 회원도 늦어지고, 계속 시간이 밀리고…. 그러면 저는 죄송하다고 사과하면서 마음이 더 조급해지거든요."

매번 수업 때마다 빨리 끝나기를 바라는 나 같은 회원이 강사에게는 더 나은 것인가. 그렇게 묻지는 않았다. 강습 시간을 준수하는 것 다음으로 힘든 건 박자를 세는 일이란다. 박자가 너무 빠르거나 느리면 리듬이 깨져서 운동을 마친 뒤 회원들이 피로를 호소한다며.

"필라테스에는 빠르게 하는 동작도 있지만, 천천히 해야 운동의 효과를 볼 수 있는 동작이 많잖아요. 그룹으로 수업할 때는 회원님들 속도가 제각기 달라지기도 해요. 그럴 때는 모두가 박자에 맞춰서 따라올 수 있게 이끌어야 하는데, 힘들어하는 회원님들이 있어요. 많이 어긋난 날에는 수업을 마치고도 찜찜해요."

은근슬쩍 수입과 관련한 질문을 했다. 프리랜서인 만큼 강사에 따라 천차만별일 것을 예상한 터였다. 유주는 회사 다닐 때와 비교해 만족할 정도라고 답했다.

"많이 벌어서 그렇다기보다는 불만이 덜한 수준이라고 하는 편이 맞겠네요. 제가 일하는 시간에 따라 수입이 달라지는 프리랜서잖아요. 고정급이 아니라 아쉬운 게 있긴 하지만, 어쨌든 이 일을 하기로 결정한 사람은 저예요. 더 벌겠다고 욕심을 부리면 몸에 탈이 나니까, 적절하게 균형을 맞춰서 일정을 짜야 해요."

적절한 균형을 맞추는 건 중요한 문제다. 필라테스에서도 몸의 균형을 맞추는 것을 중요하게 여긴다. 그리고 일과 휴식의 균형을 맞추는 건 나도 어려워하는 일이다. 필라테스 강사로서 유주의 고민은 무엇일까.

"내성적인 제 성격이요. 그래서 강사로 나서며 고민이 많았어요. '회원들에게 강습할 수 있을까? 상담 같은 건 어떻게 하지?' 걱정이 꽤 됐죠. 사실 회원을 상대하는 건 요즘에도 어려워요. 회원님들의 성격이나 기분, 몸 상태에 따라 힘들 때가 있어서요."

앞으로는 운동할 때 힘들다고 하소연하지 말아야겠다는 다짐을 하며 마지막 질문을 했다. 필라테스 강사로서의 목표나 포부가 있는지 물었다. 길게 고민하는 듯싶더니 유주가 이내 덤덤한 말투로 말했다.

"무탈하게 지내길 바라요."

사전적으로는 "병이나 사고가 없다"라는 뜻의 '무탈', 이 말을 어떻게 해석해야 할까. 보기와 달리 숱한 역경을 헤치며 살아왔나. 프리랜서라 계약이 오래 유지되기를 바라는 것일까. 거대 담론이나 시대정신보다 자신의 안정된 삶이 중요하다는 소시민적 태도인가. 내가 말을 잇지 못하자 유주가 설명을 보탰다.

"몸을 쓰는 직업이잖아요. 까딱 잘못하면 다칠 수 있다

244

는 의미죠. 사고를 피해야 한다고 마음에 새기면서 운동을 지도해요. 회원님들이 다치지 않게, 문제가 생겨도 회복이 더디지 않게요. 건강을 지키려고 여기에 왔는데 도리어 해치면 안 되잖아요. 너무 먼일을 걱정하는 것보다는 지금에 집중하며 일하고 싶어요. 말하고 보니, 참 소박한 꿈이죠?"

인터뷰가 끝나자 유주는 포니테일 스타일로 야무지게 묶은 머리를 찰랑거리며 다음 수업을 준비하러 나갔다. 강습을 마치면 늘 서둘러 빠져나오려던 곳인데 왠지 발걸음이 떨어지지 않았다. 박자가 어긋난 날이면 수업을 마치고도 찜찜하다는 유주의 심정과 비슷할 것이다.

일상에서 무탈한 현재에 감사함을 느끼는 때는 거의 없다. 커다란 문제가 발생한 뒤에야 그런 생각이 들게 마련이다. 내가 필라테스에 입문했던 때와 마찬가지로, 많은 사람이 몸에 이상이 생긴 뒤에야 운동을 시작한다. 운동에 관심을 두지 않고 편한 자세로 살다 보면 코어가 무너진다. 우리가 치러야 할 직립보행의 대가다.

무탈하게 지내길 바란다는 유주의 말을 되뇌며 텅 빈 필라테스 센터를 천천히 둘러보았다. 늘 보던 리포머와 배럴, 체어, 매트 같은 기구들에서 새삼스러운 느낌이 들었다. 그렇게 한참을 서 있다가 여기가 바로 유주가 말한 그 '무탈'이 연유하는 곳이라는 생각에 이르렀다. 유주는 내일도 그곳으로 출근하며 무탈을, 회원들의 안녕을 기원할 것이다.

"의료진과 환자가
치료를 같이 하는 거예요"

면역전문 간호사 ∘ 류이슬

글 서수진

호주 병원에서 일하는 한국 여성 간호사. 시작은 그랬다. 그는 당시를 돌이켜 보며 인종차별 경험을 떠올렸다. 한번은 86세 환자와 동행한 중년의 딸이, 귀가 잘 들리지 않는 환자에게 문진 내용을 전달하는 대신 이렇게 농담을 했다. "저 간호사가 아버지한테 관심이 있대요. 결혼하고 싶대요." 그는 그곳이 응급실이라는 점을 상기시키며 부적절한 발언을 자제시켰지만 상대는 멈추지 않았다. "당신네 나라 여자들은 노인과 결혼하는 걸 좋아하잖아요?"

이 외에도 그는 '아시아 여성'으로 분류되어 온갖 인종차별적인 농담, 성적인 농담에 시달려야 했다.

"너희 나라로 돌아가라는 말은 기본이고요. 눈을 찢으면서 말하는 환자도 있었어요. 자신의 성기를 검진하는 제게 어느 나라 남자의 성기가 더 낫냐고 묻는 남자 환자도 있었고, 호주 남자랑 결혼해서 영어 억양을 부드럽게 고치라고 말하는 환자도 있었어요."

명백한 인종차별이자 성차별이었다. 그때마다 그는 관리자에게 보고했고, 문제를 일으킨 환자와 분리 조치되었지만, 그 순간의 충격과 분노는 도무지 익숙해지지 않았다. 심장이 뛰고 팔다리가 떨릴 정도로 화가 났다.

그러나 지금은 더는 그런 일을 겪지 않는다. 그는 인종차별과 성차별로부터 자유로워졌다고 말했다. 현재 근무하는 병원으로 옮기면서 생긴 변화였다.

서른여덟 살의 면역전문 간호사 류이슬 씨. 그가 일하는 곳은 호주에서 가장 큰 HIV 치료기관이 있는 세인트빈센트 병원의 면역감염내과다.

"병원마다 내세우는 슬로건이 있어요. 그 병원에서 중요하게 보는 가치니까, 면접을 볼 때 꼭 외워야 하죠. 우리 병원은 그중 하나가 '편견 없는 치료'예요. 그런데 슬로건이라는 게 면접 때나 달달 외우지 실제 현장에서는 완전히 잊히기 마련이잖아요."

류 씨는 세인트빈센트 병원에서는 달랐다고 강조했다.

"1970년대부터 1980년대까지 에이즈가 창궐했을 때, 그 병에 대한 지식이 없어서 모든 병원이 치료를 거부했어요. 속수무책으로 환자들이 죽어나가던 때에 세인트빈센트 병원은 호주에서 유일하게 에이즈 환자를 받았죠. 다수의 환자가 성소수자였던 질병을 편견 없이 치료한 병원이에요, 슬로건처럼. 지금까지 우리 부서에는 호주에서 에이즈 환자가 제일 많이 모여요."

모든 차별의 기저에는 '나와 다른 타자를 향한 혐오'라는 공통점이 있다. 성소수자를 차별 없이 진료하자, 병원 내의 인종차별 역시 사라져 갔다. 성소수자를 포용하는 병원 문화가 자연스럽게 유색인종이라는 또 다른 소수성에 대해서도 관용적인 토양을 만든 셈이다.

"성소수자들이 겪는 차별에 반대하는 병원에서 유색인종을 차별하는 것은 말이 안 되잖아요. 그 덕분에 이곳에서 저는 '아시아 여성'이라는 굴레 대신 '동료 간호사'라는 이름

248

으로 온전히 존재할 수 있게 되었어요."

류 씨는 자신 있게 말을 이어갔다. 지독한 인종차별을 겪은 사람이 직접 하는 말이기에 더욱 신뢰할 수 있었다.

"우리 병원의 가치에 공감하는 의료진이 전국에서 모이는 것 같아요. 의료진 중에서도 성소수자가 절반이 넘어요. 의사, 간호사, 환자 모두 성소수자 비율이 타 병원과 비교해 압도적으로 많으니까 아이나 가족이 없는 사람이 많아요. 그래서 서로의 가족이 되어주죠."

류 씨는 자신은 성소수자가 아닌데도 가족이 없다며 농담 섞인 고백을 했다. 하지만 그 농담 뒤에는 가볍지 않은 공감대가 있다. 주류 사회에서 정의하는 '정상 가족'의 울타리 밖에 있다는 점에서는 류 씨도 성소수자 동료들과 마찬가지다. 바다 건너 한국에 가족을 두고 홀로 타국에서 살아가는 그 역시 호주 사회의 소수자이기 때문이다.

면역전문 간호사로서 면역결핍질환인 에이즈 환자를 자주 만나며, 그는 자신의 인식이 완전히 바뀌었다고 했다.

"어릴 때 한국에서 유명한 가수가 에이즈에 걸렸다는 루머가 퍼진 적이 있어요. 엄마한테 에이즈가 뭐냐고 물어봤더니 엄마가 '죽을병'이라고 답했었죠. '성병, 죽을병.' 저도 에이즈라는 질병이 성관계를 문란하게 해서 걸리는 병이고, 걸리면 죽는 병이라고 생각하며 자랐어요. 간호학을 공부하며 그게 아니라는 걸 알게 됐고요."

류 씨는 누구나 HIV에 감염될 수 있다고 몇 번에 걸쳐 힘주어 말했다. 그리고 이제는 에이즈도 충분히 관리가 가능한 질병이라고. 현장에서 환자 집단을 돌보며 목격한 사실이라고 했다.

"HIV는 바이러스이고, 감염이 악화되면 나타나는 질병이 에이즈예요. 1990년대에 항레트로바이러스 치료제가 개발되면서 HIV 전파를 예방할 수 있게 됐고, 현재는 HIV 감염이 에이즈로 진행되지 않도록 막을 수 있어요. 감염 상태에서 꾸준히 약을 복용하면 에이즈로 넘어가지 않는 거죠."

류 씨는 자신이 돌본 어느 환자의 사례를 들려주었다.

"그분이 자신이 HIV에 감염됐다는 걸 알게 됐을 때가 1970년대 후반이었어요. 에이즈에 대한 오해가 많았을 때니까 직장에서 쫓겨나고, 가족들도 거리를 두었죠. 그런데 그분이 우리 병원에 와서 치료를 받고 약을 먹으면서 에이즈로 진행되지 않고 95세까지 건강에 큰 문제 없이 사셨어요."

HIV 환자 관리에 대해 주로 이야기를 나누었지만, 사실 면역전문 간호사로서 류 씨가 더 집중하는 일은 따로 있다. 알레르기 관련 오진을 바로잡는 이른바 '라벨 제거' 업무를 화요일과 수요일, 매주 이틀간 수행한다.

"페니실린 알레르기가 의심되어 병원을 찾는 환자들이 가끔 있어요. 그런데 페니실린은 치료에 필수적인 경우가 많거든요. 환자가 패혈증에 걸려서 응급실에 실려 왔는데 잘못 진단받은 알레르기 때문에 페니실린을 못 쓰면 안 되잖아요. 그래서 환자의 알레르기가 진짜인지를 가려내는 게 중요하죠. 과거에는 부족한 의료 지식으로 다른 요인에 대한 반응을 페니실린에 대한 알레르기 반응으로 오진한 경우가 많았거든요."

'라벨 제거' 업무는 환자의 생명과 직결된 만큼 정교함이 필수적이다. 알레르기 반응 병력을 꼼꼼히 확인하고, 의사와 회의해 안전하다고 판단된 경우에만 확인 절차를 수행한다. 처음에는 약의 성분을 미약하게 피부에 테스트하고, 점차 강도를 올린다. 경구 테스트도 같은 방식으로 진행한다. 결과적으로 세인트빈센트 병원에서 일한 지난 5년간 류 씨가 검사를 담당한 환자 중에서 자신에게 페니실린 알레르기가 있다고 생각했으나 아닌 것으로 밝혀진 경우가 90퍼센트를 훌쩍 넘는다.

이렇게 안전한 과정을 거쳐 진행하고, '라벨 제거'에 성공한 비율도 높지만, 환자들은 자신에게 알레르기 반응을 일으킨다고 평생 믿어온 약을 복용하거나 음식을 먹을 때 대부분 불안을 호소한다. 심한 경우 호흡곤란이나 공황발작이 오기도 한다. 그때 노련하게 환자의 불안을 잠재우는 것도 류 씨의 몫이다.

"플라세보 효과 아시죠? 그 반대가 노세보 효과예요. 객관적으로 알레르기 반응이 일어나지 않는데도 환자의 불안감 때문에 몸이 가짜 반응이나 주관적인 반응을 일으키는 것이 대표적인 노세보 효과라고 할 수 있죠. 이걸 잠재우려면 플라세보 효과가 필요해요."

류 씨는 환자에게서 플라세보 효과를 끌어내는 게 자기 일이라고 말했다.

"제가 충분히 교육받은 전문가라는 것과, 얼마나 여러 차례 그 검사를 해봤는지, 모든 검사가 얼마나 안전하게 이뤄지는지, 어떤 유의미한 결과를 확인해 왔는지를 보여주며 환자를 안심시켜야 해요. 환자가 의료진을 믿고 신뢰하면 플라세보 효과가 생겨나요. 그 효과가 엄청나죠. 그렇게 의료진과 환자가 치료를 같이 하는 거예요."

내가 호주 공립 병원에서 수술받았을 때의 경험이 떠올랐다. 15분 정도 걸리는 간단한 수술이었지만, 전신마취를 해야 해서 수술을 받기까지 몇 개월간 기다려야 했다. 그때 수술 전 문진을 담당하는 간호사부터, 이동과 관리를 담당하는 간호사, 마취과 의사와 간호사, 수술을 집도하는 의사와 보조하는 간호사가 모두 자기소개를 해서 놀랐다. 그들은 자신이 무엇을 담당하고 있는지 말했고, 오늘 내 수술에서 자신이 맡은 업무를 소개하고는 내게 끼칠 불편에 대해 연신 사과했다. 질문이 많아서 미안하다든지, 알코올 솜이 차가워서 미안하다든지…. 수술에 대한 설명은 아주 자세하고 구체적으로 이어졌고, 드물게 나타나는 부작용에 대해서도 정확한 수치를 바탕으로 설명해 주었다. 부작용 증상이 있을 경우의 대처 방안 역시 꼼꼼히 알려주었다. 의료진 모두가 나를 진심으로 돌봐준다고 느꼈고, 나는 그 어느 때보다 편안하게 수술을 받을 수 있었다.

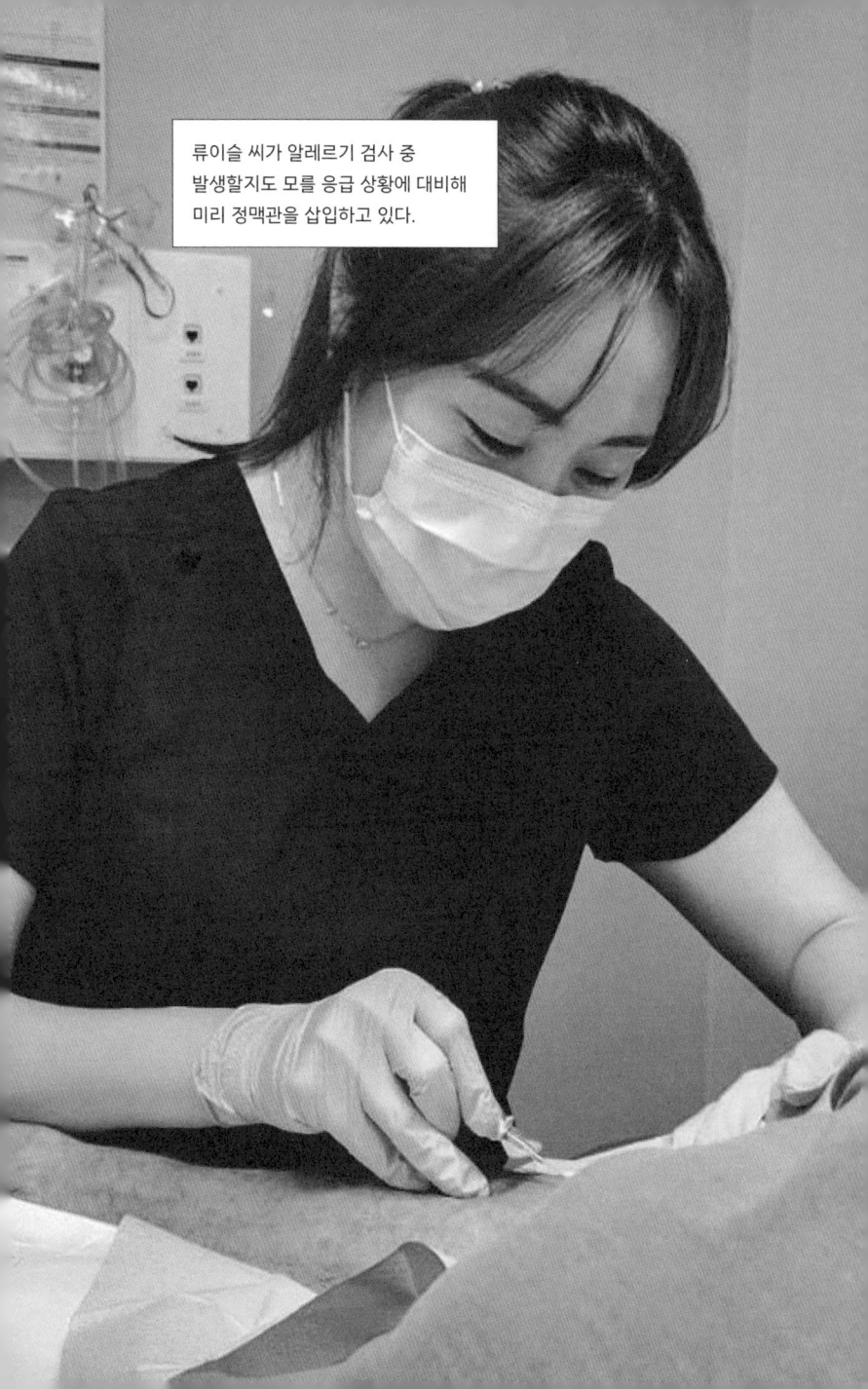

류이슬 씨가 알레르기 검사 중
발생할지도 모를 응급 상황에 대비해
미리 정맥관을 삽입하고 있다.

내 경험을 나누자, 그가 고개를 끄덕거리며 웃었다. 그리고 내가 미리 보낸 질문지에 있던 질문에 답해주었다. 환자와의 관계가 일에서 차지하는 비중에 대한 질문이었다.

"99퍼센트예요. 환자와 쌓아가는 신뢰는 정말 큰 비중을 차지해요. 그게 치료의 전부라고 해도 과언이 아니에요."

그는 신뢰를 바탕으로 환자들에게 붙은 라벨을 떼어준다. 오랫동안 잘못 붙어 있던 라벨을 떼어주는 일은 환자의 삶을 완전히 뒤바꾸기도 한다. 간호사님이 나를 살려주었다고 찾아와 감사 인사를 건넨 환자도 있었다. 그리고 류 씨 자신의 삶도 바뀌었다.

"지금 일하는 병원에서는 인종차별이나 성차별을 겪은 적이 없어요. 여기서 저는 한 사람의 간호사로서 공정하게 대우받고 존중받는다고 느껴요. 이 일에서 느끼는 보람과 긍지가 크죠. 지금은 진료가 가능한 간호사로 승진하기 위해 포트폴리오를 준비 중이고요."

세인트빈센트 병원에서 '성적으로 문란한 동성애자'라는 잘못된 라벨을 거부하고 환자를 치료하는 데 전념한 덕분에 그 토양 위에서 그 또한 차별 없는 존중을 경험할 수 있었다. 그 과정에서 류이슬 씨도 자신에게 붙어 있던 사회적 라벨(한국인, 여성, 이방인)로부터 스스로 자유로워질 수 있었다. 질병에 더해 사회적 편견과도 싸워야 했던 환자들을 돕자, 엉뚱하게도 혹은 필연적이게도 한국 출신 간호사의 인생까지 달라진 것이다.

인터뷰를 진행한 시내의 카페에는 무지개색 옷을 입은 사람들이 바쁘게 오갔다. 마디그라 축제가 열리는 날이었다. '게이의 크리스마스'라고도 하는 호주 최대 규모의 성소수자 축제다. 갑자기 당겨진 마감에 급히 잡은 인터뷰 약속이라 계획한 것도 아니었는데 류 씨가 병원에서 만난 성소수자들에 대해 이야기하는 내내 눈앞에 무지갯빛 사람들이 오가는 것이 신기했다.

"우리는 이렇게 모두 연결되어 있어요. 그렇죠?"

그렇게 묻자, 류 씨가 내 말뜻을 이해하고 웃었다. 정말 그렇다고 긍정하면서.

"제주 10년 차,
수다로 진료합니다"

산부인과 의사 · 이종현

글 염기원

유난히 몸이 약한 소년은 툭하면 가야 했던 병원이 지긋지긋했다. 의대만큼은 싫다던 소년의 생각이 바뀐 건 중학교 3학년 때. 진로 상담에서 담임 선생님이 의대생 조카를 소개해 준 게 계기가 됐다. 막연히 과학자가 되겠다던 그는 의사가 보람 있는 직업이라는 걸 알게 되었다. 그로부터 5년 뒤, 소년은 의대에 입학했고 병원이 일터가 되었다.

서울 생활을 접고 내려와 이제 어언 10년 차 제주살이에 접어든 산부인과 전문의, 이종현 원장. 미혼 남자인 내게 서울과 제주만큼 멀게 느껴지는, 제주시 노형동 '맘편한산부인과' 3층 진료실에서 그를 만났다. 흔히 기피 전공으로 꼽히는 산부인과를 언제, 왜 선택했는지 묻자 그는 일단 성적이 별로 좋지 않았다며 웃었다.

"보통은 졸업할 때나 인턴 때 정하는데, 나는 본과 들어가서 1~2년 공부하고 바로 정했으니 좀 빨리 정한 거죠. 산부인과는 외과적인 수술도 하고, 지금처럼 내과 진료와 외래도 보고, 또 산모한테 처치도 해주고… 그런 것들을 모두 할 수 있으니까요. 산과와 부인과 중에서 선택할 수도 있고요. 성적이 좋지 않았어도 고를 수 있는 과가 많기는 했어요. 그때만 해도 산부인과 인기가 떨어질 때였고요."

더 큰 이유가 있는지 물으니 "수다 떨기 좋아서"라고 했다. 내가 의아한 표정을 짓자, 그는 손사랫짓하며 자신이 워낙에 말하는 걸 좋아하는 수다쟁이란다. 병원에 온 남자들은 좀처럼 말을 안 해서 답답했는데, 여자들은 어디가 아프

이종현 씨가 제주시 노형동 맘편한산부인과 진료실에서 차트를 확인하고 있다.

다고 먼저 이야기하고, 길게 소통할 수 있었다고 한다.

학부를 마친 그는 고려대학교 병원에서 인턴과 레지던트 생활을 거쳐 전문의가 된 뒤 공보의로 복무했다. 이후로는 쭉 서울에 있는 병원에서 일했다. 그러다가 2016년 가을, 홀연 제주도로 떠났다. 예능 프로그램 〈효리네 민박〉도 방영되기 전이었다. 무엇이 그를 이 섬까지 오게 했을까.

"전에 있던 병원에서 나온 뒤 직장을 알아보고 있었어요. 당연히 서울만 생각하고 있었는데, 학교 선배였던 원장님이 제주도에 먼저 내려와서 그해 봄에 개원하고 혼자 일하다가 의사가 더 필요해졌다며 연락하더라고요."

당시 제주도는 인구가 늘어나고 있었는데 산부인과 의사는 부족했다. 그는 고민 끝에 새로운 도전을 결심했다. 문제는 서울에 꾸려둔 모든 생활을 포기해야 했던 가족들이었다. 당시 영어유치원에 막 들어갔던 아이를 제주에 있는 국제학교에 보내주겠다며 아내를 설득했다. 홀로 제주로 내려와 현재까지 일하는 병원에서 일을 시작했고, 1년 뒤에는 아내와 아들도 제주로 왔다.

그를 만나기 전 나는 동문시장과 제주국제공항 사이에 있는 숙소에 짐을 풀고 왔다. 병원이 있는 노형동에 들어서니 제주에서 가장 높은 랜드마크인 제주드림타워가 눈에 들어왔다. 줄지어 선 아파트와 대형마트, 주상복합건물이 만든 풍경은 서울과 크게 다르지 않아 보였다. 그래도 관광이나 '한달살이'가 아닌, 정착한 사람이 생활하며 느끼는 제주

살이는 차이가 있으리라.

"지인들과 단절되는 것도 있고, 문화 인프라도 좀 다르고요. 물가가 생각보다 비싸고, 택배가 빨리 안 온다든지 백화점 같은 곳이 없다든지 이것저것 불편한 부분이 있더라고요. 텃세도 좀 있어요. 말투만 보고도 제주 사람이 아니라는 걸 아니까요. 그나마 의사라 영향을 좀 덜 받는다고 생각하지만, 제주 분들이 외지인들하고 잘 안 섞이려는 경향이 있어서 친해지기가 좀 어려워요."

브라질, 일본, 베트남, 라오스, 러시아, 중국, 대만, 타이 등 다양한 나라의 산모를 만난다는 것도 제주도에 있는 병원의 특징 중 하나다.

출산율이 낮아지는 상황에서 산부인과의 미래가 어떤지 묻기도 했는데, 병원보다 의사 줄어드는 속도가 더 빠르단다. 서울에도 문 닫는 병원이 많은 형편이다. 제주도에서 분만까지 할 수 있는 병원은 손에 꼽는다. 개인병원에서 근무하는 45세 이하 의사를 본 적이 없을 정도라고 하니, 기존 의사들이 은퇴한 이후에 심각한 문제가 될 수 있을 것 같았다.

한국에서 전문직 종사자의 일과는 전국 어디를 가나 비슷하게 돌아간다. 그는 일주일에 6일 출근한다. 오전 9시부터 진료를 시작해 예정된 수술과 출산만 소화해도 숨 가쁘다. 게다가 산부인과 아닌가. 새벽이건 밤이건 유도 분만이나 긴급한 출산을 해야 하는 경우가 발생한다. 이를 대비해 3명의 의사가 돌아가며 당직을 선다. 화요일과 수요일이면 그는 병원과 10분 거리에서 밤새 대기한다. 주말도 3교대 당직 체계다. 인터뷰를 월요일 저녁에 한 것도 그 때문이다.

빡빡한 생활에는 인이 박였다고 했다. 레지던트 3년 차 때부터 기혼자였던 그는 한 달에 2주만 집에 갈 수 있었다. 집에 갈 수 있는 날조차 새벽에 출근해 밤늦게 퇴근하니 어린 아들 얼굴을 보기도 힘들었다. 나와 인터뷰하기 한 주 전 금요일에도 그는 아기를 받느라 늦게 끝나 서귀포 집에 가지 못했다. 주말은 당직이었고, 나와의 약속 때문에 그날도 집에 가는 걸 포기했다.

스트레스를 많이 받을 것이라는 생각이 들었다. 긴급한 상황을 자주 겪는 직업이고, 의료 사고에 대한 염려도 있을 것이다. 요즘은 병원을 찾기 전에 덤터기 쓰지 않는 요령부터 검색하는 이들도 많다. 환자들이 의사보다 AI에 먼저 물어본 뒤 혹시 과잉 진료가 있지 않을까 하는 의심을 안은 채 병원에 들어서기도 한다. 의료 현장에 있는 의사로서 부담스럽지 않은지 물었다.

"모든 의사가 다 그렇겠지만 의료 사고를 안 내려고 노력하죠. 고의로 사고를 내지는 않겠지만, 진료가 밀려 있으면 처치가 늦어질 수는 있을 텐데, 나는 최우선 목표가 사고 없이 최대한 안전하게 진료를 보는 것이에요. 제주도에 온 이후로 지금까지 큰 사고라 할 건 없었어요. 다행이죠. AI에게 틀린 정보를 받아 오는 분들이 많긴 해요. 그러니까 더 잘 알려드려야죠."

스트레스를 풀기 위해 특별하게 하는 것은 없다. 대신 걷는 걸 좋아해 주말이면 올레길로 향한다. 한번 걷기 시작하면 15킬로미터에서 20킬로미터까지 걷는다. 아내는 이미 완주증까지 받았다. 사실 이제 그에게 걷는 건 지금의 일을 계속하는 데 필수적인 루틴이기도 하다. 환자를 보는 게 직업인 그 역시 환자가 됐기 때문이다.

3년 전의 일이다. 당직을 서던 새벽, 진통이 심한 환자의 전화에 선잠에서 깼다. 병원으로 향하는데 가슴에 심한 통증이 왔다. 의사인 만큼 본인의 병명을 이미 알고 있었다. 병원에 도착하자마자 사람들에게 119를 불러달라고 부탁했다. 내원한 환자를 원장에게 맡기고 구급차에 실려 갔다. 짐작대로 심근경색이었다.

"그 산모가 아니었으면 자다가 어떤 일이 생겼을지 모를 일이었죠. 감사해요. 스텐트를 넣어준 담당 선생님이 이제 잠을 푹 자야 한다면서, 당직이나 수술 같은 스트레스 받는 일을 하지 말라고 그랬죠. 그런데 그거 안 하면 어떻게 먹고 살아요. 선수끼리… 하하. 나름대로 건강을 챙기려고 노력하는데, 직업상 한계가 있죠. 그래도 꾸준히 약을 먹고 있으니 다시 재발하지는 않겠죠."

당직 근무가 있는 병원의 의사로 일한다는 건 수면 시간이 늘 부족하다는 이야기다. 응급 환자가 오는 건 대개 밤 11시부터 새벽 2시. 그래서 아예 2시 이후에 잔다. 중간에 전화가 와서 깨는 일도 잦지만, 무조건 오전 9시까지 출근해야 한다. 그런 생활이 일상이라니, 극한 직업이다.

제주살이는 생각보다 쉽지 않았다. 벌이가 나쁘지 않다고 해도 아이가 다니는 국제학교의 학비를 내다 보니 병원을 개업하는 건 엄두가 나지 않는다. 수다를 줄이고 더 많은 환자를 받으면 돈을 더 벌 수 있겠지만 그럴 생각은 없다. 그는 월급 받는 봉직의, '수다쟁이 산부인과 의사'인 지금이 만족스럽단다.

"보람이 많잖아요. 건강한 아이들을 보면 기쁘죠. 아픈 환자도 오지만, 임신의 기쁨을 안고 즐거운 마음으로 출산하러 오는 분들이 대부분이에요. 갓 낳은 아이를 안고 행복해하는 분들을 만나는 직업이니 얼마나 좋아요. 아픈 사람을 낫게 하는 게 의학의 대부분인데, 산부인과는 새로운 생명의 탄생을 지켜보는 곳이니까요."

그러면서 자신의 직업 만족도가 최상이라고 자부했다. 서두에서 언급한 것처럼 환자들과 즐겁게 대화를 나눌 수 있다는 점도 직업 만족도에서 큰 지분을 차지한다. 그는 다른 의사들보다 오랫동안 환자를 진찰한다. 웬만하면 이야기를 끊지 않고 다 들어주며 살갑게 대답한다. 유산을 겪은 산모들은 자기 자신을 책망하는 경우가 많단다. 그럴 때는 이후의 수술 절차를 기계적으로 통보하기보다는 그에 앞서 오래도록, 조심스럽게 이야기를 나누며 마음의 상처부터 치료하려 한다. 그것도 그의 보람이다.

가장 기억에 남는 환자 이야기도 인상적이었다. 그가 레지던트 때, 분만이 임박한 초진 환자가 외래로 찾아왔다. 환자복으로 갈아입을 시간도 없는 긴박한 상황이었다. 1시간도 되지 않아 아이가 나왔다. 보통 산모들은 출산 뒤 이틀간 더 입원하고 퇴원하는데, 그 산모는 갓 낳은 아이를 두고 그대로 사라졌다. 수납 담당 직원이 집에 찾아가 보니 유리창도 없이 비닐로 덮은 집 안에 아이 다섯이 더 있었다. 남편은 지방 건설 현장의 일용직 노동자였다. 직원은 안타까운 상황을 방송국에 제보했다. 이후 병원비를 해결하고도 넉넉한 후원금이 모여 그 가족에게 건넬 수 있었단다.

인터뷰를 마친 후 그는 나를 그냥 보낼 수 없다며 인근 고깃집으로 데려갔다. 소고기를 굽고, '베지근한' 곱창전골 국물을 떠먹으며 대화를 이어갔다. 부러울 것 없이 자랐을 줄 알았는데, 그는 사실 넉넉한 집안에서 자라지 않았다고 고백했다. 사립대 의대의 비싼 등록금은 장학금을 받아 해결했다. 가세가 기울었던 때가 있었는데, 후천적으로 시력을 상실한 어머님께서 마사지사로 일하며 실질적인 가장 역할을 하셨다는 말을 덤덤히 털어놓았다.

자리를 옮겨 나는 생맥주를, 그는 카페라테를 마시며 자정이 넘을 때까지 수다를 떨었다. 나는 어느새 불면증 이야기부터 누구에게도 말하지 못했던 이야기까지 그에게 꺼내 놓고 있었다. 경영학을 전공한 내가 병원장이라면, 그와 같은 수다쟁이 의사를 두고 고민을 했을지도 모른다. 그러나 내 가족이 병원에 갈 일이 생긴다면 꼭 그와 같은 의사와 만나기를 바랄 것이다.

　이야기를 나누는 동안 문득 〈칠드런 오브 맨〉이라는 영화가 떠올랐다. 산부인과 의사가 없는 세상이라면 그 자체로 디스토피아일 것이다. 숙소로 돌아온 나는 다시 제주에 오게 되면 '우주보다 귀한 한 생명'이라는 주제로 그와 또 오래도록 수다를 떨어야겠다고 다짐했다.

"안 그래도 되지만…
그냥 제 성격이 그래요"

특수학교 급여 담당자 ◦ 김다혜

글 장강명

어렸을 때 위인전을 많이 읽었는데, 그러지 않았더라면 더 나았을 것 같다는 생각을 가끔 한다. 1980년대 아동용 위인전에는 엉터리 교훈이 참 많았다. 군대를 이끌고 알프스산맥을 넘어 남의 나라를 침략하는 건 아무리 생각해도 본받을 일이 아닌데 그 시절에는 어린아이들에게 그걸 본받을 일이라고 가르쳤다.

내 경우에는 그 위인전들이 인생관에까지 영향을 미치지 않았나 싶다. '인생의 목표는 남들이 감탄할 만한 업적을 남기는 데 있다'고 믿게 된 것이다. 그런 믿음을 지니면 업적을 남기지 않는 삶을 우습게 보게 된다. 그런 잘못된 태도가 마음 한구석에 완전히 지워지지 않은 채 흔적이 남아 있다. 김다혜 씨를 인터뷰하는 동안 나는 그 위인전들이 내게 남긴 마음의 흔적을 의식했다.

다혜 씨는 수도권의 한 시각장애 특수학교에서 일하는 교직원이다. 같은 학교에서 일하는 교직원 150여 명의 급여와 관련된 업무를 혼자 담당한다. 아마도 군대를 이끌고 알프스산맥을 넘어 남의 나라를 침략하는 따위의 일에서 가장 거리가 먼 직업일 것이다. 다혜 씨는 몇 년 전까지는 발달장애 특수학교에서 같은 업무를 했고, 그 전에는 중견기업의 사무직 직원이었다.

"제 직업에서 즐거운 일… 즐거운 일이라. 즐거운 일이라기보다는 조금 좋아하는 일은 있어요. 4대 보험공단에서 납부해야 할 금액을 보내오는데, 그게 제가 미리 공제한 액

수량 숫자가 맞아떨어지면 약간 카타르시스를 느껴요. 이게 숫자가 안 맞으면 선생님들한테 그만큼 돈을 더 받거나 돌려드려야 해요."

30대 중반인 다혜 씨는 조용한 성격이고, 말도 조용하게 한다. 성격과 직업이 닮았다고 말해도 좋으리라. 급여 담당자라는 자리는, 화려하게 빛나지는 않는다. 사고가 날 때만 존재감이 드러나는 자리다. 많은 사람이 다혜 씨의 일을 당연하게 돌아가야 할 일로 여긴다. 업적을 세우는 날도, 감사 인사를 듣는 날도 없다. 하지만 다혜 씨는 자신처럼 내성적인 사람에게는 잘 맞는 일이라고 조용히 말한다. 예측 가능하고, 사람을 대하는 스트레스가 적다는 점이 좋다면서.

"제 일은 월 단위, 연 단위로 돌아가요. 매달 초는 강사, 17일은 교직원, 30일은 시급제 근로자 급여 지급일이고, 10일은 사회보험료 납부일이에요. 수당 종류가 7~8개 되는데 받으시는 분들의 직종이나 상황에 따라 금액이 달라요. 유치원생부터 대학생까지 다니는 특수학교이다 보니까 다른 학교에는 없는 직종도 많죠. 예를 들어 셔틀버스가 많고, 그 버스 운행을 도와주시는 분들도 계시고요."

시스템에서 자동으로 적용되는 부분도 있지만, 다혜 씨가 직접 손으로 계산해야 하는 사항도 적지 않다. 수령인이 병가로 쉬었더라도 어떤 수당은 그대로 지급되고, 어떤 수당은 쉰 기간만큼 제외한다. 초과근무수당은 사람마다 다르고, 어떤 수당은 명절이 있는 달에만 지급된다. 매달 정규 인사 변동자를 확인해야 하는데, 다혜 씨가 일하는 학교는 다른 곳에 비해 채용과 퇴직 등의 수시 인사 변동이 잦은 편이다. 미룰 수도 없고 틀려서도 안 되는 일이라 마감 때면 늘 신경이 곤두선다. 1월 말부터 5월 초까지는 연말정산 업무 때문에 비상이 걸린다. 2월 말까지는 거의 매일 밤 10시까지 야근이다.

"처음에는 정말 힘들었어요. 문의 전화가 진짜 끊이지 않고 오거든요. 밥도 제대로 먹지 못할 정도로요. 그리고 자료를 잘못 제출하시는 분들이 많아요. 잘못된 자료는 담당자 책임이 아니라 제출한 본인 책임이죠. 그분이 손해를 입어도 제가 누구한테 추궁당하지는 않아요. 그래도 한눈에 틀린 자료라는 게 보이면 그건 잡아줄 수 있지 않을까 생각해서 보완해 달라고 부탁드려요. 안 그래도 되지만… 그냥 제 성격이 그래요."

다혜 씨가 일하는 학교는 국립학교이고, 다혜 씨도 국가직 9급 일반행정 공무원이다. 공무원 시험은 노량진에서 공부를 시작한 지 2년 만에 합격했다. 20대 후반의 일이었다. 당시 경쟁률은 100 대 1이 넘었다.

"대학에서는 외국어를 전공했어요. 대학을 다닐 때는 제가 공무원이 될 줄 몰랐고, 첫 직장도 전공을 살려서 들어간 곳이었어요. 공무원 시험을 준비할 때까지만 해도 특수학교에서 일하게 될 거라고는 생각하지 못했죠. 쳇바퀴 도는 듯한 생활이 싫어서 큰맘 먹고 다니던 회사에 사표를 냈어요.

그런데 지금도 반복적인 업무를 하고 있네요."

국가직 9급 일반행정 공무원은 어느 부처에서든 일할 수 있다. 원하는 부처에서 일할 수 있다는 뜻이 아니라 여러 부처의 공석에 지원할 수 있다는 의미다. 먼저 공석이 나야 하고, 다른 지원자들보다 점수가 높아야 한다.

"1지망은 문화체육관광부였어요. 그런데 경쟁률이 높은 부처라서 배정되지 못했죠. 교육부가 2지망이었는데 본부에는 자리가 없고 산하기관에만 갈 수 있더라고요. 국립대랑 특수학교에 빈자리가 있었는데, 특수학교를 택했어요. 지원할 수 있는 국립대가 너무 먼 곳에 있더라고요."

다혜 씨는 그 전까지 발달장애와 시각장애에 대해 잘 알지 못했다. 그는 "지금도 잘 몰라요"라고 조용히 말하는 사람이다. 발달장애 특수학교에 대해 묻자 "처음 갔을 때는 놀라기도 했고 아이들을 쳐다보게 되기도 했는데…"라며 말을 잠시 흐렸다가 "귀여운 아이들이에요"라고 문장을 마쳤다. 발달장애 특수학교에서 시각장애 특수학교로 옮겼을 때는 학교가 무척 조용하다고 느꼈다고 했다.

"시각장애 학생들은 혼자서도 다닐 수 있어서 복도에 아이들이 많아요. 아이들이 벽을 짚고 다니니까 행정실에서 복도로 나올 때 문을 조심스럽게 열어야죠. 바로 앞에 학생이 있을 수 있으니까요. 앞이 조금 보이는 아이도 있고 아예 안 보이는 아이도 있어요. 비장애인으로 태어났는데 사고로 시력을 잃은 아이들도 있고요."

다혜 씨가 일하는 건물에는 중고등학생 교실이 있다. 눈이 보이지 않는 학생들은 서로 손을 잡고 복도에서 수다를 떤다. 수다 내용은 눈이 보이는 또래 학생들과 다르지 않지만, 서로 보지 못하는 학생들의 대화는 좀 더 간절한 느낌이다. '지금 누구 왔어? 우리 어디 갈까?'

다혜 씨는 구내식당에서 보통 유치원생들이 먹는 시간에 함께 점심을 먹는다. 다혜 씨가 식사하는 테이블 옆에서 선생님들이 아이들에게 밥을 먹여주면서 말을 건다. '누구야 이건 무슨 반찬이야, 맛있어, 먹어봐.' 다혜 씨는 그런 대화를 들으며 자기 몫의 밥을 꼭꼭 씹는다.

시각장애 특수학교 교사들 중에는 시각장애인이 있고, 때로 그 선생님들이 그를 찾아와 자기 급여와 수당에 대해 묻는다. 도표를 보여줄 수 없을 때 어떻게 설명해야 할지 늘 고민스럽다. 장애인의 노동을 도와주는 근로지원인과 함께 오는 시각장애인 선생님도 있다. 그럴 때는 근로지원인만을 향해 설명하지 않으려 애쓴다. 설명을 마치고는 시각장애인 선생님과 근로지원인 양쪽 모두 자기 이야기를 제대로 이해했는지 꼭 확인한다.

다혜 씨의 일터인 특수학교는 앞으로 일터를 찾아야 하는 학생들을 준비시키는 장소이기도 하다. 발달장애 특수학교에는 학생들이 바리스타 보조 업무를 실습할 수 있는 교내 카페가 있었다. 시각장애 특수학교에서는 침술과 안마를 가르친다. 발달장애 특수학교에는 교과목이 따로 없지만 시

271

각장애 학생들은 비장애인 학생처럼 여러 과목을 배운다. 사람들의 선입견과 달리 미술 과목도 있다.

학부모들이 앞이 보이지 않는 자녀를 대하는 태도는 제 각각이다. 매일 아침 학생을 교실까지 데려다주는 어머니나 아버지도 있다. 그러나 1층에서 헤어지면서 자녀가 혼자 계단을 이용하도록 이끄는 부모도 있다. 앞으로 혼자 수많은 계단을 만나야 할 터이기에. 어느 날부터는 자신들이 곁에 있어줄 수 없을 것이기에.

어느 학교나 교사들과 행정실 사이에는 얼마간 갈등이 있다. 특수학교도 사정은 마찬가지다. 일반학교건 특수학교건 학교의 역할이 커지면서 업무가 늘어나거나 새로 생기는데, 그게 누구 몫인가에 대해 교사들과 행정실 직원의 생각이 같지 않다. 교육부에서 내려오는 지침도 명료하지 않다. 학교에서 일한다고 해도 역시 사람인지라, 교사건 행정실 직원이건 아무래도 같은 일을 하는 동료의 고충을 더 잘 이해하고 공감하게 된다.

그래도 교무 선생님들이 총동문회 행사를 준비할 때 행정실 직원들은 아무런 대가 없이 그 일을 도왔다. 행정실장이 먼저 교사들에게 "일손 모자라지 않으세요? 저희가 도와드릴 일 없을까요?" 하고 물었다. "우리가 왜 교사들을 도와야 하느냐"라며 반대하는 직원은 아무도 없었다. 이 학교를 졸업한 시각장애인들이 옛 친구와 선생님을 만나 큰 위안을 얻는 행사였다. 졸업생 중에는 연로한 분도 있고, 시각장애

뿐 아니라 다른 장애도 지닌 중복장애인도 있었다.

다혜 씨는 건물 입구에서 강당까지 가는 길을 안내하는 역할을 맡았다. 행사 전에 시각장애인을 안내하는 요령을 다시 확인했다. 무작정 도우려 들지 말고 도움이 필요한지 먼저 물을 것, 자신을 도와달라는 사람만 안내할 것, 자신이 어느 편에 서는 게 편한지 물어볼 것, 반걸음 앞에 서서 상대가 팔꿈치 윗부분을 잡을 수 있게 할 것.

"그런데 건물 입구랑 강당이 워낙 가까워서 다들 그냥 알아서 잘 찾아가셨어요. 그분들이 다닌 학교이기도 하고요. 화장실이 어디냐고 묻는 분도 안 계셨네요."

다혜 씨는 "저는 아무 일도 하지 않았어요"라며 조용히 웃었다. 그녀는 다음 행사에서도 자신은 아무 일도 하지 않는다고 말하며 복도 한구석을 지킬 것 같다.

총동문회 행사장은 시끌시끌했다. 오랜만에 모교를 찾은 졸업생들이, 자신과 같은 장애가 있는 친구들을 만난 이들이 웃고 떠들었다. 다혜 씨는 존재감을 드러내지 않고 복도 한구석에 조용히 서 있었다. 업적을 세우지도, 감사 인사를 듣지도 않았다. 아무 사고도 발생하지 않은 날, 그저 당연한 하루였다. 그런 날 오가는 수다를 1980년대 어린이용 위인전은 다루지 않았다. 그런 수다를 위해 복도를 지키고 서 있겠다고 나서는 사람들의 마음도 그런 위인전에는 실리지 않았다. 이제 나는 그 위인전들을 원망한다. 이제 나는 가만히 복도를 지키는 사람이 되고 싶다.

"본인도 자기 마음을
모를 수 있는데"

자서전 대필작가 ◦ 유수용

글 **임현석**

유수용(가명) 작가는 주중엔 서울 종로구의 공유 오피스로 출근한다. 사무실 입구와 가까운 파티션 한 칸이 그의 자리다. 모니터 화면이 내 눈에 들어왔다. 'OOO 회장님 원고'. '회장님'은 외식 프랜차이즈를 하는 중견기업인이다. 유 작가는 주로 기업인들의 자서전을 대신 써준다. 대필작가다. 혹은 유령 작가, 고스트라이터ghostwriter라고도 불린다.

자서전은 단행본 한 권 분량(200자 원고지 700매 이상)이다. 집필 기간은 보통 한 달 반 안팎. 대필작가는 쓰는 만큼 벌어 간다. 1년에 10권 이상 써내려면 꾸준히 써야 한다. 그러니 일하는 시간도 지킨다. 오전 10시부터 오후 4시까진 쓴다. 루틴이다. 6시간이면 여느 직장인보단 형편이 나은가? 하지만 마감이 임박하면 주말은 없다. 인터뷰 일정이나 원고 집필 방향에 대해서도 수시로 상의해야 한다. 원고를 보내고 피드백을 기다리기도 한다. 그런 시간까지 통틀어 따지자면, 그의 일과는 한정 없을 것이다.

그가 여느 직장인처럼 일과시간에 맞춰 출퇴근을 고집하는 이유는 글쓰기 루틴이라는 점 말고도 있다. 인터뷰 대상자는 주로 기업의 대표인데, 일정 조율은 당사자가 아니라 비서와 하는 경우도 숱하다. 비서는 직장인이다.

"직장인은 일과시간(오전 9시부터 오후 6시)이 있으니까요. 저도 거기에 맞춥니다."

마침 대화를 나누던 오후 5시쯤 그의 전화가 울렸다. 클라이언트였다. 그는 잠시 전화를 받아도 되겠냐며 양해를 구했다. 나는 얼른 받으시라고 했다. 자서전 대필도 결국 영업이다. 고객이 없다면, 작가도 없다.

그가 전업 대필작가가 된 건 6년째다. 나이는 마흔둘. 언론사 경제부 기자로 사회생활을 시작해서, PR회사 사보팀 기자와 출판사 편집자를 거쳤다. 이직이 잦았다는 점을 의식해서인지, 그는 "조직 생활과는 잘 맞지 않았죠" 하고 말했다. 어디 한군데 속하지 못하는 성격이라고. 대학에서는 경영학을 전공했었지만, 적성에 맞지 않아 중퇴했다.

그는 혼자 하는 취미에 더 익숙한 사람이다. 예전부터 무엇을 좋아하는지 물으면, 문학이라고 대답하는 사람. 그중에서도 소설이다. 글을 쓸 수 있는 일이 적성에 맞지 않을까 싶었다. 애초에 지역 언론사에 몸담았던 것도 그래서였다. 언론사 특유의 위계가 맞지 않아 퇴사했지만, 첫 사회생활은 이후의 진로에 영향을 미쳤다. 출판사에서 기획편집자로 일했던 이유도 비슷했다. 그때그때 떠오르는 이슈에 따라 발 빠르게 필진을 섭외하고, 원고를 다듬는 일을 했다.

담당했던 저자 중에는 글쓰기를 어려워하는 전문가들도 있었다. 그는 저자의 의중을 찬찬히 묻고, 원고를 뜯어고쳤다. 때론 부동산에 관한 원고를, 때론 창업 생태계에 관한 원고를 다뤘다. 편집자로 일하며 말이나 글로 설명하기 어려워하는 상대와의 대화에서 핵심을 짚고, 이를 정리하는 데 소질이 있다는 걸 알았다. 내성적이면서도 섬세한 사람에게 맞는 일이었다.

그러나 돌연 출판 경기가 얼어붙으며 그가 다니던 출판사가 어려움을 겪었다. 선배 편집자들은 이리저리 홀연히 이직했다. 그도 일을 그만두려고 마음먹을 무렵이었다. 그중 다른 출판사로 몸을 옮겼던 선배가 유 작가에게 외주 일감을 맡겼다. 자영업자들의 창업 경험담을 듣고 정리해서 쓰는 일이었다. 보통 그렇게 대필작가가 된다. 일감을 쥔 출판사에서 평소 알던 이에게 일을 맡기는 식이다. 유 작가가 그때 단행본 한 권을 대필하며 원고료로 받은 돈은 300만 원.

"원고료를 그때와 지금 비교하면요? 비슷해요."

그럼 전체 벌이는 많은가, 적은가? 사실 대필작가로 살아남는 데 원고료보다 더 중요한 건 따로 있다. 일을 얼마나 많이 받을 수 있는지가 관건이다. 평판이 좋아야 일감이 이어진다. 그럼 굶지는 않는다. 유 작가의 경우가 그랬다. 일감이 출판사 지인의 소개로 새끼를 치며 늘어났다. 그는 조직 생활로 돌아가지 않았다. 혼자 하는 일이 편했다. 그렇게 3년 정도 지나자 안착했다는 느낌을 받았다.

대필작가는 보통 저자가 보내준 초고를 리라이팅(퇴고)하는 경우가 많다. 하지만 엉망진창인 원고를 해체해서 재조립하는 과정보다, 처음부터 새로 쓰는 게 낫다고들 한다. 더 좋은 건 첫 미팅 때부터 집필 방향을 정해서 작가가 주도권을 쥐는 것이다. 그래서 노련한 대필작가일수록 영업 단계부터 적극적으로 나선다. 직접 얻어낸 작업은 원고료뿐 아니라 기획료까지 협상 테이블에 꺼내놓을 수 있다.

277

유 작가는 출판사를 차렸고, 블로그를 통해 자신을 알린다. 자서전 대필은 검증된 작가에 맡기라는 내용이다. 모든 글엔 #대필작가 #출판대행 #자서전 #자가출판 같은 키워드가 해시태그로 달린다.

전업 대필작가가 된 후, 그는 미묘한 갑을관계 속에서 적잖이 상처받았다. 기업인 중에선 다짜고짜 만나자고 해놓고선, 막상 찾아가면 냉대하는 이들도 있었다. 누군가에게 자신의 삶을 털어놓고 싶어졌다가 마음이 바뀌었거나, 일단 만나보자는 식으로 대필작가에 연락했다가 시급하지 않은 일이라며 제쳐두는 경우다.

"그래서 생각보다 이 일을 오래 하기 쉽지 않아요. 글 쓰는 게 전부라고 생각하면, 마음이 다칠 수밖에 없거든요."

한번은 중견기업 사장의 의뢰로 회사를 찾아간 적이 있다. 지난 삶을 진솔하게 털어놓겠다던 사장은, 막상 찾아가자 바쁘다면서 그를 비서실에 남겨두었다. 처음엔 반색하던 유 작가는 초조하게 앉아 사장을 기다렸다. 사장은 몇 시간 동안이나 대표실에서 나오지 않았다. 어느 순간 유 작가는 자리에서 조용히 일어나서, 그곳을 떠났다. 그 후로 몇 번 더 비슷한 일을 겪었다.

이제 그는 미팅 전에 이렇게 말한다. "출장비를 받는데 괜찮으십니까?" 그 비용을 아까워하는 고객에게서는 일을 받지 않는다. 원칙이다. 기준이 무너지면 마음이 다친다. 자서전의 주인공인 기업 대표가 자기 삶을 비서에게서 들으라고 할 때도 있다. 그럴 때도 일감을 사양한다.

"당사자의 마음을 비서가 어떻게 알겠어요. 본인도 자기 마음을 모를 수 있는데."

고객 응대 노하우도 늘었다. 원고를 고쳐달라는 요구는 대부분 수용한다. 대신 수정 범위가 커지지 않도록 원고를 절반쯤 썼을 때 미리 한 차례 전달한다. 그 단계에서 고객과 상의하며 집필 방향을 점검한다. '오케이'를 받으면 집필을 재개한다. 충분히 상의하며 집필을 마쳤는데, 갑자기 책을 내지 않겠다고 선언하는 고객도 있다. 최종 원고가 만족스럽지 않아서일까?

"누군가는 원고가 정말 좋다면서도, 책을 내지 않겠다고 마음을 바꾸기도 해요. 지금은 책을 낼 때가 아니라면서요."

단순 변심은 흔하다. 진짜 최악은 고객이 잠수를 타버리는 경우다. 그럴 때도 그는 일일이 고객의 사정을 확인하려 들지 않는다. "그냥 착수금을 받아요. 전체 비용 중 절반이에요." 프로젝트가 엎어지더라도 손실을 보지 않도록 둔 안전장치다. 물렁하던 유령은 세월이 흐르면서 단단해졌다. 일을 바라보는 관점도 확고해졌다. '생각에 말뚝을 심어주는 일.' 그는 대필을 이렇게 정의한다.

"누구나 생각은 있거든요. 글이라는 명확한 형태로 구체화하지 못할 뿐이죠. 글로 엮어내지 못한다고 해서 그 사람이 무식한 걸까요? 아닙니다. 다만 자신이 쌓아온 지혜를 어떻게 표현할지 모르는 거죠. 인터뷰 중에 '지금 당신의 생

로버트 해리스의 장편소설 『유령 작가』(조영학 옮김, RHK, 2016) 표지. 전직 영국 총리의 자서전 대필작가로 고용된 주인공의 심리를 치밀하게 묘사했다.

각은 이것이다'라고 제가 정확한 지점을 알려주면 됩니다. 마치 중간중간에 말뚝을 심어주는 것처럼요."

자서전 대필 고객들은 자신의 성공에 과몰입된 경우가 많다. 그는 인터뷰를 통해 이야기를 경청한 뒤에 대중에게도 가치가 있을 만한 정보나 인사이트를 추리고, 이런 뜻이 맞느냐고 되묻는다. 이를 토대로 시장에서 먹힐 출판 기획 아이템을 제안한다. 흔히 대필을 두고 고객 한 사람만 만족시키면 되는 일이라고들 한다. 하지만 유 작가는 대중에게도 널리 읽힐 만한 책을 만들어야 한다고 생각한다.

한번은 보험회사 영업자가 자신이 그간 체득한 노하우를 책으로 엮어달라고 한 적이 있다. 그 고객은 달변가였다. 그러나 말을 글로 정리하는 것은 또 다른 일이다. 유 작가는 계통이 같은 인사이트를 끌어모았고 체계를 세웠다. 고객을 설득하는 대화 원칙들을 번호를 매겨 나누고, 교재 형태로 다듬었다. 그 책이 동종 업종 영업자들 사이에서 입소문을 탔다는 소식을 들었을 때는 정말 기뻤다.

저자의 말을 그대로 옮겨 적는 유령일 뿐이지 않다는 것. 평범할 수도 있는 대화에서조차 메시지를 뽑아내는 것만큼은 자신이 해야 한다는 것. 그것이 유 작가가 생각하는 대필 작가다. "남들이야 대필은 그냥 남의 말을 옮기는 일이라고 생각할지 모르지만" 말이다.

인터뷰는 되도록 직접 만나서 한다. 전화로는 태도와 맥락을 느끼기 어렵다. 책 한 권을 기준으로 네 번 인터뷰를 잡는다. 자주 묻는 질문은 무엇일까.

"사업하면서 언제 가장 어려웠는지는 꼭 묻죠. 누구나 한 번쯤은 어려운 시절을 겪으니까, 보통 거기서 말문이 터지거든요."

그 질문을 던진 뒤엔 클라이언트의 표정과 반응을 살핀다. 그 표정 뒤에 무슨 삶이 지나가고 있는지 보려고.

누군가는 대필을 두고서 앞으로 AI가 대신하게 될 일이라고 한다. 하지만 유 작가는 그렇지 않을 것이라고 선을 그었다. 진심은 사람 간에만 통하기 때문이다.

"기업인 중에 대면 영업의 중요성을 이해하지 못하는 사람은 단언컨대 한 사람도 없습니다. 직접 만나야만 전해지는 게 분명 있거든요."

자서전 책 한 권을 출판까지 하는 비용은 분야별로 천차만별이다. 대체로 경제·경영 분야는 1,000만~1,500만 원 선이 일반적인 비용으로 인식된다. 그러나 비용이란 영업하기 나름이다.

"이 시장에서는 비용을 더 쳐주겠다는 고객도 적지 않아요. 돈은 더 줄 테니, 글에 신경 더 써달라는 거죠"

통상의 단행본보다 더 많은 분량을 써달라는 클라이언트도 있다. 출마를 앞둔 정치인들은 일주일 만에 자서전을 써달라고 요구하기도 한다. 그럴 때는 청구 비용이 통상 대비 2~3배 뛴다. 그러니 고객의 의중을 읽어야 한다.

요즘 대필작가들은 자신만의 무기를 내세우며 차별화를

시도한다. 어떤 대필작가는 유튜브 영상용 스크립트도 함께 쓸 수 있다고 어필한다. 또 누군가는 온라인 언론사와 연계해 자서전 내용 일부를 기사로 실어주는 홍보 업체 역할을 겸한다. 유 작가는 시장에 팔릴 만한 메시지를 잘 찾아내는 것을 장점으로 내세운다. 그처럼 인터뷰를 네 번까지 하는 경우도 드물다. 그는 확신한다. 전화로 인터뷰하는 작가와 직접 만나는 작가가 다르다고. 한 번과 네 번은 다르다고.

"사용자가 어떤 콘텐츠를 보고 싶어 할지"

OTT 큐레이터 • 송지언

글 한은형

1. 넷플릭스를 켠다. 2. 뭐 볼지 계속 고민한다. 3. 지쳐서 넷플릭스를 끈다. 넷플릭스든 디즈니+든 티빙이든 OTT에 들어가면 나는 종종 이런 과정을 겪곤 한다. 리모컨을 든 채로 30분 넘게 고민하다 극도의 피로감만 얻고 결국 아무것도 못 보고 마는 일도 있다. 콘텐츠가 많아도 너무 많아서 오히려 결정이 어렵기 때문이다. 이런 증상을 '넷플릭스 증후군'이라 부른다고 하니 나만 겪는 일은 아닐 테다. 넷플릭스 증후군은 현대인이 앓는 일종의 질병일 수도 있겠다는 생각.

넷플릭스, 왓챠, 웨이브, 티빙, 디즈니+, 애플TV, 유튜브 프리미엄 등 온갖 OTT를 동시에 구독하는 사람을 안다. OTT 큐레이터 송지언(가명) 씨다. 나는 그가 온갖 콘텐츠를 소비하는 일로 일상을 채운다는 걸 알고 있다. 그런데도 수시로 내게도 어떤 영화나 드라마가 좋았는지 묻고, 어떤 콘텐츠를 추천받으면 바로 챙겨 본다. 참고로 나와 지언 씨는 종종 만나는 사이. 그의 집에도 가본 적이 있다. 그달에 출간된 신간이 10권 정도 거실 탁자에 쌓여 있었다. 나는 지언 씨가 정말 신기한데, 그가 학령기가 안 된 아이를 둘이나 양육하고 있기 때문이다. 아이들을 빨리 재우는 날은 책이나 OTT를 보다가 잠든다. 혼자서 키우는 건 아니지만 어떻게 두 아이를 돌보면서 그 많은 콘텐츠를 챙겨 볼 수 있을까? 그는 내가 아는 사람 중에서 가장 다양하고 많은 콘텐츠를 전투적으로 소비하는 '헤비 유저'다. 송 씨의 일은 OTT 회사에서 콘텐츠를 큐레이션하는 것이다. 나는 오래전부터 그

OTT 큐레이터 송지언 씨는 넷플릭스, 왓챠,
웨이브, 티빙, 디즈니+, 애플TV, 유튜브
프리미엄 등 온갖 OTT를 구독한다.

NETFLIX

WATCHA

wavve

TVING

🍎tv

의 '일'이 궁금했다.

송 씨의 일과는 아침 9시에 출근하면서 시작된다. 가장 먼저 전날 시청 데이터를 분석한다. 어떤 콘텐츠가 인기를 끌었는지 살펴보고, 이를 반영해 큐레이션 전략을 조정한다. 오전에는 신규 콘텐츠 큐레이션을 기획하고, 테마별 추천 리스트를 구성한다. 팀원들과 모여서 메인 화면 편성 방향을 논의하고, 국내외 트렌드를 분석해 콘텐츠를 재배치하는 것도 중요한 업무다. 테마별 추천 리스트는 일주일 주기로 매주 한 번씩 변화를 준다.

여기까지만 들어도 알 수 있었다. 많이 보고 많이 듣고 많이 알아야 할 수 있는 일이었다. 그러니까 눈과 귀를 세상 쪽으로 항상 열어두어야 하는 일, 보지도 않고 알지도 못한다면 할 수 없는 일이다. 새로운 콘텐츠는 날마다 '드롭'되므로 날마다 보아야 한다. 새로운 콘텐츠가 '떨어진다'라는 의미로 추정되는 '드롭drop'이라는 말이 이렇게 잘 어울리는 세계가 또 있을까. 하늘에서 쏟아지는 비처럼 매일 무자비하게 드롭되는 수많은 콘텐츠 사이에서 살아남으려면 어떻게 해야 하는가? 나는 빗방울에 맞아 살해되지 않게 조심한다는 브레히트의 시를 떠올렸다. OTT 큐레이터에게 세상의 모든 것이 큐레이션 대상이라면 내게 세상의 모든 것은 비유의 대상이므로.

오전에 하는 일만 들어도 녹다운이 될 듯한 피로가 몰려오는데, 그것은 오전의 일일 뿐. 송 씨의 오후는 어떻게 편성되는가? 새로운 콘텐츠를 확보하거나 신규 배급사와 협의를 진행하는 게 주요 업무다. AI 추천 알고리즘을 조율하고, A/B 테스트를 진행하기도 한다. A/B 테스트란 조건을 달리하며 사용자들이 어느 쪽에 더 반응하는지 확인하는 작업이다. 이를테면 콘텐츠의 대표 이미지인 '섬네일'에 인물이 1명 있는 버전과 여러 명 있는 버전 중에서 어느 쪽이 더 인기 있는지 확인하는 것이다. SNS와 온라인 커뮤니티에서 사용자 피드백을 확인하고 이를 큐레이션 전략에 반영하기도 한다. 보통 저녁 6시나 7시쯤 퇴근하지만, 집에서도 자연스럽게 다른 OTT 플랫폼을 분석하거나 콘텐츠를 소비하면서 업무가 이어지는 경우가 많다.

송 씨의 소비는 소비로만 끝나지 않고 생산으로 이어진다. 그가 하는 큐레이션과 재배치가 곧 생산이므로. 현대 사회를 살고 있는 대부분의 사람은 어느 정도 콘텐츠 소비자이면서 생산자(SNS나 댓글 등으로)이기 마련이지만, 송 씨는 생산과 소비 모두 극대화된 경우다. 과잉 소비와 과잉 생산이 끊임없이 순환하는 세계랄까. 주로 어떤 콘텐츠를 소비하는지 궁금하다고 물었더니 사회적 관심과 개인적 취향 사이의 균형을 맞추려 한다고 했다. 봐야 하는 콘텐츠 위주로 보게 되지만, 보고 싶어서 보는 콘텐츠도 있다는 이야기였다.

"다양한 콘텐츠를 소비할 수밖에 없어요. 개인적으로 선호하는 콘텐츠가 있더라도 업무적으로 모든 장르를 확인해야 하니까요. 퇴근 후 보는 콘텐츠도 결국 업무와 연결되는 경우가 많고요. 그래야 새로운 트렌드를 발견하거나 특정 장르가 흥행하는 패턴을 파악할 수 있어요. 개인적으로는 아트하우스 영화, 다큐멘터리, 트렌드를 반영한 콘텐츠 위주의 소비를 하고 있어요."

영화관을 자주 가느냐고 물었더니 송 씨는 "아이러니하게도 매우 자주 가요"라고 했다. 이유는 세 가지였다. 온전한 집중을 위해, OTT 시장에 풀릴 미래의 콘텐츠 발굴을 위해, 그리고 개인적 호기심을 채우기 위해. 언어와 문학과 심리학을 전공한 송 씨는 이야기와 사람의 행동 방식에 관심이 많다. 요즘 그는 일주일에 한 번씩 영화관에 갔던 대학생 때보다 더 자주, 더 '밀도 있게' 영화관에 간다. 밀도 있게 영화관에 간다는 게 어떤 의미인지 묻자, 그는 하루에 3편을 연달아 보기도 한다고 했다. 영화관에서 쓸 수 있는 시간이 한정되어 있고, 영화관마다 상영 중인 영화가 다르므로 한 곳에서 내리 보는 게 아니라 시간표를 촘촘히 짜서 영화관을 옮겨 다니기도 한다고. 취향과 별개로 모든 장르를 체크하고, 관심이 없더라도 주요 타이틀은 꼭 챙겨 본다고 했다. 나는 그의 일이 영화 기자나 영화 평론가의 일과도 비슷하다고 생각했다. 송 씨는 최근 영화관에서 〈콘클라베〉, 〈브루탈리스트〉, 〈승부〉, 〈아노라〉, 〈로비〉, 〈플로우〉 등을 봤다고 했다. 모두 송 씨를 만났을 당시 영화관에서 상영 중이거나, 얼마 전 종영된 작품들이었다.

그렇게 직접 본 영화 등의 콘텐츠가 큐레이션과 어떤 식으로 관계 맺는지, 큐레이션이 어떻게 진행되는지, 또 AI의 도움을 받기도 하는지 질문했다.

"직접 본 콘텐츠가 많을수록 큐레이션이 풍성해지고 다양해져요. 단순히 어떤 테마에 맞춰 큐레이션하는 것과 직접 본 작품들을 기반으로 할 때의 완성도가 확연히 달라집니다. 큐레이션은 여러 요소를 고려해 진행해요. 사용자들에게 새로운 시청 경험을 제공하는 것을 목표로 사회적 이슈나 트렌드를 반영한 테마를 기획합니다. 계절별로 적합한 콘텐츠를 추천하거나, 인기 콘텐츠와 유사한 작품을 연결하기도 하고요. AI 분석을 활용해 개인 맞춤형 추천을 강화하는 것도 중요합니다. 그런데 AI로 자동화한 시스템에서 나온 결과를 보면 상당히 피상적이라는 느낌을 받을 때가 있어요. 묘하게 주제를 벗어난다거나…. 그래서 인간의 손을 꼭 거쳐야 하더라고요."

계절이나 시즌을 고려해 큐레이션한 콘텐츠가 이를테면 어떤 것인지 물었다. 아주 간명하게 이야기해 달라고. 봄이 되면 봄이 배경인 요리나 정원을 다루면서 계절감을 환기한다고 했다. 아카데미 시상식 시즌이 되면 역대 아카데미 수상작을 함께 큐레이션하거나 다른 국제영화제 수상작을 함께 추천하면서 흐름이 연관되게 한다고. 팀원들과 취향이 부딪힐 때는 어떻게 조율하느냐고 물었다. "다른 팀원의 취향은 건드리지 않으려고 한다"라는 조심스러운 답을 얻었다. 다른 팀원도 송 씨의 취향을 존중할 것이다. 그렇게 소우주가 여럿 모이고 중첩되기도 하면서 내가 보고 있는 OTT 메인 화면 만들어진다고 생각하자 기묘한 느낌이 들었다. AI로 일부 자동화된 부분도 있겠지만, 기본적으로 여러 사람의 취향이 합쳐진 결과였던 것이다.

OTT 업계에서는 사용자 수가 늘어나는 게 성과이고 수익 창출일 텐데, 큐레이션 업무에서는 성과를 증명하기가 어려울 듯했다. OTT 큐레이터에게 '일을 잘한다'는 건 어떤 의미일까.

송 씨는 이렇게 말했다. 큐레이션 업무에서 성과를 증명하는 건 쉽지 않지만, 추천한 콘텐츠의 시청 횟수가 상승하고, 플랫폼 내 체류 시간이 증가하며, 사용자 만족도가 높아지는 걸 보면 '일을 잘하고 있다'고 실감할 수 있다고. OTT 큐레이터가 사용자 만족도를 높이기 위해 노력하는데도 나는 사용자로서 여전히 어떤 콘텐츠를 볼지 매번 고민하다니 아이러니하다는 생각이 들었다. 이럴 때마다 절실하게 체감하곤 한다. 서로의 세계가 맞닿기란 정말 어려운 일임을.

외부적 요인들이 큐레이션에 얼마나 영향을 끼치는지 물었다. 이를테면 정치 상황 변화 같은 것도 영향을 주는지.

"OTT 시장은 정치적·경제적·사회적 변화에 모두 영향을 많이 받아요. 검열이나 규제 변화, 글로벌 OTT 회사들의 전략 변화, 경제 상황 등이 모두 사용자 수 증가와 수익 창출에 영향을 미치고요. 그래서 각종 스캔들, 정치 상황, 재난 상황까지 다양한 이슈에 늘 귀를 기울이고 대응하려고 해요. 스포츠 이벤트 등 라이브 콘텐츠 확보 경쟁부터 특정 인기 콘텐츠의 판권 종료 소식이나 예상치 못한 논란도 큐레이션 전략에 영향을 줍니다. 예를 들면, 한 배우의 스캔들로 인해 관련 콘텐츠가 갑자기 화제가 되기도 하고, 정치적 이슈로 인해 다큐멘터리나 뉴스 콘텐츠의 수요가 급증하기도 해요. 이런 변수들을 빠르게 알아채고 대응하는 것이 중요한 업무 중 하나예요."

인터뷰하지 않았더라면 나는 송 씨의 일이 이토록 세상과 긴밀히 연결되어 있는지 몰랐을 것이다. 세상과 연결되어 있지 않은 일이란 없다는 걸 새삼 느낀다. 각자의 세계에서 각자의 일을 하고 있을지라도 우리는 세상에서 벗어날 수 없으니까.

일에서 어떤 보람을 느끼는지 물었다. 반대로 어떤 고충이 있는지 이야기해도 좋다고. 보람과 고충은 연결되어 있기 마련이니.

"이 일을 하면서 가장 힘든 점은 데이터 기반의 추천과 감성적 큐레이션 사이에서 균형을 맞추는 거예요. AI 추천 알고리즘이 점점 정교해지면서 인간이 기획하는 큐레이션의 차별점을 만들어야 한다는 압박이 커요. 갑자기 뜨는 콘텐츠에 빠르게 대응해야 하고, 좋은 콘텐츠가 있어도 라이선스 문제로 공급하지 못하는 경우가 많아서 답답할 때도 있어요. 하지만 사용자들이 예상치 못한 콘텐츠를 추천받고 만족했다고 말할 때나, 큐레이션한 콘텐츠의 시청 횟수가 늘어날 때는 정말 큰 보람을 느껴요. 제가 큐레이션한 무협물이 중장년 남성들 사이에서 폭발적인 인기를 얻는 걸 보고, 세대별·사용자별로 더 감응할 수 있는 콘텐츠를 발굴해야겠다고 생각했습니다."

마지막 질문을 할 차례였다. OTT 회사에서 큐레이션을 한다는 건 어떤 의미인지 물었다.

"결국 OTT 큐레이터의 역할은 단순히 콘텐츠를 나열하는 게 아니라, 사용자가 어떤 콘텐츠를 보고 싶어 할지 예측하고 새로운 경험을 제공하는 거예요. 그 과정에서 트렌드를 읽고, 데이터를 분석하며, 플랫폼의 전략 방향까지 고민해야 하는 복합적인 역할이라고 생각합니다."

송지언 씨의 일은 세상의 무수한 데이터와 콘텐츠를 보면서 트렌드를 발견하고 인간 마음의 패턴을 이해하는 것이었다. 사람과 세상 사이에 픽셀로 이루어진 다리를 놓는 일이라고 해도 좋겠다. 답은 언제나 사람 사이에 있다. 간명하지만 종종 놓치는 진실.

"큰 걱정은 안 하고
살 수 있을 테니까요"

사회복지직 공무원 ° 홍영은

글 지영

사회복지직 공무원인 초이는 한때 355밀리리터짜리 맥주 캔을 비워야만 잠을 잘 수 있었다. 500밀리리터짜리 캔을 따는 날엔 나와 나눠 마시기도 했다. 맥주를 홀짝이며 그는 덤덤하게 말했다. "오늘도 계단에서 구르고 싶은 충동에 시달렸어. 다리가 부러지면 병원에 입원할 수 있을 거고, 그럼 민원인을 만나지 않아도 되겠지." 옆에서 내 몫의 맥주를 한 모금 꿀꺽 삼키며 나는 생각했다. 국민의 복지, 행복한 삶을 위해 일하는 이들의 행복은 어디 있는 걸까. 공무원, 특히 사회복지직 공무원의 안타까운 소식을 뉴스에서 접할 때마다 유독 마음이 먹먹해지는 건, 초이의 '맥주 시절'이 오버랩되기 때문이다.

초이는 인터뷰 요청을 단칼에 거절했다. 광역기관으로 자리를 옮긴 자신은 현장을 떠났기에 들려줄 만한 이야기가 없다며 대신 현장에서 적극적으로 일하는 동료를 소개했다. 사회복지직 공무원의 '현장'이라. 인간으로서 행복한 삶을 살고자 할 때 필요한 것들이 있다. 누군가가 그것들을 갖출 수 있도록 돕는 행위가 이루어지는 자리를 복지의 '현장'으로 지칭할 수 있다면, 수도권의 한 행정복지센터에서 '찾아가는 보건복지팀' 팀장으로 일하는 홍영은(가명) 씨는 그 현장과 관련 있는 사람이겠다 싶었다. 동시에 팀장이라면 현장 업무와는 거리가 멀지도 모른다는 의심 또한 슬쩍 품은 채 2025년 4월 어느 날, 그를 만났다.

영은 씨는 23년째 사회복지직 공무원으로 근무하고 있

다. 공무원이 되기 전 종합사회복지관에서 1년 반 정도 일했으니 25년 가까이 복지 관련 일에 종사한 베테랑이다. 시청과 구청의 여러 부서에서도 일했고, 인터뷰 몇 개월 전 행정복지센터의 '찾아가는 보건복지팀'으로 자리를 옮겼다.

"행정복지센터의 업무는 대개 행정팀과 복지팀으로 나뉘는데, 저소득층이 많고 위기 가구가 많은 지역의 경우에는 현장 업무에 집중할 수 있도록 '찾아가는 보건복지팀'이 추가로 있어요."

그의 설명이 의아하게 들렸다. 지하철역에서 약속 장소까지 걸어가는 동안 4차선 도로를 사이에 두고 꽤 많은 신축 아파트들을 지나쳤기 때문이다.

"1동을 보고 오셨네요. 그쪽은 재개발되어 중산층 비율이 높고, 여기 2동은 낡고 좁은 다가구주택이 많아요. 아동은 다른 동에 비해 적고 연령대가 높은 어르신, 장애인, 저소득 1인 가구 거주자가 많아요. 고독사 발생 가능성이 큰 편이죠. 그렇다 보니 직접 방문해서 상담을 진행하고, 필요한 복지나 의료를 제공하는 서비스가 꼭 필요해요."

그가 맡은 '찾아가는 보건복지팀'은 사회복지서비스가 필요한 대상자를 선제적으로 파악하고 적절한 사업에 연계하는 것을 목표로 한다. 기초생활보장이나 긴급복지지원제도 등 공공부조부터 크고 작은 도움을 받을 수 있는 바우처 사업 등의 사회서비스까지 안내하며 신청을 돕는다. 의료 사각지대에 놓인 대상자를 찾아 이들에게 필요한 서비스를 연계·지원하기도 한다. 또 위기 이웃 발굴을 위해 조직된 지역사회보장협의체를 운영하며 지역사회 내 다양한 복지 자원을 찾는 일도 담당한다.

"중산층 거주 지역의 복지가 생애주기에 따른 보편적인 사회서비스와 정보 제공 위주로 진행된다면, 저소득 가구가 밀집된 지역에서는 공공부조를 통한 경제적 지원이나 의료 지원에 힘을 실을 수밖에 없어요. 그리고 각 동에서 지역사회보장협의체를 통해 지역 상황을 세심하게 살피며 알맞은 사업을 진행해요. 예를 들어 저희 동은 주거 환경이 열악한 편이라서 간단한 집수리나 방역·소독 같은 주거 환경 개선 사업을 지원해요. 또 반찬과 음료를 배달하는 사업도 하는데요, 이게 대상자의 식생활에 실질적인 도움이 될뿐더러 고독사 징후를 확인하는 수단도 돼요. 대상자에게 무슨 일이 생겼다면 집 앞에 반찬과 음료가 쌓일 테니까요."

'찾아가는 보건복지팀'의 일은 다양한 상황에 놓인 대상자의 생활 전반을 살펴야 하기에, 그가 25년 동안 켜켜이 쌓아 올린 경험이 힘을 발휘하겠다는 생각이 들었다. 팀장이라면 팀 관리나 상급 기관을 상대하는 업무에 치중하지 않을까 싶었지만, 영은 씨는 인터뷰 당일에도 현장에서 바삐 움직였다. 지역 통장들을 대상으로 위기 이웃 발굴과 고독사 예방 관련 교육을 진행했고, 기초수급자 가정에 쌀을 전달하기도 했다.

"이 업무를 맡고 다짐한 게 '현장에서 보고 듣자'였어요.

홍영은 씨가 현장에 나갈 때마다
신는 신발과 복지서비스 안내물들.

업무에 필요한 정보는 물론 서류에도 담겨 있죠. 그럼에도 동네 분위기가 어떤지, 주거 환경은 어떤지 직접 둘러보고, 또 대화를 통해 대상자의 심리 상태를 파악하다 보면 선명해지는 게 있더라고요. 오늘도 쌀을 전달하다가 구조가 특이한 집들을 봤거든요. 예를 들어 대문이 없고, 계단이 위험하게 노출된 집을 눈으로 확인하면 관련 사업을 진행할 때 도움이 됩니다."

일을 하다 고단함을 느끼는 순간은 그에게도 찾아온다.

"논리에 맞지 않는 말을 늘어놓고 막무가내로 떼를 쓰는 대상자가, 솔직히 적지는 않아요. 시청이나 구청 등의 상급 기관보다 일선 기관에 분노를 쏟아 내는 경우가 많은데, 저는 '내 공직 생활의 8할은 동이다'라고 말할 정도로 최일선인 행정복지센터에서 주로 일했거든요. 연차가 낮았을 때는 분노한 대상자에게 휘말려서 심적으로 무너지기도 했고, 같이 불구덩이로 뛰어들기도 했어요. 경험도 적었고, 타인을 이해하고 수용하는 게 쉽지 않던 시절이었어요. 비슷한 상황에서 지금은 잠시 물러나 기다려요. 대상자가 진정된 뒤 마주 앉아 그의 말을 경청하죠."

영은 씨는 협박이나 비인격적인 언행을 일삼는 민원인을 인격적으로 대하는 일은 여전히 쉽지 않다고 했다. 그에게 폭력적인 상황에 노출된 사회복지직 공무원을 위한 제도적 장치는 없는지 물었다.

"별다른 건 없어요. 공무원이라는 테두리 안에 있으니

사회복지직 공무원만을 위해 따로 제도를 마련하는 건 어렵겠죠. 그래도 번아웃 예방을 위한 심리 지원 프로그램 등이 필요하다고 봐요."

그는 책을 읽거나 가까운 공원을 찾아 산책하면서 마음을 다스리며 쌓이고 쌓인 고단함을 조금씩 덜어 낸다. 그리고 마음의 정원을 가꾼다.

"힘들 때마다 사과나무도 심고, 벚나무도 심고, 풀도 가꾸고 그래요. 고단할수록 마음의 정원이 커지는데 기억이 희미해지면 나무와 풀도 사라지면서 괜찮아져요. 근데 그것보다 힘이 되는 건 따뜻한 말 한마디더라고요."

그러면서 영은 씨는 초임 시절 가정방문을 통해 만난 대상자의 이야기를 들려주었다. 아들과 단둘이 사는 가정의 아버지였는데, 손가락을 다쳐 일하기 힘든 상황에 놓여 있었음에도 생계를 유지하는 일은 온전히 그의 몫이었다.

"처음엔 자세히 말씀하지 않았고, 그래서 잘 몰랐어요. 근데 질문과 답이 쌓일수록 그분이 절망적인 상황에 놓여 있다는 것을 알겠더라고요. 부채도 만만치 않았고요. 국민기초생활보장 수급자 자격이 되는 것도 모르고 계셔서 바로 신청을 권했고, 다행히 지원을 받을 수 있었죠. 얼마 뒤에 제가 다른 동으로 인사 발령이 났는데 거기까지 찾아오셨어요. 너무 힘들어서 극단적인 생각도 했었다며, 감사하다고 하시더라고요. 민원인에게 고맙다는 말을 들으면 이런 이야기 들으려고 일하는구나 싶어요."

안타깝게도 노력이 늘 좋은 결과로 이어지지는 않는다.

"법적 기준에 따라 수급자에게 자격 중지를 통보해야 할 때가 있어요. 상황이 크게 나아지지 않은 것을 알고 있으니 쉽게 입이 안 떨어져요. 자격 중지라는 말을 듣고 서럽게 울던 분들을 떠올리면 마음이 편치 않아요. 그래서 다양한 각도로 접근해 방법을 찾으려고 노력해요. 골똘히 생각하다 보면 길이 찾아지기도 하더라고요."

이를 위해 그는 늘 업무를 복기한다. 퇴근 후 집안일을 하다가도, 잠을 청하다가도 오늘 일을 곱씹고 개선점을 찾으며 다음엔 더 나아질 수 있도록 노력한다. 그 마음으로 업무 너머를 살피기도 한다.

"사회복지 일은 기준에 맞춰 자로 잰 듯 일하면 회의를 느끼기 쉽지만, 한 걸음 더 나가면 달라지는 것 같아요. 어떤 분이 이상한 종교 단체에 엮여서 평생 모은 수급비 1,500만 원을 그 단체에 이체했는데, 그 일을 알게 된 요양보호사가 제게 도움을 청했어요. 제가 그 종교 단체에 당장 돌려주지 않으면 신고하겠다고 해서 다행히 돈을 돌려받을 수 있었고요. 엄밀하게 말하면 제 업무는 아니었지만, 제가 할 수 있는 일이었죠. 어쩌면 제 일은 누군가의 이야기를 듣고, 그를 이해하고, 그에게 도움을 주고자 노력하는 게 아닌가 싶어요."

영은 씨의 일은 복지 정책을 만들고 사업을 진행하는 것보다 넓게 펼쳐져 있었다. 인터뷰하는 동안 그는 맡은 일을 더 잘하고 싶다는 마음을 몇 번이나 내비쳤다.

"말 한마디, 행동, 눈빛이 위로가 될 수도 있음을 갈수록 체감해요. 그래서 젊었을 때의 업무 처리 태도나 방식, 말투가 후회되기도 해요. 지금도 실수를 하고 있겠지만 반성하고 개선하려고 해요. 대학교 1학년 때 사회복지학 강의를 듣는데 교수님께서 복지는 잘 먹고 잘 사는 일을 가능하게 하는 거라고 하셨거든요. 10년 차 정도 되었을 때 그게 진짜 어려운 일이라는 걸 깨달았어요. 어렵지만 잘해내고 싶어요. 제가 업무를 복기하고, 발전하려고 노력하는 이유예요. 이 과정에서 느끼는 감사와 보람이 제 삶도 조금씩 나아지게 만드는 듯하고요. 물론 고단함을 느끼는 순간에는 그만두고 다른 길을 찾아볼까 하는 생각이 불쑥 튀어나오기도 하지만요."

마지막으로 영은 씨에게 일에서 바라는 점을 물었다.

"2026년부터 '지역사회 통합돌봄'이 시작되는데 아직은 공공부조 측면이 강조될 수밖에 없는 상황이에요. 하지만 재산의 많고 적음과 별개로 정보 습득에 어려움을 겪고 있는 분들도 많단 말이에요. 가능한 한 다수에게 돌봄서비스가 제공되었으면 좋겠어요. 간병이나 식사, 개인위생 등이 해결되면 큰 걱정은 안 하고 살 수 있을 테니까요. 저도 그렇고, 많은 이들이 잘 먹고 잘 살 수 있었으면 좋겠어요."

영은 씨와 헤어지고 나는 골목의 주택가로 발길을 옮겼다. 구불구불한 골목을 걷는 그를, 가파른 계단을 내려가 문을 두드리는 그를 떠올리며 걸음을 내디뎠다. 막다른 길에 이르렀을 때 문득 이런 생각이 들었다. '현장'에서 그가 마침 내 열고야 마는 것은 사람의 마음이 아닐까. 상대가 행복한 삶을 영위할 수 있도록 진심으로 애썼기에 그 마음을 마주할 수 있지 않을까.

영은 씨의 일터를 떠나며 나는 바랐다. 그의 정원이 소란하더라도 어느새 텅 비기를, 내일도 동네를 누비고 다닐 그에게 따뜻한 말 한마디가 닿기를, 그리하여 그가 마음을 다치지 않고 '현장'에서 오래 일할 수 있기를.

일하는 사람의 초상

만들다, 잇다, 지키다, 살피다

ⓒ 김의경·서수진·염기원·이서수·이정연·임현석·장강명·정진영·주원규·지영·최영·최유안·한은형·황시운,
   2026. Printed in Seoul, Korea

초판 1쇄 찍은날   2026년 4월 21일
초판 1쇄 펴낸날   2026년 5월 1일

지은이	김의경·서수진·염기원·이서수·이정연·임현석·장강명
	정진영·주원규·지 영·최 영·최유안·한은형·황시운
펴낸이	한성봉
편집	최창문·이종석·오시경
콘텐츠제작	안상준
디자인	최세정
마케팅	오주형·박민지·이예지·정효인
경영지원	국지연·송인경

펴낸곳	도서출판 동아시아
등록	1998년 3월 5일 제1998-000243호
주소	서울시 중구 필동로8길 73 [예장동 1-42] 동아시아빌딩
페이스북	www.facebook.com/dongasiabooks
전자우편	dongasiabook@naver.com
블로그	blog.naver.com/dongasiabook
인스타그램	www.instargram.com/dongasiabook
전화	02) 757-9724, 5
팩스	02) 757-9726

ISBN   978-89-6262-704-6 03810
※ 잘못된 책은 구입하신 서점에서 바꿔드립니다.

만든 사람들

책임편집	오시경
디자인	이은돌
크로스교열	안상준